Ernst Wichert

Hohe Gönner

eine Komödie in sechzehn Kapiteln

Ernst Wichert

Hohe Gönner
eine Komödie in sechzehn Kapiteln

ISBN/EAN: 9783744628662

Hergestellt in Europa, USA, Kanada, Australien, Japan

Cover: Foto ©Andreas Hilbeck / pixelio.de

Weitere Bücher finden Sie auf **www.hansebooks.com**

Hohe Gönner.

Eine Komödie in sechzehn Kapiteln

von

Ernst Wichert.

Leipzig,
Verlag von Carl Reißner.
1883.

Inhaltsverzeichniß.

IV.

Erstes Kapitel.

Er und sie. Es fehlt nicht viel, daß dieses erste Kapitel das letzte wird.

———

u gehst, Robert — ?"

„Darf ich denn bleiben?"

„Du gehst wirklich?"

„Du läßt mich gehen, Angelika."

„Das nennst du so, weil ich nicht sein kann, wie du mich verlangst, weil ich dich herzlich bitte —"

„Es ist überflüssig, darüber zu streiten, wenn du entschlossen bist, nichts zu thun."

„Aber im Gegentheil —"

„Es war dein Vorschlag, Angelika."

„Nicht so, nicht so!"

„Anders hat's für mich keinen Sinn."

„Robert —! das ist häßlich. Diese letzten Stunden sollten wir . . ."

1

„Eben weil es die letzten Stunden sind. Deine Sentimentalität droht sie mir unleidlich zu machen. Was für kleinliche Rücksichten nach einem so rücksichtslosen Entschluß! Kaum daß ich dich noch zärtlich ansehen, deine Hand drücken, deinen Mund küssen darf! Du spielst die Priesterin, die sich auf ein Opfer vorbereitet. Diese feierliche Haltung erkältet mich. Ich denke, man muß das Leben gründlich ausgekostet haben, wenn man es fortwerfen will. Du schwörst mir, daß du mich liebst. Beweise es nun."

„Brauchst du noch Beweise? Mein ganzes Herz gehört dir."

„Dein Herz, Angelika! Das könnte mich völlig zufrieden stellen, wenn wir Zeit hätten, zu warten, bis uns der Priester seinen Segen giebt. Aber wir haben keine Zeit. Bis die Sonne aufgeht, müssen wir mit dem Leben fertig sein. Die Nacht gehört uns noch. Stecken wir tausend Kerzen auf, sie zu erhellen, und wenn sie abgebrannt sind, und die letzte verlöscht und alle Lebenslust erschöpft ist, die Brücke zurück ins Diesseits abgebrochen, dann . . ."

„Im bacchantischen Taumel hinüber? Nein, Robert, nein! Laß mich an deiner Liebe nicht zweifeln, das letzte verlieren, was ich noch besitze. Schließen wir würdig mit dem Dasein ab, das uns eine unerträgliche Last geworden. Weshalb glauben wir, es nicht länger ertragen zu können, als weil uns jede Hoffnung schwindet, unsere Ideale zu verkörpern, unserer Liebe froh zu werden? Und nun sollten wir im letzten Augenblick so von uns selbst abfallen, unsere Herzen so entheiligen? Voll Reue und Scham ... Mir schaudert. Kannte ich dich denn bis heute nicht? Verstecktest du vor mir deine wahre Gesinnung? Robert, wenn ich argwöhnen müßte, daß es dir gar nicht Ernst ist mit dem Gelöbniß, scheiden zu wollen —"

„Bitterster Ernst, Kind, bitterster Ernst. Ich habe gänzlich abgewirthschaftet. Was für morgen bleibt, ist eine Lumpenexistenz, der ich das Nichts weit vorziehe. Das Nichts, Angelika! Ich glaube nicht an die Fortdauer von irgend einem körperlichen oder geistigen Stück von mir. Das Häuflein Erde freilich, das kann nicht aus der Welt. Aber ob sein Nährstoff sich in einen Wurm oder eine Pflanze verwandelt, in der Erde, im Wasser oder in der Luft chemisch zersetzt und in so oder so viel Millionen Atomen vom All, das ihn hergab, wieder aufgesogen wird, ist mir sehr gleichgültig. Das Ding aber, das man die Seele nennt — von dem hab' ich schon jetzt kein Bewußtsein, wenn ich schlafe; es wird mich schwerlich beunruhigen, wenn Lunge und Herz still stehen und nicht mehr den Blutsaft fabriziren, den die Nerven in geistige Kraft umzusetzen vermögen. Wenn du davon nicht überzeugt bist, wie kannst du sagen: ich will ein Ende machen? Wenn es für dich ein unbestimmtes Etwas nach dem Tode gibt, woher kommt dir das Vertrauen, daß das bestimmte Etwas, mit dem deine fünf Sinne hier zu rechnen haben, nicht

trotzdem und alledem den Vorzug verdient? Wenn du
dich aber mächtig fühlst, alle Erinnerung für ewig auszulöschen, wenn du so wenig an eine Auferstehung des
Geistes, als an die des Fleisches glaubst — welche
Thorheit, sich dann noch in letzter Stunde mit so kleinlichen Skrupeln abzumühen? Das ist ja mein bester
Gewinn für diesen Rest von Leben, daß ich mir durch
den Entschluß, mich jeder weiteren Verantwortlichkeit
zu entziehen, die Berechtigung schaffe, alle Schranken
zu übersteigen und völlig souverän über mich zu verfügen. Sich aus dem Leben, dessen Aermlichkeit wir
verschmähen, tugendhaft hinauswimmern — pfui! Aber
eine Minute lang ein Gott gewesen sein an Selbst-
herrlichkeit, und dann, noch berauscht von dieser Wonne,
unfähig eine Minderung solchen Glückszustandes zu begreifen, mit einem Kuß auf den Lippen vergehen, das
ist genial, das kann meine Phantasie reizen. Ich brauche
Gestalt und Farbe auch für dieses letzte Bild — in
den Nebel krankhafter Sentimentalität will ich nicht
spurlos untertauchen.“

Der dieses sprach, war ein junger Mann, der die
Mitte der Zwanziger noch nicht erreicht haben konnte.
Er stand in der Nähe der Thür des nur mit dem
nothdürftigsten Mobiliar ausgestatteten Stübchens, hielt
in der gesenkten Hand einen Schlapphut mit breitester
Krämpe und gestikulirte lebhaft mit der anderen, wenn
er sie nicht auf die Thürklinke legte, was von Zeit zu
Zeit immer wieder geschah. Er sah kaum aus wie

jemand, der sich ernstlich zur Fahrt in das unbekannte
Land vorbereitet, das keinen Wanderer zurückschickt.
Der Kopf mit dem kräftigen, aufstehenden Haar legte
sich recht selbstbewußt in den Nacken; die Augen, über
denen sich die Stirn bedeutsam vorwölbte, blitzten von
lebhaftem Feuer, und das gekräuselte Bärtchen auf
Oberlippe und Kinn verdeckte nicht den rothen Mund,
der nach Küssen lüsterner schien, als nach dem letzten
Trunk einer gewissen Limonade von sehr abkühlender
Wirkung.

Er war seines Zeichens ein Maler, und seine aka-
demischen Freunde pflegten ihn den rasenden Roland
zu nennen, nicht nur weil sich unter seinen ersten selbst-
ständigen Arbeiten Illustrationen zu Ariosts bekanntem
Gedicht in sehr schwunghaftem Stil befanden, die
Dorés Kompositionen übertrumpfen sollten, sondern auch
seines exzentrischen Wesens wegen, das sich oft in den
wunderlichsten Sprüngen Luft machte. Er war ein so
armer Teufel, als sich je einer die Finger mit Kohle
geschwärzt hatte, um Kartons zu entwerfen, die nie
Aussicht hatten, gemalt zu werden. Wie er sich bisher
durch die Welt gebracht, war ihm manchmal selbst ver-
wunderlich. Von seinem Vater wußte er gar nichts,
von seiner Mutter kaum mehr, als daß sie eine sehr
schöne Frau gewesen sein sollte und als Modell eine
zweifelhafte Berühmtheit hatte. Sie war früh ver-
storben. Die Schule mußte er verlassen, als er eben
erst anfing seine Faulheit zu überwinden und an den

Wissenschaften Geschmack zu finden; in der Lehre eines
wackeren aber pedantischen Malermeisters lernte er nur
gerade so viel, um rechtzeitig einzusehen, daß er es nie
zu einem regelrechten Gesellen bringen werde; des Ent-
laufenen nahm sich ein alter Professor an, dem er seine
drolligen Skizzen aus dem Handwerkerleben vorlegte.
Er bemühte sich, ihn akademisch zu drillen, was wieder
nur bis zu einer gewissen Grenze gelang. Nachdem
er seinen Kursus nothdürftig beendet, machte er sich
von der Schule los, um auf eigene Hand zu studiren.
Damit verzichtete er auf jede Gönnerschaft; für seine
Bilder fand er nicht einmal einen geeigneten Ausstel-
lungsplatz. In einer Dachkammer hausend, die eine
mitleidige Wittwe ihm überlassen hatte, und unausgesetzt
mit der Noth kämpfend, konnte er sich doch nicht dazu
entschließen, die Protektion eines Großmächtigen in der
Kunst zu suchen und ihm sein Talent zu unterstellen.
Man schätzte ihn da oben bestenfalls für ein verdorbenes
Genie. Das war ihm noch immer lieber, als wenn
man gelobt hätte, was er selbst verächtlich ansah. Ein
Rubens war nur gerade der Meister, den er anerkannte;
seine Freude an der vollen, üppigen Form, an der
glänzenden Farbe imponirte ihm, auch die Leichtigkeit,
mit der er schuf, und selbst die oft inkorrekte Zeichnung,
die ihm als ein Beweis der Genialität galt. Er ließ
sich herab in seiner Manier zu malen, und — man
lachte ihn aus. Es war eine Konkurrenz ausgeschrie-
ben, bei der er sich mit gutem Muth betheiligte; seine

Entwürfe zu Wandgemälden machten wegen ihrer Originalität Aufsehen, aber die Preisrichter ließen es an kleinlichen Ausflüchten nicht fehlen, und er ging leer aus. Roland wurde wirklich rasend, ging seinen Kartons mit dem Messer zu Leibe und zersetzte sie jämmerlich. Gleich darauf meldete sich ein reicher Engländer, der sie für schweres Geld kaufen wollte. Eine Wiederholung lehnte er entschieden ab; sie könne nicht mehr vom ersten Wurf sein. Er war gerade in der Stimmung, sich für alle Zeit mit sich selbst zu überwerfen.

Zu seinem Unglück hatte er sich auch noch mit echt künstlerischem Feuereifer verliebt — verliebt in das schlanke, bleiche, schwarzlockige Mädchen, das ihm jetzt, die Hände auf den Schoß hinabgesenkt und die nervös zuckenden Fingerspitzen ineinander geschoben, gegenüber stand und aus den dunkeln, traurigen Augen einen vorwurfsvollen Blick zuschickte, der ihn an die Stelle bannte. Er war nicht nur verliebt in das bildschöne Geschöpf, dem zu klassischer Formvollendung nur die Fülle fehlte, er war überzeugt, Angelika zu lieben.

Leidenschaftlich genug war seine Neigung von Anfang an gewesen. Auf der Straße war er ihr begegnet, als sich seine Phantasie mit dem Entwurf zu einem Bilde der Ophelia beschäftigte. Diese schwarzen Locken, diese vergeistigten Züge brauchte er gerade. Trotz der strengen Februarkälte ging sie mit einem kurzen, offenbar sehr leichten Mäntelchen bekleidet, und der Pelzmuff, in dem ein Buch steckte, hatte verdächtig kahle

Stellen. Er war ihr gefolgt bis zu der Thür des schmalen, himmelhohen Hauses, in dem sie, weiß Gott in welcher Etage, wohnte, hatte sie keck angesprochen und nach einer ernsten Abweisung doch nicht aufgegeben. Täglich zur bestimmten Stunde war er ihretwegen denselben Weg gegangen, oft mit gewünschtem Erfolg. Sie hatte sich seine Begleitung gefallen lassen müssen. Er sagte ihr, daß er ein Maler sei, und erfuhr, daß sie sich zur Schauspielerin ausbilden wolle und von einem „Professor", der selbst einmal ausübender Künstler gewesen, unterrichten lasse. Halb thue er's aus Güte, da sie sehr arm sei; einen Theil des Honorars bringe sie dadurch auf, daß sie sich bis in die Nacht hinein mit feiner Stickerei beschäftige. Da er sie durch die Schilderung seiner eigenen bedrängten Lage vertraulicher zu stimmen wußte, erfuhr er bald noch mehr. Daß sie die Tochter eines Justizbeamten in der Provinz sei, eines strengen Mannes, nach dessen Plan sie Lehrerin werden sollte, um sich bald „anständig" ihr Brod verdienen zu können; daß er nun aber seine Hand ganz von ihr abgezogen habe, da sie, statt das Seminar zu besuchen, sich der Kunst zu widmen entschlossen sei. Die Neigung könne sie wohl von ihrer Mutter geerbt haben, die sehr schön dichtete, auch sogar Theaterstücke schrieb, aber nur heimlich und unter falschem Namen einige Erzeugnisse ihrer Muse in die Oeffentlichkeit bringen konnte, da ihr Mann von dergleichen schöngeistigen Bestrebungen nichts wissen wollte,

die nur geeignet wären, ihr die Wirthschaft zu ver-
leiden. Das Verhältniß sei nicht das glücklichste gewesen. Die schwermüthige Frau habe sich ganz ihrer
Tochter angeschlossen, bei der sie volles Verständniß für
ihr zarteren Empfindungen und idealen Anschauungen
gefunden. Doch sei ihr kränklicher Körper der ner-
vösen Aufregung erlegen, in die ihre sensitive Natur
sie mehr und mehr versetzte. Noch auf dem Sterbebette
habe sie der geliebten Tochter ans Herz gelegt, sich durch
weltliche Rücksichten nicht beirren zu lassen und ihrem
guten Genius treu zu bleiben. Den kenne sie nun, und
ihm sei sie jedes Opfer zu bringen bereit. Eine alte
Tante habe sich gütig ihrer angenommen und ihr bischen
Armuth mit ihr getheilt. Sie hoffe, ihr's einmal ver-
gelten zu können, wenn sie erst ihr Ziel erreicht habe,
eine anerkannte Tragödin zu werden. Nichts Geringeres habe sie im Sinn, als eine Priesterin der wahren
Kunst zu sein. Aber mancherlei trübe Erfahrungen
seien ihr schon jetzt nicht erspart geblieben, da sie doch
kaum die ersten Schritte gethan. Wie wenig helfe Beruf und Begeisterung! Wie weit sei das moderne
Theater von der Aufgabe entfernt, ein Tempel der
Kunst zu sein! Wie sehr erschwere man es ihren
Jüngern, im Allerheiligsten Dienste zu thun! Sie wolle
doch nicht nachlassen und ihr Herzblut daran setzen,
eine Künstlerin zu werden.

Dieses energische Streben imponirte dem jungen
Maler gewaltig. In gewisser Hinsicht fand er in An-

gelika sich selbst wieder. Auch er wollte hoch hinaus,
höher als die meisten seiner Studiengenossen, die sich
damit begnügten, Erlerntes nutzbar zu machen. Er
hatte einen mächtigen Zug zum Originellen, ein starkes
Selbstbewußtsein; seine Mittel waren dabei auf's äußerste
beschränkt, seine Anstrengungen meist unpraktisch. So
grüblerisch in die Tiefe gingen freilich seine Gedanken
selten; er war ein rechtes Weltkind, leicht angeregt und
auch leicht wieder abgespannt, jetzt eifrig hinter einer
neuen Idee her und dann bei dem Mißlingen des
ersten Entwurfs rasch entmuthigt; gestern noch entschlossen, die schwersten Entbehrungen zu ertragen, um
sich seine Freiheit zu wahren, und heute schon für ein
nobles Frühstück der Sklave eines beliebigen Kneipwirths.
Aber an Angelika meinte er nun einen festen Halt zu
gewinnen. Was sie könne, das könne er auch. Noch
nie vorher hatte ihn eine tiefere Leidenschaft erfaßt gehabt. Und nun merkte er bald, daß er auf die schöne
Kunstnovize den günstigsten Eindruck machte, wenn er
sich ihr Pathos aneignete und seine Leichtfertigkeit ver-
steckte. Er brauchte nicht einmal zu spielen; in ihrer
Nähe fühlte er sich wirklich ein ganz anderer, besserer
Mensch. Er konnte schwärmen wie ein Mondscheinpoet.

Angelika erlaubte ihm, sie zu besuchen; erst nur
ein Stündchen am Nachmittag, dann Abend für Abend.
Sie las ihm ihre Lieblingsdramen vor, lauter Tra-
gödien, sprach ihre Rollen. Er saß ihr gegenüber und
zeichnete, meist sie selbst in allerhand Stellungen und

Kostümen, wie sie sich einst auf der Bühne dachte.
Mitunter componirte er auch ganze Scenen mit allen
den Figuren, die sie ihm beim Lesen lebhaft vor Augen
brachte. Die Tante erhob keinen Einspruch. Sie nähte
gewöhnlich den Tag über in fremden Häusern und fand
diese Abendunterhaltung dann sehr ansprechend; als
eine richtige alte Schneidermamsell hatte sie ein weiches,
gefühlvolles Herz und eine enthusiastische Vorliebe für
das Sentimentale. Wenn es den Helden und Heldinnen
so recht schlecht ging, dann leuchteten ihr die Augen,
und das Sterben dauerte ihr immer nicht lange genug.
Nun illustrirte der Maler für sie diese Sterbescenen
und befestigte sie dadurch in ihrer Phantasie, wofür sie
sich ihm nicht genug dankbar bezeigen konnte. Sie fand
es ganz in der Ordnung, daß Angelika dem hübschen,
genialen Menschen mit mehr und mehr schwärmerischer
Neigung anhing.

Beim Lesen und Zeichnen blieb's freilich nicht.
Zwei solche Feuer konnten nicht lange nebeneinander
lodern, ohne mit ihren Flammen überzugreifen und
einen gemeinsamen Brand zu entzünden. Kaum hatten
sie noch ein Geständniß ihrer Liebe nöthig, da ihre
Augen und Hände schon deutlich genug gesprochen
hatten. Eines Abends, als sie beim Abschied — sie
wußten selbst nicht, wie es geschah — einander an die
Brust sanken und heiße Küsse tauschten, trennten sie sich
als Verlobte. Jeden Tag wiederholten sie ihre Schwüre,

um von neuem des glückseligen Gefühls froh zu werden, für's ganze Leben vereinigt zu sein.

Nun hielt die Tante aber auch praktische Erwägungen für erforderlich. Wie sie auch den ungewöhnlichen Verhältnissen Rechnung tragen und die künstlerische Persönlichkeit ihrer Schützlinge berücksichtigen mochte, ein Mädchen, das sich verlobt hatte, war doch immer eine Braut, und eine Braut ließ sich gar nicht anders denken als eine zukünftige Frau. Sie fing an, Kartenhäuser zu bauen und sehr beunruhigt zu werden, als keins davon sich haltbar genug erwies, auch nur zwei so luftige Existenzen aufzunehmen. Er hatte nichts und sie ebensowenig. Wo sollte das hinaus? Wenn sie warten wollten, bis er als Maler und sie als Schauspielerin eine gesicherte Stellung erlangt hätten, mußten Jahre hingehen. Indessen konnten sie einander nur hinderlich sein. Und für das Mädchen war auch Gefahr. Eine so hingebende Seele und ein so feuriger Liebhaber —! Die alte Tante wußte vom Leben nicht viel, aber mitunter dämmerte ihr doch eine praktische Ahnung auf. Ihre lebhafte Phantasie fing dann zu arbeiten an und erschreckte sie durch allerhand grau in grau gemalte Bilder; sie hatte beängstigende Träume und litt an Herzklopfen. Für das, was geschah, trug sie doch auch gewissermaßen die Verantwortung. Wenn auch ihr Schwager sich nie um sie gekümmert hatte, so war sie doch ihrer verstorbenen Schwester die mütterlichste Aufsicht über ihr Kind schuldig. Angelika erfuhr,

was die gute Frau bedrängte, und konnte sie nur zeit-
weilig durch die Versicherung beschwichtigen, daß ihre
Liebe höher sei, als daß die armselige Wirklichkeit an
sie zu reichen vermöge.

Die Liebenden ließen es an Anstrengungen nicht
fehlen, sich vorwärts zu bringen; aber nun zeigte sich
erst recht, wie ihnen überall der Weg verstellt war.
Robert erfuhr eine Enttäuschung nach der andern und
wurde ganz muthlos. Angelika hätte vielleicht ein Engagement erhalten können, aber nur für ein unterge-
ordnetes Fach und für eine lächerlich geringe Gage.
Die Frage nach der Garderobe stand immer obenan.
Erschien sie in ihrem schlichten, unmodischen Kleidchen,
so sah man sie kaum über die Achsel an, und sprach sie
von der Tragödie, zu der sie sich beanlagt glaube,
und von ihrer Begeisterung für die höchsten Aufgaben
der Kunst, so antwortete man mit einem vielsagenden
Lächeln, das sie im Innersten empörte. Ihre ganze
Kraft mußte sie zusammennehmen, um Robert gegenüber heiter und zuversichtlich zu erscheinen. Schon sank
er selbst oft genug von der Höhe herab, auf die ihre
Liebe ihn stellte, und erging sich in Reden, die sie
schwer beunruhigen mußten.

Zum Unglück erkrankte die alte Tante, lag fast
zwei Monate zu Bett und ging dann mit Tode ab.
Währenddessen war der letzte Spargroschen aufgezehrt,
ein großer Theil der geringen Habe verkauft. Zum
Begräbniß hatte Robert das Geld besorgt, er sagte

nicht, auf welche Weise. Die Miethe für das Stübchen
war Rest geblieben, der Wirth drängte. Er machte
auch Andeutungen, daß er ein junges hübsches Mädchen
ohne Aufsicht in seinem Hause nicht behalten wolle,
zumal schon jetzt wegen des Malers ein Gerede sei.
Robert wußte keinen Rath. Er fühlte die Wogen über
seinem Kopf zusammenschlagen und schwankte, ob er
sich freiringen oder in die Tiefe sinken lassen solle.
Davon erfuhr freilich Angelika nichts. Auch ihr schwand
der Boden unter den Füßen, aber um so eifriger war
sie bemüht, ihre Liebe in die allerhöchsten Regionen
hinauf zu retten, in denen sie kein weltliches Bedürfniß
mehr ansicht. Dem Leben entsagen, hieß ihr einen
himmlischen Triumph bereiten. Es gab eine Verei-
nigung für die Ewigkeit im Tode. Sie kannte so
manches Dichterwort, das für sie sprechen konnte, und
sie ließ es sprechen. Er kam dadurch nicht in Stimmung. Nun fragte sie: was soll geschehen? So geht's
nicht weiter. Er antwortete mit Küssen und feurigen
Liebkosungen. Sie drückte seine Hände und sah ihm
mit einem Blick in's Auge, der ganz schwärmerische
Glückseligkeit war: wir wollen sterben, Robert. Ja,
sterben, rief er, sterben! und riß sie an sich. Seitdem
ließ dieser Gedanke Angelika nicht mehr los. Sie wurde
sehr ruhig und gefaßt. Es handelte sich nur noch um
die Zeit und um die Art der Ausführung.

Von Tag zu Tag vergeistigte sie sich mehr. Sie
dachte sich's aus, wie sie ein letztes gemeinsames Liebes-

mahl halten, freudig den Giftbecher leeren und dann, beschäftigt wie sonst mit dichterischer Lektüre und Zeichnen, den Tod erwarten wollten. Sie wählte das Drama, aus dem sie die herrlichsten Stellen lesen wollte; sein Entwurf letzter Stunde sollte der Welt beweisen, daß ihr eine geniale Kraft verloren gegangen sei. Der Brief war schon geschrieben, der mit der wehmüthigen Bitte schloß, denen, die um Liebe das Leben hingegeben hätten, ein gemeinsames Grab zu gönnen.

Robert fand diese Vorbereitungen weniger und immer weniger nach seinem Geschmack. Im Angesicht des Todes — er glaubte an die Ernstlichkeit seines Entschlusses, weil er keinen anderen Ausweg wußte — regte sich die Weltlust mit aller Stärke. Er suchte jeden tieferen Gehalt des Daseins fortzuphilosophiren, um es dann werthlos erachten zu können im Ueberreiz des Genusses, dem nur Schmerz und Verzweiflung folgen können. Die ganze Ernte vorwegnehmen und in einer einzigen Mahlzeit verzehren — was blieb dann als das Ende?

An dem bestimmten Abend kamen diese Gegensätze zur schärfsten Erörterung. Ein Ausweichen und Vertuschen war nicht mehr möglich. So oder so! Er stellte in leidenschaftlicher Erregtheit seine Forderung. Sie wies ihn erzürnt zurück. Er wurde heftig, sie traurig und ganz niedergeschlagen. Er machte ihr den Vorwurf kleinlicher Bedenklichkeit, sie klagte ihn an, ihrer Liebe nicht würdig gewesen zu sein. Er drohte mit Trennung, und sie antwortete schmerzlich: wir sind schon getrennt. Er eilte nach der Thür, und sie faßte nicht seinen Arm, ihn zurückzuhalten. Nur mit Worten mühte sie sich noch, ihn zur Umkehr zu bewegen. Vergebens.

Aber auch ihm gelang es nicht, sie umzustimmen. „Geh denn,“ sagte sie, „geh! Meine Hand ist zu schwach, dich zu mir zu ziehen, aber auf deinem Wege kann ich dich nicht begleiten. Das Glück, mit dem Geliebten zu sterben, ist mir versagt. Lebe denn auch ohne mich.“

„Du hast mich nie geliebt,“ rief er erzürnt.

„Den Mann nicht,“ entgegnete sie, „der so von mir geht.“

„Du wirst in der nächsten Minute bereuen, Angelika —“

„Nie! Aber ich büße meinen Irrthum schwer.“

„Gedenkst du ohne mich . . .?“

„Ich bin dir weiter keine Rechenschaft über mich schuldig. Scheiden wir.“

„Wie du willst!“ rief er trotzig.

Er öffnete mit Hast die Thür und stürmte die Treppe hinab.

Zweites Kapitel.

Desperate Stimmung. Ein Freund in der Noth dozirt
praktische Philosophie. Von Stufe zu Stufe.

Da stand Robert nun auf der Straße und
schien längere Zeit unschlüssig, ob er sich
nach rechts oder nach links wenden solle.
Das war eigentlich sehr gleichgültig.
Aber es gab für ihn in diesem Moment eine andere
Erwägung, die ihn stillstehen hieß: sollst du gehen oder
zurückkehren? Als die Hausthür hinter ihm ins Schloß
gefallen war, hatte der Klang ihn erschreckt und er-
schüttert. Sollte sie sich ihm nie mehr öffnen? War
er wirklich ausgestoßen von allem, was er noch vor
einer Stunde sein ganzes Glück nannte? Wenn er
ging, gewiß. Aber er konnte zurückkehren, sich reuig
zu den Füßen des schönen Mädchens werfen, das er
liebte. Noch war's nicht zu spät. Angelika würde ver-

2

zeihen. Gerade seine Rückkehr mußte ihr beweisen, wie
fest das Band, das sie umschlang.

Und dann? Unterwerfung unter ihren Willen —
letzter Akt einer Tragödie — feierlicher Abschied vom
Leben — qualvolles Ende. Ein Schauspiel ohne Zuschauer, die applaudirten. Und wenn der Vorhang sich
morgen hob ... Er schüttelte sich. Nein! zum Schauspieler hatte er gar kein Talent; in die Rolle, die ihm
zugedacht war, konnte er sich nicht hineindenken. Es
war ihm nicht gegeben, sich künstlich zu exaltiren, in
ein Gefühl hinein zu deklamiren. Was ihn ergreifen
sollte, mußte sinnliche Gestalt und den warmen Puls-
schlag überquellenden Lebens haben. Vor der Gedanken-
blässe, die Angelika ankränkelte, entsetzte er sich. Er
konnte nicht zurück.

Aber es war ihm auch nicht wohl zu Muth, wie
einem, der sich aus Todesgefahr rettet und nun in
Sicherheit weiß. Niedergeschmettert fühlte er sich aus
der Höhe, mit zerbrochenen Gliedern auf dem Stein-
boden liegend — besser mit zerbrochenen Flügeln, denn
seine Seele war lahm, und ein neuer Aufschwung unmöglich.

Wer das durchlebt hatte: So lange Zeit alles
Denken und Streben auf den einen Punkt gerichtet und
nun plötzlich dort eine leere Stelle für das Auge, nach
jeder Voraussicht unausfüllbar. Das wirkt wie Erblin-
dung. Wohin mit tappendem Schritt?

Aber der Entschluß war schon gefaßt. Nicht zu-

rück! Also fort von hier. Er zog den Hut tiefer über
die Stirn, schlug den Kragen des Oberrocks auf. Es
war empfindlich kalt geworden seit den ersten Dezember-
tagen. Ein harter Schnee wirbelte vom Boden auf,
wurde von den Dächern herabgefegt. Wie spitze Nadeln prickelten die feinen Eiskörperchen die Haut. Mit
dem Wind oder gegen den Wind? Gleichviel. Nur
fort aus der engen, dunkeln, menschenleeren Gasse in
ein belebteres Quartier der Stadt. Hier war's schon
Nacht, aber aus der Ferne klangen noch munter die
Schlittenglocken herüber. Dorthin, möglichst ins Straßen-
gewühl. Vom nächsten Thurm schlug die Uhr. Er
zählte neun Schläge. So früh noch! Was mit sich
anfangen bis zur Schlafenszeit, wenn man verlernt hat
mit sich allein zu sein, oder die Stunden in lustiger
Gesellschaft zu verbringen? Und in dieser Stimmung
— nicht einmal Geld in der Tasche.

Er schwankte an den Häusern hin, bog um die
Ecke, um eine zweite und dritte. Nun kreuzte sein
Weg eine der Hauptverkehrsadern der großen Stadt.
Da brannten die Laternen dichter und heller. In den
oberen Stockwerken zeigten sich lange Fensterreihen erleuchtet. Unten am breiten Trottoir entlang waren
noch nicht alle Läden geschlossen. Einige präsentirten
ihre Schätze von allerhand Luxuswaaren im Glanz der
Gaskronen. Die Restaurants lockten mit transparenten
Aufschriften auf farbigem Glase. Rote und blaue Laternen brannten über den Eingängen zu den Kellern

2*

die trinksüchtige Gäste aufzunehmen bereit waren, oder
sich schon damit, wie aus dem Gesumme hinter den
niedrigen Fenstern zu schließen war, gefüllt hatten. Auch
Musik tönte herauf. Trotz des schlechten Wetters wog-
ten Massen von Menschen auf und ab; auf dem
Straßendamm jagten die Fuhrwerke hin, meist leichte
Schlitten mit hellem Schellengeläute, aber auch ge-
schlossene Wagen, die zu Ballfestlichkeiten und Gesell-
sellschaften geputzte Damen und befrackte Herren be-
fördern mochten. Droschkenfuhrwerke mit bunten Licht-
chen schlängelten sich langsamer die Kreuz und Quere
hindurch. Drüben die Gassterne über der breiten Ein-
fahrt hinter der Säulenhalle zogen schon von weitem
die Blicke auf sich. Gab es da Theater, Tanz, Kon-
zert? Irgend eine Vergnüglichkeit gewiß.

Robert fand dieses Gewirre ganz nach seinem
Sinn. Es beschäftigte Auge und Ohr. In ihm war
es so schauerlich öde und still; es mußte von außen
etwas hineinblicken und hineintönen, um die Leere
irgendwie zu · füllen. Ein sich drehendes Karussel mit
Janitscharenmusik wäre ihm das Liebste gewesen. Er
steckte die Hände in die Taschen und lehnte sich eine
Weile an den eisernen Ständer einer Laterne, das Gewühl an sich vorüberziehen lassend. Er stand da in
guter Beleuchtung, merkte aber nichts davon, da die
Krempe des Hutes den Lichtschein abhielt. Ist es nicht
lächerlich, philosophirte er, sich so zärtlich mit der Kleinigkeit zu befassen, die man das liebe Ich nennt, als

käm's für das Ganze oder auch nur für einen winzigen
Bruchtheil vom Ganzen irgendwie darauf an, ob es
existirt oder nicht, und gar wie es existirt. Das liebe
Ich will etwas Apartes für sich, glaubt sich mit ganz
besonderen Kräften begabt und thut sich nicht wenig
darauf zu gut, von allerhand Leiden geplagt zu sein,
die weit über die Leiden anderer weniger sensitiver
lieben Ichs hinausgehen. Auf der Höhe dieser Selbst-
schau kommt das liebe Ich dann gar vor lauter Zärt-
lichkeit auf den wunderlichen Gedanken, sich das Un-
liebste anzuthun, nämlich sich ganz aufzuheben. Es ist
zu gut für diese Welt. Eitelkeit! Man darf sich nur
einmal so auf die Straße stellen, um zu begreifen, daß
man im Strom mitschwimmt, im Ameisenhaufen mit-
krabbelt. Findet man sich darein, so mag sich's ganz
vergnüglich leben lassen. Warum muß man denn gerade das wollen, was man nicht haben kann? Immer
über sich greifen, wenn doch die Trauben zu hoch hängen, statt sich zu bücken? Aber es ist vielleicht recht
gut, von Zeit zu Zeit aus Eigensinn eine Weile zu
hungern: der Appetit ist dann um so besser, und man
nimmt vorlieb. Hinein in dieses Wogen und Treiben!
Eine Null zu Nullen — was mehr?

So mit sich selbst beschäftigt, hatte er nicht darauf
geachtet, daß ein langer, dünner Herr, der den Cylinder ein wenig schief trug und sein zierliches Stöckchen
mit vielem Behagen spazieren zu führen schien, stehen
geblieben war, das Lorgnon eingekniffen hatte und nun

aus dem Schwarm seitwärts abschwenkte, um sich ihm
zu nähern. „Zum Teufel, Robert," rief er mit einer
dünnen, näselnden Stimme, „sind Sie's oder sind Sie's
nicht? Sie können's wahrhaftig Ihren alten Freunden
nicht verdenken, wenn sie bei Ihrem ungewohnten Anblick zweifeln. Was thun Sie denn da am Laternenpfahl?"

Der Maler blickte auf und schien über diese Begegnung nicht sonderlich erfreut zu sein. „Ah! Herr
von Pleutenburg —" sagte er, mechanisch nach dem
Hut greifend. „Habe allerdings lange nicht das Vergnügen gehabt . . ."

„Vergnügen ganz auf meiner Seite — wahrhaftig!
Der rasende Roland — ha, ha, ha! Hat uns am
Stammtisch mit seinen Karrikaturen tausend Spaß ge-
macht. Album übrigens von der schönen Linda aus-
geführt, die uns bediente. Wissen doch noch? Viel
Kunstsinn bei dem Mädel. War ganz untröstlich, als
Sie fortblieben. Muß fast ein Jahr darüber vergangen
sein."

„Ein Jahr — kann wohl sein, Herr Assessor."

„Aber hören Sie mal, Verehrtester, hier unter der
Laterne . . . Bin nicht genug öffentlicher Charakter,
um mich so zur Schau zu stellen. Machen wohl Studien zu einem rasenden Nachtstück — was? Geniale
Begabung gar nicht abzusprechen. Aber ein andermal
mehr, wenn's beliebt. Haben Sie schon soupirt? Suche
mir eben etwas aus, das den Umständen nach passen

könnte. Nicht zu kompakt. Muß mich wahrscheinlich heut noch einmal zu Tisch setzen nach einem kleinen Scharwerk — ha, ha, ha! einem Tänzchen mein' ich. Kommen Sie mit?"

„Ich muß sehr danken."

„Ah! sperren Sie sich nicht," rief der Assessor, griff kräftig unter seinen Arm und zog ihn auf das Trottoir. Der Menschenschwarm faßte sie sogleich und trieb sie weiter. „Wenn Sie schon gegessen haben, wird Ihnen ein kleiner Nachtisch den Magen nicht beschweren. Richten wir uns so ein, daß beiden Theilen geholfen ist. Was meinen Sie zu Jantzon? Es ist gleich hier um die Ecke!"

Der Maler fand die Aussicht, sich irgendwo an einen gedeckten Tisch zu setzen, bei seinem kläglichen Zustand verlockend genug, nur war ihm sein Mentor nicht gerade der erwünschte Nachbar. „Ich muß Ihnen gestehen, lieber Baron," sagte er, „daß ich durchaus nicht bei Kasse bin. — Ich glaubte für morgen nicht mehr sorgen zu dürfen," setzte er murmelnd hinzu.

„Ach, was da!" beruhigte der andere, das Stöckchen in der Mitte fassend und ihm mit der Elfenbein-krücke auf die Krempe des Hutes klopfend. Wann ist das Genie bei Kasse? Sicher nie im richtigen Moment. Gleicht sich später aus. Habe gerade einen Wechsel gut angebracht — kommt mir gar nicht drauf an. Die Gesellschaft ist die Hauptsache. Wenn's zu Ihrer Be-ruhigung dient, können ja auf Kopf oder Adler wetten.

Gewinnen Sie, gut; verlieren Sie, so zeichnen Sie mir
etwas Lustiges auf die Rückseite der Speisekarte. Kann
damit heute noch Furore machen.

Am Eingang des Restaurants stand ein bärtiger
Portier in voller Galla mit Bandelier und Stab. Die
Marmortreppen waren mit köstlichen Teppichen belegt;
eine Fülle von Gaslicht strömte den Eintretenden schon
vom Korridor entgegen. Das Lokal selbst zeichnete sich
durch vornehme Eleganz aus. Der Baron wählte ein
Kabinet, das noch leer war, bestellte Sekt und schob
seinem Gast die Speisekarte hin. „Wissen Sie übrigens,
„daß auch ich ein paar Monate aus der Welt verschwunden war? Kommissorium in einem kleinen Nest
— war absolut nicht auszuschlagen. Können Sie sich
das vorstellen? Ich — ha, ha, ha! in dieser klein-
bürgerlichen Atmosphäre. Scheußlich, kann ich Ihnen
sagen. Für zwei, drei Tage passables Amüsement.
Die Mädels alle natürlich fuchswild. Aber nur von
weitem. Lauter Ausbünde von Tugendhaftigkeit. Dann
vor Langeweile ernstlich krank geworden — mußte ab-
berufen werden — wahrhaftig. Aber wo zum Teufel
haben Sie denn gesteckt?“

Robert hatte den Kopf in die Hand gestützt und
war offenbar kein aufmerksamer Zuhörer. „Fragen
Sie nicht danach,“ bat er.

Der Assessor intonirte leise: „Ich wandelte in
weiter, weiter Fern'! Fragt nicht danach —! Ha, ha,
ha! So etwa — was? Dieser Wagner ist ein köst-

licher Kerl, trifft immer den Kern der Sache. Als ich
Sie da vorhin so melancholisch am Laternenpfahl stehen
sah, wissen Sie, wer mir gleich einfiel? Tannhäuser,
der aus dem Venusberg kommt. Nu? — Getroffen?

Der Maler lächelte trüb'. „Die schöne Göttin, die
ich verlassen mußte, war jedenfalls die Frau Venus
nicht," antwortete er.

Herr von Pleutenburg schenkte ein. „Aber um
eine schöne Göttin handelte es sich also doch, und die
flaue Stimmung ist ganz tannhäuserisch. Trinken Sie
ein Glas Sekt. Angestoßen! Die heilige Elisabeth, muß
ich bekennen, wäre meine Passion gerade nicht gewesen.
Kann da aber gar nicht mitreden. Um dergleichen zu
erleben, muß man eine geniale Natur sein — ein ra-
sender Roland zum Beispiel — hi, hi, hi!"

Der Maler goß das Glas hinunter und ließ auch
beim zweiten den Schaum nicht verperlen. Der Wein
zog wie ein Gluthstrom durch seine trockene Kehle.
„Ich habe bei der heiligen Elisabeth angefangen,"
sagte er spöttisch, „das ist der Unterschied."

„Ah! darum sehen Sie auch so vergeistigt aus.
Ja, die platonische Liebe ist die gefährlichste, sie zehrt
von unserm Fleisch. Uebrigens finde ich Sie in ganz
passablem Zustande. Nur die Gesichtsfarbe ist schlecht
und das Auge matt. Aber der Champagner wirkt
schon. Ihr Glas, Bester!"

Robert hielt es hin. „Es gehört heute sehr
wenig dazu, daß ich mich betrinke," sagte er. „Aber

was thut's? Ein lustiger Rausch und dann kopfüber ..."

„Was?"

„In's kalte Wasser —"

„Puh!"

„Zur Abkühlung für alle Zeit. Bestellen Sie getrost noch eine Flasche. Ich merk's, der Wein giebt
Kourage."

Der Assessor kniff das Augenglas ein. Aber was
faseln Sie denn da, Verehrtester?" näselte er. „Wahrhaftig! Sie sehen aus, wie einer, dem's mit dem Spaß
verdammter Ernst ist. Ich glaube, wenn ich Sie nicht
mit rettendem Arm ... Potz Blitz! was hat's denn gegeben? Vertrauen Sie sich einem Freunde."

Der Freund war nicht vertrauenerweckend. Aber
er hatte doch ein menschliches Gesicht und eine Art
von Mitgefühl. Das Bedürfniß, einen Theil der
drückenden Last abzuladen, war zu groß. „Ich habe
Schiffbruch gelitten," sagte der Maler, „total Schiffbruch.
Das nackte Leben, das zur Noth gerettet ist, hat keinen
Werth für mich. Ich hätte es mit Heroismus opfern
können, aber da zeigte sich's, daß ich kein Held bin.
Nun wirkt vielleicht der Rausch —"

„Unsinn!" fiel der Assessor ein. „Was soll das
alles heißen? Ein Kind sind Sie doch nicht mehr, wenn
auch noch in sehr grünen Jahren. Wenn so einer, wie
Sie, das nackte Leben gerettet hat, so kann er noch
immer zufrieden sein. Was brauchen Sie mehr, als

die Hand und einen Stift oder Pinsel darin? Was sonst etwa fehlt, schaffen Sie sich leicht damit, und von dem, was Sie verloren haben, ist nichts unwiederbringlich. Sie haben's in sich. Sie leisten es aus sich heraus." Er griff nach dem Kartentisch hinüber und nahm von dort einen Bogen Papier und die Bleifeder. „Da! zeigen Sie einmal was Sie können. Aus Nichts hat Gott die Welt geschaffen — thun Sie's ihm nach."

Der Maler wühlte in seinem krausen Haar. Der Wein hatte ihn sehr aufgeregt. „Ich habe alles versucht," rief er, „mein bestes Können dran gesetzt. Enttäuschung auf Enttäuschung! Glauben Sie mir — es geht so nicht weiter."

„So nicht, aber anders," antwortete der Assessor. „Ich habe mehr Erfahrung als Sie, kenne das. Man meint manchmal: nun ist's zu Ende; aber irgendwie geht's immer weiter. Wir sind nur eigensinnig und bilden uns ein, es dürfe gar keinen andern Weg geben, als geradeaus. Aber es giebt der Wege viele, mein Bester. Sie liegen meist untereinander, darum übersieht man sie so leicht, wenn man steifnackig einherschreitet, bis man mit der Stirn gegen einen Stein stößt. Nur eine Stufe darf man herunterspringen, und man hat wieder freie Bahn. Vielleicht auch nicht für lange. Aber dann springt man noch eine Stufe hinab und im Nothfall noch eine — weiter geht's immer. Wer sich von oben kopfüber hinabstürzt, kommt freilich unten rascher an, aber mit jämmerlich zerbrochenen Gliedern.

Tollheit! Wer stellt denn seine Sache in jedem Augenblick auf alles oder nichts? Sie sind so ein Wolken-
gucker und Himmelsstürmer, ich glaub's schon. Ein
Stufchen herunter, Verehrtester, ein Stufchen herunter!
Sie sollen zu Ihrer eigenen Verwunderung sehen, wie
bequem es sich da wandert."

Robert blickte ihn während dieser Auseinandersetzung unverwandt an, als vernähme er eine ganz
neue Offenbarung. „Haben Sie das — an sich erprobt?" fragte er.

„Oft genug! Und das Mittel hat sich noch immer
bewährt. Die Kunst ist nur, sich nicht zu übereilen und
doch wieder den Sprung zur rechten Zeit zu machen.
Man muß immer noch einige Schritte frei behalten —
ich möchte sagen, zur eigenen moralischen Beruhigung.
Man könnte doch auch anders. Aber auch aus praktischen Gründen. Sich ganz ausgeben ist allemal eine
mißliche Sache. Vor kurzem habe ich selbst so einen
kleinen Sprung gemacht. Ich habe die glücklichste Anlage zu einem Junggesellen, aber . . . man kostet sich
mit der Zeit zu viel. Da gehe ich nun, so zu sagen,
auf Freiersfüßen und bin selbst überrascht, wie ich im
Werth steige. Ritter Toggenburg natürlich schon in
frühester Jugend absolvirt, Standesheirath langweilig
und Bemühen auch von zweifelhaftem Erfolg. Also
hinab zu des Landes Töchtern, unter denen es ganz
reizende Goldfischchen giebt. Habe da so eins schon
beinahe an der Angel. Hat freilich schon an manchem

Haken herumgeschnuppert, glaube ich. Was thut's? Dergleichen kleine Lebenserfahrungen geben später die gewünschte Sicherheit des Benehmens. Uebrigens nur eine Chance von zehn. Nachdem ich mich einmal von der Lächerlichkeit überzeugt habe, in unserer vorge= schrittenen Zeit auf dem Standpunkt meiner Ahnen stehen zu bleiben, ist mir die Welt weit geworden. Das war auch so eine Stufe herunter — aber nicht die letzte."

Robert zeichnete eifrig. Unter seinem Stift wuchsen aus allerhand exotischen Phantasiegewächsen üppige Frauengestalten in den gewagtesten Stellungen hervor, einander haschend und umschlingend. Sein Gesicht war vom Wein erhitzt. Der Assessor, der das Einschenken nicht vergaß, rückte zu ihm heran und sah ihm über die Hand auf das Blatt, dessen Mitte erst gefüllt war. Nun vereinigten sich die Stengel und Ranken der Blumen nach unten hin zu einem immer düstereren, schaumartigen Gewirre. Der Hals einer Champagner= flasche wurde sichtbar, der Rand des Kühlers. Hoch oben aber war der Pfropfen aufgeknallt und von einem weiblichen Teufelchen als Luftfuhrwerk benutzt; ein anderes hatte sich an das durchschnittene Band ge= hängt und versuchte hinaufzuturnen. „Bravo, bravo!" rief der entzückte Zuschauer. „Ganz superbe — lauter prickelnde Schaumspritzen. Da ist Leben! Und Sie be= haupten am Ende zu sein? Lächerlich."

Der Maler warf den Stift hin und sprang auf. „Adieu, Herr Baron." Er griff nach Rock und Hut.

Pleutenburg faßte seinen Arm und suchte ihn nach
dem Sessel zurückzuziehen. „Wo wollen Sie denn hin,
Bester?“

„Fort — fort! Der Wein ist mir in den Kopf ge-
stiegen — in mir taumelt's.“

„Umsoweniger darf ich Sie allein lassen. Nein,
Freundchen, Sie kommen heute nicht von mir los.
Mögen sonst ein ganz leidlich verständiger Mensch sein,
der keinen Vormund braucht, sind heut aber in so ku-
rioser Stimmung . . . ah! wäre ja sündhaft, Ihnen
nachzugeben. Da setzen Sie sich, wackerer Orlando
furioso: In der Flasche ist noch eine kleine Dividende,
die wollen wir uns doch gemüthlich zueignen. Keinen
Widerspruch, Verehrtester!“

Er hielt den Maler mit der einen Hand fest und
neigte mit der andern die Flasche. „Es bleibt ja doch
überall ein Rest,“ sagte derselbe, „und wo man die
Neige trinkt, ist gleichgültig.“

„Papperlapapp! Worte ohne Sinn. Wollen Sie
mich einmal anhören? Aber ganz vernünftig. Ich will
Ihnen einen Vorschlag machen — wahrhaftig den Umständen nach den besten, den Ihnen ein Freund machen
kann. Ich gehe zu einem Tanzvergnügen — begleiten
Sie mich.“

„Unmöglich!“

„Ist schon wieder etwas unmöglich? Hören Sie
doch einmal erst. Wenn ich sage: Tanzvergnügen, so
ist das für die Sache vielleicht eine zu despektirliche

Bezeichnung. Es handelt sich nicht um ein Lokal, in
das man gegen Entree Einlaß erhält, wie Sie etwa
meinen könnten. Auch nicht um eine Gesellschaft im
Privathause. Das Ding, von dem ich spreche, ist eine
Ressource, die sich Concordia nennt — nun, nicht gerade
übermäßig vornehm, aber in ihrer Art ganz respektabel.
Was sich da zusammengefunden hat, hält sich für zu
gut, in schlicht bürgerlichen Kreisen zu verkehren und
kann doch in die höheren Zirkel nicht hinein. Eine
sehr bunte, höchst amüsante Gesellschaft. Geld spielt
bei dem Völkchen keine Rolle, wenigstens giebt es sich
den Anschein. Irgend einen Nagel hat da jeder im
Kopf, und man ist übereingekommen, sich gegenseitig
gelten zu lassen. Ist mir natürlich nicht schwer geworden, mich da einzuführen; ein Herr Von bedeutet
diesen Leuten allemal eine Acquisition. Irgend einer
von den Herren hat vielleicht wirklich einmal die Ehre,
mein Schwiegervater zu sein — ha, ha, ha! Was soll
ich Ihnen sagen? Ich bin nicht nur wohlgelitten,
sondern habe auch plain pouvoir, gute Freunde mitzu-
bringen. Man konversirt mit den Damen — es sind
reizende Kinder darunter — man tanzt, man soupirt
— hochfein, versichere ich Sie. Dabei ist die einzige
Ausgabe das Trinkgeld in der Garderobe. Wollen Sie?"

„Aber ich bitte Sie, Herr Baron —"

„Machen Sie doch nicht Redensarten, Bester. Ich
bin nicht mißgünstig, will nichts für mich allein haben
— die Rothe allenfalls ausgenommen. Werden ja

sehen! Kommt Ihnen ja doch nur auf Studien an.
Treffliches Feld dafür! Und gerade jetzt in der Cham-
pagnerlaune — prächtig!"

Der Maler war schon halb gewonnen. „Es ist
am Ende alles eins. Warum nicht diese Nacht in
toller Lust . . . Aber es geht doch nicht. So ohne
Frack —"

„Unsinn! das ist genial. Der Kittel von schwarzem
Sammt legitimirt Sie als Maler. Daß er schon etwas
fadenscheinig ist, hat gar nichts zu sagen. Um so genialer. Spielen Sie meinetwegen ein wenig den Narziß,
Rameaus Neffen, Sie wissen doch? Glauben Sie
übrigens nicht, daß Sie es da mit Philistern im Sonn-
tagsröcklein zu thun haben — au contraire, man hat
alle Achtung vor der Genialität. Brauchen Sie Handschuhe? Die kann ich Ihnen leihen. Trage stets drei
bis vier Paar in der Tasche. Also ohne Umstände,
Freundchen."

„Sie locken so süß, Herr Baron —"

„Stürzen Sie sich getrost in's Verderben, ich will's
verantworten. Nur heraus aus dieser muffigen, welt-
schmerzlichen Stimmung! Ich sage Ihnen, morgen sind
Sie ein ganz anderer Mensch. Na —?"

„Sie haben mich! Führen Sie mich, wohin Sie
wollen!"

„Bravo!" Er sah nach der Uhr. „Es ist die
richtige Zeit. Zu früh komm' ich nicht gern, bin lieber
erwartet. — Kellner —!" Er öffnete sein Portemonnaie,

das mit Goldſtücken gefüllt war, und warf eine Mark
auf den Tiſch. „Werde die Kleinigkeit morgen Mittag
berichtigen. Adieu!“ Er ließ ſich den Ueberrock anziehen,
ſetzte den Hut ſchief auf den Kopf, ſchwenkte das Stöckchen durch die Luft und ergriff den Arm des Malers.
„Allons!“

Drittes Kapitel.

Die Gesellschaft Concordia, die Rothe und ein Souper, das sehr
merkwürdige Folgen hat.

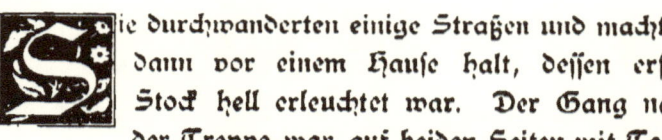

ie durchwanderten einige Straßen und machten
dann vor einem Hause halt, dessen erster
Stock hell erleuchtet war. Der Gang nach
der Treppe war auf beiden Seiten mit Topf-
gewächsen bestellt; oben zwischen zwei Tannenbäumen
zeigte sich ein Transparent mit der Aufschrift „Concordia".
Eine offene Thür, in der ein Diener stand, führte in
den Vorraum zu den Gesellschaftszimmern und rechts zur
Garderobe der Damen und Herren. Die gedämpften
Klänge eines Klaviers und einer Geige waren hörbar.

Herr von Pleutenburg brauchte längere Zeit zur
Toilette; das dünne Haar wollte trotz der kunstreichsten
Striche mit der Bürste die Platte nicht nach Wunsch
decken. „Könnten mir von Ihrem Ueberfluß etwas

abgeben," scherzte er. „Wirklich beneidenswerthe Fülle!
Aber zum Glück mit Schnurrbart keine Concurrenz
möglich." Er drehte noch einmal die Spitzen aus.
„Wenn's nun gefällig . . ."

Der Diener sprang zu und öffnete ihnen die Thür.
Man sah durch zwei Zimmer in den Saal, in dem sich
die Tanzpaare bewegten. Im ersten standen mehrere
Herren im Gespräch. Sie wendeten sich sogleich den
Eintretenden zu und erwiderten verbindlich ihren Gruß.
Nur der eine von ihnen, ein großer Mann mit auffallend starkem Kopf und buschigem grauem Haar, behielt seine steife Haltung bei. Der Assessor ging auf
ihn zu. „Erlauben Sie, Herr Obervorsteher," sagte er,
„daß ich Ihnen meinen Freund vorstelle — Maler
Roland, kürzlich erst aus Rom zurückgekehrt, ein genialer
Künstler. Lieber Roland, ich habe die Ehre, Sie mit
dem Herrn Universitätsstallmeister Hoppengarten bekannt zu machen, Obervorsteher der hochwürdigen Concordia, Erfinder eines elektrischen Reitzeuges, das ebenso die Eigenschaft hat, wilde Pferde zu beruhigen als
die, schläfrige aufzumuntern. Wirklich ganz fabelhafte
Wirkung."

Nun schmunzelte das breite Gesicht wohlgefällig,
und das steife Kreuz verbeugte sich. „Außerordentlich
erfreut, Herr Baron, Sie zu sehen — sehr willkommen,
Herr Roland, lassen Sie sich's in unserer Mitte gefallen.
‚Immer gemüthlich' ist unsere Devise."

Der Assessor wandte sich seinem Nachbar zu, einem
3 *

behäbigen Herrn, dem das Doppelkinn aus der weißen
Binde hervorquoll, und über dessen rundes Bäuchlein
zwei dicke Uhrketten guirlandenartig herabhingen. „Herr
Partikulier Hanffstengel, Besitzer des schönen Hauses mit
der Wandmalerei, die Sie gestern nach Gebühr be-
wunderten, lieber Freund — an der Gertrudenbrücke,
Sie erinnern sich. Sublimer Gedanke, die Wand zwischen
den Fenstern bemalen zu lassen — angenehme Abwechselung für's Auge — Miethen deshalb nicht gesteigert,
bloße Kunstliebhaberei."

Die fleischige, mit Siegelringen geschmückte Hand
streckte sich aus, die Gäste zu bewillkommnen. „Für das
Haus lebe und sterbe ich," versicherte Herr Hanffstengel.
„Wenn Sie einmal die Malereien im Treppenflur besichtigen wollen, Herr Roland, stehe ganz zu Diensten.
Ich bilde mir etwas darauf ein — hm — jeder Mensch
hat seine Schwäche."

Auf der andern Seite des Stallmeisters stand ein
dünnes Männchen, im Wuchs mindestens um zwei Kopf-
längen gegen ihn zurückgeblieben. Die spitze Nase tupfte
fortwährend gegen ein rothseidenes Taschentuch. Der
Assessor stellte vor: „Herr Apotheker Mäusebach, dessen
Schnupfenpillen in der ganzen Welt berühmt sind. Anerkennung der ersten medizinischen Autoritäten, selbst in
Amerika, nicht wahr?"

„Ich darf wohl in aller Bescheidenheit behaupten,"
antwortete das dünne, schnarrende Stimmchen, „der
leidende Menschheit einen reellen Dienst geleistet zu

haben. Die Erfindung hat noch eine große Zukunft. Meine Pillen können den Schnupfen nicht abhalten, aber sie treiben ihn heraus. Das war das Ei des Columbus; sehen Sie." Er schien seine Pillen eben selbst eingenommen zu haben, denn das Tuch kam gar nicht von der Nase fort.

Einen vierten fragte Herr von Pleutenburg: „Wie steht's mit dem perpetuum mobile?"

„Es fehlt noch eine Kleinigkeit," war die Antwort.

Man wandte sich einer anderen Gruppe zu. Der Assessor rühmte von einem Hofconditor, daß er eine ganz neue Art von Kuchenbelag herzustellen wisse, indem er das Muster persischer Teppiche nachahme und dadurch eine Gleichmäßigkeit des Auftrages erziele, die jedem kleinsten Theil den Charakter des Ganzen erhalte. „Der geniale Mann macht ein riesiges Geschäft." Von einem Rentier wußte der Assessor zu erzählen, daß er sich in seinen zwölf Mußestunden mit einer Flugmaschine beschäftigte. Er schüttelte dem Inhaber einer Leihbibliothek die Hand, der von jeder wichtigen literarischen Erscheinung stets fünfzig Exemplare zur Verfügung des Publikums stelle, aber so gesucht sei, daß man nie bei ihm ein Buch bekommen könne. Dazu schmunzelte Herr Geier, Verleger von Colportage-Romanen. „Die Leute sind dumm," meinte er, „man kann heut das Beste für wenige Groschen wöchentlich als Eigentum erwerben."

„Am Kartentisch saßen zwei Herren und spielten

eine Partie Sechsundsechzig. Der Assessor zog seinen Freund in ihre Nähe. „Wie geht's meine Herren, wie geht's? Darf ich Herrn Maler Roland vorstellen? Bitte, stören Sie sich nicht. Herr Photograph Kastenmeyer, Lichtkünstler ersten Ranges. Sie kennen seine Galerie von Berühmtheiten aller Branchen. Wer darin aufgenommen ist, darf von sich sagen: ich bin! Herr Kastenmeyer hat den Blick für das Bedeutende, Zugkräftige in der Kunst. Was er vervielfältigt, stempelt er schon dadurch zu einem Meisterwerk. Es genügt, auf der Rückseite des Blattes seinen Namen im Kranz der Preismedaillen aller Ausstellungen zu finden, um jeden Zweifel niederzuschlagen. Man darf heute sagen: wer nicht im Handel ist, ist nicht in der Welt. Lassen Sie sich meinen Freund Roland bestens empfohlen sein.“

Der Photograph nickte sehr gnädig zur Seite, nahm seine Stiche auf und zählte sie durch. Der junge Maler schien ihn kaum ganz flüchtig zu interessiren. Sein Partner hatte indessen die Karten zusammengeschoben und klopfte damit von Zeit zu Zeit ungeduldig auf den Tisch. Er sah sehr würdig aus mit seiner kahlen Platte und dem lang über die Brust herabfallenden Vollbart. Die Augenlider waren etwas schläfrig gesenkt, aber wenn er sie hob, schoß ein listig forschender Blick hervor. Die Mundwinkel zuckten fortwährend, als ob sarkastische Bemerkungen nur mit Mühe zurückgehalten wurden. „Spielen wir?“ fragte er seufzend.

„Noch einen Moment Pause,“ bat der Assessor.

„Es wäre unverantwortlich, wenn ich meinen Freund Roland an Herrn Doktor Stichel vorüberführte, ohne ihm Gelegenheit zu geben, die Gunst des Augenblicks zu benutzen. Doch wer den Augenblick benutzt, das ist der rechte Mann! nicht wahr? so ungefähr heißt es bei dem Dingsda. Lieber Roland, das ist einer von denen, die die öffentliche Meinung machen; sieh ihn dir genau an. Er schreibt für mindestens sechs Zeitungen hier und auswärts. Seine Artikel sind kurz, aber wirkungs- voll. Er ist gefürchtet bei den Staatsbehörden, beim Magistrat, bei der Künstlerschaft, selbst bei den Damen der Halle. Er sieht alles, er erfährt alles, er weiß alles. Wohl dem, für den er seine Feder in Rosenduft taucht, weh dem, auf den er einen giftigen Pfeil ab- schießt. Sein Urtheil ist unbestechlich. Ich kenne Leute, die sich's gern etwas kosten ließen, wenn er nur über sie schwiege, und andere, die unglücklich sind, weil er sie todtschweigt."

„Ich danke Ihnen für die gute Meinung, Herr Baron, sagte der Doktor sehr herablassend. Man hat sich eine Situation geschaffen. Maler Roland — bis- her terra incognita; erinnere mich wirklich nicht . . ." Er nahm die Brille vom Tisch und hielt sie, mit den Bügeln abwärts, wie ein Lorgnon vor die Augen. „Was haben Sie denn gemalt?"

Robert, der sich dieser dreisten Anfrage gegenüber in merklicher Verlegenheit befand, bekannte sich zu einer der jüngst ausgestellten Concurrenzarbeiten, die nicht

den Preis erhalten hätten. „Ach so," bemerkte der
Journalist. „Ja, die Sachen waren doch zu kurios.
Um mit dergleichen durchzudringen, muß man schon ein
berühmter Mann sein. Sie hatten ja auch gar nichts
für sich gethan." Er zuckte die Achseln und blätterte
die Karten auseinander.

Während dessen näherte sich rasch ein Herr, der
ein Zeitungsblatt in der Hand hielt. „Aber bester
Stichel," rief derselbe, „das ist denn doch zu arg. Sie
schreiben hier, daß die Krammberger nicht gefallen
habe. Drei Kränze, ist das nichts?"

„Wer hat sie bezahlt?"

„Ich! Kostet mein schweres Geld. Ich sagte
Ihnen doch, daß ich Vorschuß gegeben habe und sie
hier ins Engagement bringen will."

„Aber der Direktor will sie nicht haben. Warum
sollen Sie unnütz noch mehr Geld hineinstecken? Zeigen
Sie ihr den Artikel, und lassen Sie die Person laufen."

„Aber was hat denn eigentlich nicht gefallen? die
Herren von der Kritik, die ich sprach, waren ganz zufrieden."

„Denen hat sie vielleicht eine Visite gemacht."

„Und Ihnen nicht. Allerdings unverantwortlich!"
Er zog sich schmollend zurück, das wallende Haar mit
einem ärgerlichen Ruck der Hand zurückwerfend.

„Der Theateragent Roller," flüsterte der Assessor
seinem Begleiter zu. „Für Sie ohne Bedeutung. Nun
aber in den Saal!" Er kehrte sich noch einmal zu den

Kartenspielern zurück. „Ihr Freund, der Graf, ist doch hier?" fragte er.

Der Photograph lachte. „Der Graf — ha, ha, ha! Sie scheinen ihn allen Ernstes nobilisiren zu wollen — seiner schönen Tochter wegen. Gräfin Marotti —! Wär' so was für den Herrn Baron von Pleutenburg. Ja, ja — im Saal finden Sie ihn. Immer bei den Damen, immer bei den Damen!"

„Nun halten Sie das Herz fest," sagte der Assessor, als sie in den Saal eintraten. Es wurde eben im schnellsten Tempo ein Walzer abgejagt. Weiße, rothe, blaue, gelbe Kleider fegten vorüber; blonde und dunkle Köpfe wechselten ab, nackte Schultern und Arme huschten vorbei, gleich wieder durch den schwarzen Frack dem Blick entzogen. Jetzt drehte sich ein Paar wie der Wirbelwind der Reihe voraus, umflog den Saal und machte plötzlich in der Nähe des Eingangs halt. Die Dame warf sich auf einen leeren Stuhl, hielt laut athmend das Spitzentuch vor den Mund und rief: „Ich kann nicht mehr!" Der kräftige Jüngling, der sie geführt hatte, schien durch diesen Erfolg sehr befriedigt und entfernte sich mit triumphirendem Gesicht, um sich gleich darauf gegenüber vor einer anderen Schönen zu verneigen.

„Ah! die reizende Silvia," sagte der Assessor herantretend. „So fliegt mir das Glück förmlich entgegen. Darf ich gleich um einen Tanz bitten?"

Die so Angeredete wandte, ohne sich aufzurichten,

den Kopf ein wenig über die Schulter zurück und
fächelte sich mit dem Tuch eifrig Luft zu. „Sind Sie's
wirklich — Herr Baron?" fragte sie, nach jedem dritten
Worte absetzend und Athem schöpfend. „Sie kommen
— sehr spät. Ich habe mich — indessen schon — zu
Tode getanzt — wie Sie sehen. Aus Verzweiflung —
natürlich."

„Ist mir ungeheuer schmeichelhaft," versicherte er.
Konnte mich aber beim besten Willen nicht früher von
den Akten loswinden. Komme überhaupt nur Ihretwegen, reizende Silvia. Haben ja wieder zauberhafte
Toilette gemacht."

„Finden Sie? Ich gefiel mir heute gar nicht."

„Aber haben Sie denn nöthig, Ihren Spiegel zu
befragen? Spiegeln Sie sich in den Augen Ihrer Verehrer —"

„Da möchte ich sicher am wenigsten die Wahrheit
erfahren."

„Ah! es ist ganz unmöglich, Ihnen zu schmeicheln."

Während sie so plänkelten, hatte der Maler, der
ein wenig zurückstand, reichlich Gelegenheit, die volle
Büste zu bewundern. Schulter und Arm waren nur
durch ein schmales Band abgegrenzt, das mit einem
luftigen Ansatz von Spitze den Aermel ersetzte. Das
blaßgrüne Atlasleibchen hielt eigentlich nur die Taille
knapp zusammen und verflüchtigte sich ringsum in den
zartesten Spitzennebel. Zwei Locken des röthlichen
Haars und eine lange Ranke des Kranzes von Silber-

blüthen wiegten sich auf dem Nacken. Ueber der Stirn
war das Haar gekraust, was der Rundung des Kopfes
gegen das Licht hin etwas Schimmerndes gab. Die
„reizende Silvia" warf gelegentlich auch einen Blick zurück
und ließ ein rundes, volles und stark geröthetes, übrigens
nicht uninteressantes Gesicht sehen. Das war also „die
Rothe," von der Pleutenburg gesprochen hatte.

Sie erhob sich nun und legte den rosigen Arm
mit den Grübchen am Ellbogen auf seine Schulter.
Geschickt führte er sie in die Reihe der Walzenden
hinein und umkreiste mit ihr mehrmals den Saal.
„Wer ist der hübsche Krauskopf, den Sie uns da mitgebracht haben?" fragte sie im Vorbeifliegen hinüber-
blickend.

„Ein junger Maler — Herr Roland. Ein höchst
genialer Mensch."

„So sieht er aus. Was malt er denn?

„Alles, was Sie wollen, reizende Silvia."

„Mehr kann man nicht verlangen. Sie müssen
ihn mir vorstellen."

„Gewiß. Ich konnte nur nicht die Zeit erwarten,
erst mit Ihnen einen Tanz —"

„Halt! Sie können fürs erste zufriedengestellt sein.
Ich habe noch andere Pflichten."

Der Maler wurde herangezogen. „Herr Roland
wünscht die Ehre zu haben, mein Fräulein . . . Ein
lieber Freund von mir, nicht immer so schüchtern, wie
in diesem Augenblick, wo ihn das Licht Ihrer Erschei-

nung blendet, Fräulein Silvia Marotti, lieber Freund, die Königin des Festes."

„Sind das nicht recht alberne Redensarten?" sagte sie lachend. „Der Baron hat zum Glück einen so großen Vorrath davon, daß er nicht fürchten darf, ihn an einem Ballabend zu erschöpfen. Aber ein gutes Gedächtniß darf man nicht haben; das nächste Mal wird genau dasselbe Feuerwerk abgebrannt."

„Kann ich dafür, daß unsere Sprache so arm ist?" antwortete er in bester Laune.

„Werfen Sie doch ein vernünftiges Wort hinein," wendete sie sich an den Maler.

Robert fühlte sich wie berauscht. Der Wein wirkte nach. Dazu die Musik, das flimmernde Licht, die üppige Gestalt .... Er bat um einen Tanz und erhielt ihn sofort zugesichert. Mehr Vernunft schien auch von ihm nicht erwartet zu werden.

Silvia tanzte federleicht; er glaubte mit ihr durch den Saal hinzuschweben; der Arm, der sie umfaßt hielt, verlor ganz das Gefühl des Widerstandes. Er hatte selbst noch nie so gut getanzt. Seit einem Jahr hatte er überhaupt nicht mehr getanzt, eine Balltoilette nicht mehr gesehen. Die kreiselnde Bewegung that ihm wohl. Sein stockiges Blut kam in Wallung, und keine Erinnerung quälte ihn weiter.

Indessen war der Assessor an einen älteren Herrn herangetreten, der mitten unter den Damen auf einer niedrigen Estrade stand und mit einer Aufmerksamkeit,

die sonst nur Müttern tanzender Töchter eigen zu sein
pflegt, die walzenden Paare beobachtete. An der ganzen
Figur vom Kopf bis zur Zeh schien alles aufs sauberste
geschniegelt und gebügelt. Der Frack zog kein Fältchen,
das Beinkleid saß wie aufgegossen und weitete sich nur
ein wenig über dem lächerlich kleinen Fuß im Lack-
stiefel. Die Schleife am Halstuch schien nur so zu-
sammengehaucht, der Kragen schloß dicht am Halse und
engte ihn doch nicht ein. Der graumelirte Bart ließ
das Kinn frei; jedes Härchen darin und in dem Toupet
über der glatten Stirn hatte seine vom Friseur ange-
wiesene Lage. Dabei gaben buschige Augenbrauen dem
Gesicht doch wieder einen freieren Charakter. Die
sichere Haltung, der überlegene Blick und von Zeit zu
Zeit ein mokantes Lächeln verriethen den Weltmann;
ein Lord konnte nicht vornehmer und selbstbewußter
aussehen. Auf den Spitzen des Handschuhs zirkelten
sich die Fingernägel ab, und mit Grazie hielt er ein
Lorgnon mit Goldeinfassung, das an einem breiten Seidenbande befestigt war. Vielleicht nur, um die Stelle
nicht leer zu lassen, die bei einer anderen Gelegenheit
eine Reihe von Orden schmücken mochte, hatte er eine
rothe Nelke ins Knopfloch gesteckt. Mitunter warf er
eine Bemerkung hin — kurz, leise, ohne jede Wendung
des Kopfes — die von seinen Nachbarinnen mit eif-
rigem Kopfnicken, Lächeln oder Achselzucken beantwortet wurde. „Der Ausschnitt hinten einen Centimeter
zu tief, die Figur verträgt's nicht . . . Die Spitzen zu

schwer für den leichten Stoff . . . Die Schleife fällt ja
von der Schulter . . . Die Farben gehen gut zusammen,
aber der Teint paßt nicht ganz dazu; ein wenig mehr
Roth auflegen . . . Die Taille recht hübsch, aber der
Rock doch zu charakterlos; der Schnitt des Ueberwurfs
durfte nicht so lediglich durch den Besatz bestimmt werden . . . Ah! die kleine Jenny macht Fortschritte, nur
der Handschuh noch einen Knopf länger, finden Sie
nicht? Was so eine Kleinigkeit thut!"

„Ja, wenn wir unsere Töchter durch Ihr Atelier
gehen lassen könnten —!" meinte eine der Damen ent-
schuldigend. „Unsere mütterliche Kunst reicht nicht so
weit, einen so strengen Kritiker zu befriedigen."

„Hat glücklicherweise nicht jeder das Auge dafür,"
schmunzelte er. „Aber wer ist denn der im Sammet-
rock, der mit meiner Tochter tanzt? Unglaublich non-
chalant!"

Herr von Pleutenburg gab Auskunft. „Verzeihen
Sie, lieber Graf, daß ich meinen Freund so unvorschrifts-
mäßig einführe. Wenn ich nicht irre, heute erst von
einer Kunstreise heimgekehrt, Koffer noch nicht ausge-
packt. Wollte doch nicht versäumen, den interessanten
jungen Mann . . . Lieber Roland!" Er winkte ihn
heran, da der Tanz eben beendigt war. „Ich habe
die Ehre, Ihnen meinen hohen Gönner vorzustellen,
Herrn Marotti, gewöhnlich der Graf genannt, Mäcen
der Künstler — hat schon manchen berühmten Mann
gemacht, kann ich Ihnen versichern."

Der Maler, dem noch der Kopf kreiselte, verneigte sich tief. „Ihr Fräulein Tochter, Herr Graf —"

„Aber lassen Sie sich doch von dem spaßhaften Baron nicht düpiren," wurde er unterbrochen. „Er hängt mir gar zu gern etwas an, wenn er bei guter Laune ist, sogar eine Excellenz oder Durchlaucht. Bin noch nicht so weit. Marotti, Marotti — schlechtweg Marotti."

„Ein Geschmackskünstler," nahm der Assessor wieder das Wort, „ein Unicum in der Welt. Folge nur meinem Herzen — wahrhaftig! Nun aber auf die Diele. Kommen Sie, ich mache Sie mit den anderen jungen Damen bekannt. Zwar kein Vergleich mit der reizenden Silvia, aber doch . . ." Er führte ihn im Kreise herum. „Nun, was sagen Sie zu der Rothen? Temperament — was?"

„In der That eine sehr pikante Erscheinung."

„Pikant, das ist die Hauptsache. Und dabei ein Goldfisch, sag' ich Ihnen."

„Der Papa — Was ist er eigentlich? Ich werde aus Ihren Reden nicht klug."

„In seiner Art ein sehr vornehmer Mann. Lernen Sie ihn nur erst näher kennen. Wenn Sie einmal unversehens ein Herr Graf hineinwerfen, schadet es gar nichts, er nimmt's nicht übel. Behaupten Sie dreist, daß es in Italien Grafen Marotti giebt. — Ah, mein Fräulein, darf ich einen genialen Künstler . . ." Verbeugung, Vorstellung, Engagement zum Tanz.

So gings lustig weiter. Robert mußte bald merken,
daß er überall gefiel und trotz seines Sammetröckchens
gern als Tänzer acceptirt wurde. Eine wahre Tanz-
wuth erfaßte ihn nach so langer Entbehrung. Fast
ohne Unterbrechung kreiselte er im Saale herum, immer
im wildesten Tempo. Es war da bald keine junge
Dame, die er nicht aufgefordert hätte; aber mit besonderer Vorliebe kehrte er zu Silvia zurück. So oft er
sie auf ihrem Platze sah, eilte er auf sie zu und führte
sie in die Tanzreihe. So leicht und gefällig tanzte
keine andere; so anschmiegsam und ganz hingegeben,
so munter plauderte nur sie. Auch in den Pausen
stellte er sich gern neben ihren Stuhl, oder berauschte,
wenn sie unankömmlich war, sein Auge aus der Ferne
an der Fülle ihrer Formen. Das hielt er für sein
Malerrecht.

Der Assessor konnte in der Ausdauer mit ihm
nicht concurriren. „Fallen Sie denn noch nicht um?"
flüsterte er ihm zu, „Sie tanzen ja wahrhaftig wie von
der Tarantel gestochen. Haben übrigens Eindruck gemacht, kann ich Ihnen verrathen — bei der Rothen,
meine ich; nehmen Sie sich in acht, Freundchen! Keine
heilige Elisabeth das — ha, ha, ha!"

Robert sah ihn einen Moment starr an; eine
schmerzliche Erinnerung schien in ihm aufzutauchen. Im
nächsten strich er das krause Haar von der Stirn zurück, warf den Kopf in den Nacken und eilte auf Silvia
zu, die jetzt neben ihrem Vater stand.

Sie flüsterte demselben zu: „Papa, den Maler Roland lade hübsch zum Souper ein."

Er nickte und entledigte sich seines Auftrages sofort.

Die Tische waren in einem Nebensaal gedeckt.
Sobald das Zeichen gegeben war, führte Herr Marotti
seine Tochter mit aller Grandezza dorthin. Der Assessor, der unterrichtet war, folgte mit seinem Freunde
Roland; sie erhielten Plätze rechts und links neben
Silvia. Gegenüber setzten sich dann auch noch die beiden Herren, die im Vorzimmer Karten gespielt hatten,
der Photograph Kastenmeyer und der Journalist Stichel, der Herr Doktor angeredet wurde und sichs gefallen ließ. Auch sie schienen Marottis Gäste zu sein,
wenigstens kommandirte er allein die Kellner. Bei dem
rothen und weißen Wein blieb man nicht lange; bald
perlte der Champagner in den Spitzgläsern. Die Unterhaltung wurde sehr lebhaft.

Herr von Pleutenburg gab seine pikantesten Witze
zum besten. Die Herren lachten in allen Tonarten,
aber auch Silvia zeigte ihre weißen Zähne. Wenn
er's zu weit trieb, schlug sie ihn wohl mit dem Fächer
auf den Arm und meinte: „das war aber zu dumm!"
Nun sie die Handschuhe ausgezogen hatte, bemerkte
der Maler, daß zu dem vollen Arm eine allerliebste
kleine Hand gehörte, die sich sehr zierlich zu präsentiren verstand. Mitunter munterte sie ihn durch einen
Blick auf, sich bei dem Lachen zu betheiligen. „Ihr

4

Freund ist melancholisch geworden," sagte sie zu ihrem Nachbar rechts; „ist das auch sonst seine Art?"

„O, der ist ein Scheinheiliger," rief der Assessor. „Sehen Sie einmal, wie der Champagner seine Phantasie beflügeln kann." Er zog das Blatt mit der Bleifederzeichnung vor.

Robert wollte ihn hindern, es vorzuzeigen. „Herr Baron, so indiskret . . ."

Aber Silvia hatte es schon gefaßt und auseinandergeschlagen. „Köstlich!" versicherte sie. „Die jungen Damen, die da mit dem Schaum aufgewirbelt werden, scheinen eben ein Champagnerbad genommen und noch nicht Zeit gefunden zu haben, wieder Toilette zu machen. Der Pfropfen ist offenbar sehr überraschend für sie herausgeknallt. Nun, sie verstecken sich ja in den Schaumblumen, so gut sie können. Sehen Sie, Herr Kastenmeyer! Das Blättchen sollten Sie vervielfältigen; damit ist ein Geschäft zu machen." Sie reichte es hinüber und griff selbst zur Flasche, um dem Maler neu einzuschänken.

Die Handzeichnung wurde drüben mit sachverständigen Blicken gemustert und großen Lobes werth befunden. „Ich muß nächstens für mein Album etwas von Ihnen haben," sagte Silvia, „aber ich will selbst sehen, wie es entsteht. Nächstens, Herr Roland."

Sie winkte ihm dabei sehr freundlich zu. „Haben Sie schon eine Dame zum Kotillon?"

„Ich hoffte . . ."

Nun, Ihr Verdienst ist es nicht, daß ich noch frei bin."

„Um so dankbarer würde ich sein —"

„Also in Gnaden bewilligt." Sie zog wieder die Handschuhe auf.

Der Tanz setzte sich bis zum Morgen fort. —

Viertes Kapitel.

Ein Geschmackskünstler, der's zu etwas gebracht hat, und eine
Kunstliebhaberin, die das Talent aufmuntert. Man verlangt
ein Probestück.

oland — er mag nun so heißen, da sein
wahrer Name aus sehr beweglichen Grün-
den doch Geheimniß bleiben muß — wachte
erst auf, als die Sonne durch das hohe
Fenster seiner Dachkammer ihm ins Gesicht schien. Er
rieb sich verwundert die Augen, wahrscheinlich mit seinen Träumen noch nicht fertig und über die Wirklichkeit wenig erfreut. Es war eisig kalt in dem Raum.
Zwar stand in der Ecke am Schornstein ein kleiner
eiserner Ofen, aber er war seit vierundzwanzig Stunden nicht geheizt.

Er erinnerte sich, gestern beim Fortgehen seiner
Wirthin gesagt zu haben, sie könne Holz und Kohlen

sparen, bis er weitere Ordre gäbe. Nun war auch
der Kasten ganz leer.

Als er ging, hatte er gemeint, nicht mehr wiederzukommen. Und nun —? Da starrte ihn wieder seine
ganze Dürftigkeit an. Das brachte ihm die jüngsten
Begebenheiten wieder ins Gedächtniß zurück. Wenn
er die Augen schloß, sah er den Tanzsaal, hörte er die
Musik. Der Kopf war ihm schwer, es hämmerte unaufhörlich darin! Er strich mit dem Ballen der Hand
die Stirn, bis die Haut schmerzte. Und vorher — vorher —? Angelika!

Er sprang auf und warf sich in die Kleider.
Das Wasser in der Waschschale war mit einer dünnen
Eiskruste bedeckt. Er zerschlug sie und rieb mit den
spitzen Kristallen Hände und Gesicht. Das brachte ihn
wieder ganz zu sich. Auf der Staffelei unter dem
Dachfenster stand ein mit Papier überspannter Blendrahmen. Er hatte mit Kohle darauf die Sterbeszene
aus Romeo und Julie entworfen. Julie hatte die
Züge Angelikas, Romeo war Selbstportrait. Er lachte
laut auf und führte mit der Hand einen Schlag gegen
das Papier, daß es zerplatzte. „Das ist vorbei! Wer
glaubt noch daran?"

Es quälte doch sein Gewissen, daß Angelika vielleicht . . . während er in toller Lust . . . Ah! wenn
sie sich Wort gehalten hätte! Er mochte nicht daran
glauben. Sie hatte ihn aufgegeben: was hinderte sie
zu leben? Sie verachtete ihn. Und doch wollte er

Sicherheit haben. Er kleidete sich vollständig an und
ging aus.

An ihre Thür zu klopfen schien ihm unmöglich.
Was sollte er noch bei ihr? Sie verstanden einander
gestern schon nicht. Sollte er lügen? Und wie ließ sich
ihr die Wahrheit sagen? Er wollte auch nicht zurück. Angelika hatte allen Reiz für ihn verloren; der
Gedanke an sie beängstigte ihn nur noch. Diese Beängstigung loszuwerden war jetzt allein sein Bestreben.

Er ging an dem Hause vorüber, in dem sie wohnte.
Irgend etwas Ungewöhnliches dort oder auf der Straße
war nicht zu bemerken. Die Viktualienhändlerin im
Keller nebenan grüßte ihn ganz gleichgültig wie sonst.
Wenn etwas geschehen wäre, hätte sie ihn doch ange-
rufen, da er an dem Hause vorbeischritt. Die Uhr
mußte gleich zwölf schlagen. Er wußte, daß Angelika
dann den Professor zu besuchen pflegte. So wartete er
nun hinter der nächsten Ecke. Und richtig, zur bestimmten Zeit trat sie aus dem Hause, ein Buch im Arm,
und entfernte sich rasch in entgegengesetzter Richtung.

Nun war er ganz beruhigt. Was diese Nacht
nicht geschehen war, geschah überhaupt nicht.

Er überlegte, wie er nun sein Leben anstellen
solle. Eine Stufe herunter, hatte der Baron gesagt.
Vielleicht waren schon ein paar übersprungen zwischen
gestern und heut. Die Gesellschaft, in der er sich bewegt hatte, erschien ihm nun so fratzenhaft, und Silvia
selbst ... So hatte er sich auch eine Venus früher

nicht vorgestellt. Sie stand ihm doch noch immer vor
Augen, er hörte sie lachen. Es fiel ihm ein, ob er
nicht die Bekanntschaft mit dem Photographen Kastenmeyer ausnutzen und sich ihm als Retoucheur anbieten
sollte. So wäre wenigstens für den nöthigsten Verdienst gesorgt. Er ging an seinem Schaufenster vorüber und blieb stehen. Da prangten die gefeiertsten
Bühnengrößen in allerhand Kostümen. Was die Stadt
an Berühmtheiten hatte, war ausgestellt, Porträts, Pro-
spekte, Architekturen, Skulpturen. Auch der Diplomaten-
kopf Marottis fehlte nicht, dazu in Lebensgröße. An
einer anderen Stelle stand der Mann in ganzer Figur,
das Lorgnon in der Hand, wie einen Gegenstand aufmerksam musternd. In einem Glaskasten mit Visiten-
kartenporträts fand er auch Silvia, nicht zu ihrem
Vortheil des Reizes der Farben beraubt, dafür aber
mit einem koketten Lächeln ausgestattet, das schon nach
wenigen Minuten des Beschauens unerträglich wurde.
Er konnte sich nicht entschließen einzutreten.

Zu Hause fand er eine Karte des Assessors. Mit
Bleistift war auf die Rückseite geschrieben: „Bitte, mich
freundlichst zu besuchen. Wichtige Mittheilungen. Essen
wir zusammen? Drei Uhr." Straße und Nummer des
Hauses standen darunter notirt.

Roland fand sein Kämmerchen gut durchwärmt.
Er hatte noch Zeit und setzte sich an die Arbeit. Aber
das Ergebniß waren nur einige leichte Entwürfe von
Ballscenen in einem alten Skizzenbuche, das noch leere

Blätter übrig hatte. Die Formen, die seinem Auge eingeprägt waren, strebten nach Gestaltung. Je länger er sich mit ihnen beschäftigte, desto karrikirter wurden Stellungen und Bewegungen.

Um die bestimmte Stunde suchte er den Assessor auf. Sie gingen zusammen in ein Restaurant, nicht in das von gestern. „Wissen Sie auch, lieber Freund," sagte Herr von Pleutenburg, „daß Sie Eindruck gemacht haben? Bei meiner Rothen meine ich natürlich. War heute pflichtschuldigst dort, mich nach dem Befinden zu erkundigen. Ging von da gleich zu Ihnen. Von gar nichts anderem die Rede, versichere ich Ihnen, als von einem gewissen Maler Roland."

„Sie scherzen, Herr Baron."

„Werde ich mit so ernsten Dingen scherzen! Lieber Freund, es geht mir selbst an Kopf und Kragen. Wissen doch, daß ich Absichten hatte. Habe da eigentlich eine große Dummheit begangen, daß ich Sie einführte; aber wer konnte das auch voraussehen? Und ist doch einmal geschehen."

„Ich will Ihnen durchaus nicht in den Weg treten, Herr Baron."

„Was? Schon über Nacht abgekühlt? Ist Ihnen wohl im Traum die heilige Elisabeth erschienen und hat Strafgericht gehalten? Kleine Rückschläge unausbleiblich. Pah! Sie werden die reizende Silvia wiedersehen —"

„Wie sollte ich —?"

„Auf die einfachste Weise von der Welt. Man
erwartet Ihren Besuch, und es wäre wahrhaftig sehr
unartig, wenn Sie diesen Wink nicht beachteten. Meine
Aufgabe ist es, Ihnen das klar zu machen. Wußte
schon gestern so ungefähr, wie der Hase lief. Die
schöne Silvia hat nicht die Gewohnheit, ihre Neigungen
und Abneigungen versteckt zu halten. Sie streckt wie
eine Königin die Hand nach dem aus, was ihr gefällt.
Erinnere mich noch lebhaft des Abends, als der Baron
von Pleutenburg Novität war. Hob damals einen berühmten Tenoristen aus dem Sattel. Ja, was nützt
es, darüber zu philosophiren? Sonnenschein und Regen
kommen wenn sie wollen. Genieße, was dir Gott
beschieden, entbehre gern, was du nicht hast. Also
Freundchen ...“

„Aber das ist eine Laune, die schnell wieder um-
schlagen wird, ein ganz flüchtiges Interesse —“

„Kann sein, kann sein. Darauf baue ich meine
Hoffnung, so viel davon übrig geblieben ist. Heute
mir, morgen dir — übermorgen vielleicht wieder mir.
Vielleicht! damit trösten Sie sich. Denn vielleicht auch
nicht. Ich sage Ihnen, Sie haben Eindruck gemacht.“

„Glauben Sie mir, Herr Baron, ich habe auch
nicht entfernt daran gedacht —“

„Mich auszustechen — glaub' ich Ihnen, glaub'
ich Ihnen. An so etwas denkt man nicht, das kommt,
das ist da. Merken ja auch Bester, daß ich nicht aus
der Haut fahre. Was hilft's? Könnte mich höchstens

lächerlich machen. Dürfen übrigens ganz beruhigt sein, pflege immer mehr als eine Karte zu besetzen. Ob freilich noch eine Glückskarte, wie diese . . . nu! sie ist ja noch nicht abgezogen. Wünsche notabene auch meinem Nebenmenschen alles Gute. Und Sie brauchen's wahrhaftig. Greifen Sie zu!"

Der Maler rückte beunruhigt auf seinem Stuhl hin und her. „Ich verstehe Sie eigentlich gar nicht. Sie sprechen von Dingen, die hoch in der Luft hängen, als hätte man nur die Hand danach auszustrecken. Wenn Sie sich über einen armen Kerl, der augenblicklich seinen Mittag nicht bezahlen kann, lustig machen wollen, so ist das ein etwas grausames Vergnügen."

„Und Ihre künstlerischen Qualitäten, wie hoch rechnen Sie die? Lieber Freund, wenn unsereins sich ausgegeben hat, so mag das bedenklich scheinen. Sie können gar nicht in die Lage kommen, wenn Sie sich nur entschließen wollen, ein wenig praktisch zu sein. Lassen Sie doch alle die Skrupel fahren. Man will Sie protegiren — halten Sie doch still."

„Aber wie kann ich's wagen, in einem so vornehmen Hause —"

Der Assessor lachte hell auf. „Wofür halten Sie denn diesen Signor Marotti?"

„Ja — wenn er auch kein Graf zu sein scheint . . ."

„Bewahre! Da sehe ich nun, daß Sie sich bisher um das praktische Leben herzlich wenig bekümmert haben, nicht einmal um das, was hinter den Coulissen

Ihres eigenen Kunsttempels vorgeht. Sonst würde
Ihnen der Name nicht unbekannt geblieben sein. Herr
Marotti ist von Hause aus Damenschneider."

„Was —?!"

„Ja, sperren Sie die Augen auf! Und hieß vor
zehn Jahren noch schlechtweg Mar. Jetzt freilich besitzt der Mann eines der schönsten Häuser in der Stadt,
ist eingerichtet wie ein Bankier und hält Dienerschaft
wie ein Graf. Mit der Schneiderei gibt er sich nicht
mehr ab, weder in noch außer dem Hause; die ersten
Geschäfte arbeiten für ihn und schätzen sich's zur be-
sondern Ehre, von ihm berücksichtigt zu werden. Er
ist nur noch Geschmackskünstler."

„So nannten Sie ihn gestern schon. Aber was
heißt das?"

„Ich bin nicht vollkommen eingeweiht, aber ich
weiß ungefähr genug, Sie im allgemeinen aufzuklären.
Es ist unglaublich, wie wenig Menschen das haben,
was man Geschmack nennt — dieses feinere Gefühl
für das zugleich Hübsche und Passende. Selbst das
weibliche Geschlecht, das doch so oft instinctiv das
Richtige zu treffen weiß, tappt da meist im Dunkeln
und begnügt sich damit, die Schablone anzuwenden,
die von der Mode vorgeschnitten ist. Man ist abonnirt
auf ein beliebiges Modejournal, sucht sich eine Puppe
aus oder kombinirt mehrere Puppen und zieht sich
danach an. Man wählt schöne und kostbare Stoffe,
Spitzen, Fransen und Borten, natürlich in den mo-

dernsten Farben und Façons, und glaubt nun Anspruch
auf neidische Bewunderung zu haben. Die Individualität
bleibt da meist ganz außer Frage. Sie gerade ist aber
in Geschmacksachen entscheidend. Größe, Wuchs, Teint,
Farbe der Augen und des Haars sprechen wesentlich
mit; Hut, Kleid, Shawl sind nichts Absolutes, sondern
können nur in passender Verbindung untereinander und
mit individuellen Eigenschaften des Körpers zur Geltung kommen. Sich anziehen — passend für den Zweck,
passend für die Persönlichkeit, originell innerhalb der
herrschenden Mode, nicht auffallend und doch bemer-
kenswerth — das ist eine schwierige Sache. So im
rohesten findet man sich wohl vor dem Spiegel zurecht,
nachdem man die Schneiderin und Putzmacherin hat
sorgen lassen. Aber wer ist vor den ärgsten Verirrun-
gen sicher? Je grotesker die Mode, um so mißlicher
wird es, sie sich taktvoll anzueignen. Und wir wollen
doch gefallen, wegen unseres guten Geschmacks geprie-
sen, bewundert und beneidet werden! Nun stellen Sie
sich vor, welcher unermeßliche Vortheil der reichbegü-
terten, hocheleganten Modewelt gewährt wird, einen
Rathgeber zu haben, der ein förmliches Studium auf
das Verständniß dieser allersubtilsten Dinge gewendet hat
und überdies infolge einer genialen Anlage für unfehl-
bar in Geschmacksachen gelten darf. Da haben Sie
Herrn Marotti. Er hat sich in den Ruf gebracht, das
empfindlichste Auge für die tausend Kleinigkeiten zu
besitzen, deren vollkommene Zusammenstimmung erst ein

gefälliges Ganzes gibt. Er ist in seiner Art ein
Künstler, ein Virtuose. Man spricht nur von seinem
Atelier und es wird darin nicht mit Nadel und Fin-
gerhut gearbeitet, sondern nur kritisirt. Die Gräfin
von Sounosfo bittet um eine Konferenz; sie trägt vor,
daß sie zu einer festlichen Gelegenheit eine Robe brauche,
die so und so viel kosten dürfe; sie besitze einen Schmuck
von solcher und solcher Art, den sie dabei tragen wolle,
und so weiter. Signor Marotti betrachtet sie mit Kennerblick, bestimmt Stoff, Farbe, Besatz, Form, gibt Anweisungen an das Magazin, setzt sich mit den Lieferanten und Arbeitern in Verbindung, wählt und prüft,
verwirft oder acceptirt. Ist dann die Robe fertig, so
erscheint die Dame in voller Toilette wieder in seinem
Atelier zur Musterung. Der Werkmeister ist dabei. Es
werden Winke zur Retouche gegeben, kleine Nüancen
probirt, hier und dort Nadeln gesteckt, Fältchen ver-
legt. Unmittelbar vor dem Gebrauch pflegt noch eine
letzte Konferenz gewährt zu werden. Das Kunstwerk
ist dann fertig und darf sich präsentiren. Bei großen
Ballfesten und dergleichen hält manchmal eine ganze
Wagenreihe vor seiner Thür, versichere ich Sie. Es
gilt für besonders vornehm, diese Toilettenprobe nicht
versäumt zu haben."

Der Maler hörte ganz verwundert zu. „Das ist
erstaunlich," sagte er. „Wenn Sie nicht ein ernstes Gesicht dabei machten —"

„Würden Sie mich für einen Aufschneider halten.

Glauben Sie mir, bester Freund, Herr Marotti hat so
manche Braut früher in ihrem vollen Brautschmuck mit
Myrthenkranz und Schleier gesehen als der Bräutigam
selbst. Man denkt ja zunächst an die Schaustellung in
der Kirche. Uebrigens ist damit nur ein Zweig der
künstlerischen Thätigkeit dieses Geschmackgenies nothdürftig skizzirt. Ich habe Grund anzunehmen, daß Marotti auch für den Photographen und Maler vorarbei-
tet. Sehen Sie zu, ob man Sie in diese Geheimnisse
einweihen wird."

„Sie machen mir wirklich Lust, den merkwürdigen
Mann näher kennen zu lernen," rief Roland, die Ser-
viette auf den Tisch werfend.

„Den Mann?" Ich denke, das Fräulein, das sich
nun doch einmal für Sie interessirt. Auch eine Merk-
würdigkeit — was?"

„War es Ihre ernstliche Absicht, Baron, diese
junge Dame —"

„Nehmen Sie darauf gar keine Rücksicht. Ich
sagte Ihnen schon, es hilft mir nicht das mindeste.
Silvia wird mich desto höher schätzen, je vorurtheils-
freier ich mich beweise. Sie hat übrigens ein großes
Herz; so viel sie davon als Frau brauchen wird, behält
sie immer noch übrig. Stecken Sie also getrost irgend
ein Skizzenbuch zu sich, und machen Sie der reizenden
Person Ihre Aufwartung."

Der Ton, in dem der Assessor sprach, war dem
Maler im Innersten zuwider. Es ließ sich nicht her-

aushören, ob er etwas ernsthaft meinte oder ironisch
behandelte. Dabei hatte er die Manier, die Stirn in
Falten zu ziehen und fast finster zu blicken, wenn man
bei seinen Worten an irgend eine Schelmerei dachte,
und wieder ganz spitzbübisch zu lächeln, wenn man an
seine Ehrlichkeit zu glauben geneigt war. So viel schien
doch bei alledem sicher zu sein, daß man ihn im Ma-
rottischen Hause zu sehen wünschte. Wie der Assessor
dasselbe geschildert hatte, erhielt es für ihn zwar den
Charakter des Wunderbaren, gewann aber nur an Anziehungskraft. Es war doch ein künstlerischer Zug darin, seine Bewohner traten ihm faßlich näher. Graf
Marotti ein genialer Damenschneider, die reizende Silvia
vielleicht eine talentirte Putzmacherin oder dergleichen
— der Boden war nicht mehr so ungleich; bei aller
Armseligkeit seiner Verhältnisse konnte er als wirklicher
Künstler ein wenig von oben herabsehen. Warum sollte
man sich nicht den Spaß machen, noch eine Strecke
weiter zu abenteuern, da der Anfang so lustig gewesen
war und die Fortsetzung begehrt wurde.

Er befolgte den Rath des Assessors, nahm eine
kleine Mappe mit Zeichnungen unter den Arm und
suchte das Haus des Herrn Marotti auf.

Es war in der That ein stattliches Haus mit zier-
lichem Vestibül und Spiegelscheiben. Eine Equipage
hielt vor der Thür; ein Kutscher im Bärenpelz saß auf
dem Bock, der Diener, lauter neunzackige Kronen auf
den Knöpfen des bis zur Erde hinabreichenden Livrée-

rockes, wartete am Portal. Die Treppe mit einem
Geländer von vergoldeter Bronze machte unter einem
dreiflügeligen Fenster mit Glasmalerei eine Wendung;
die Bronzefigur, die hier postirt war, hielt einen Kan-
delaber; die fünf Gasflammen brannten bereits. Die
kostbaren Läufer theilten sich oben nach zwei Richtun-
gen. An dem offenen Eingange rechts — man sah in
einen kurzen Korridor mit Marmorstatuetten an der
dunkelrothen gefelderten Wand — stand ein Diener im
feinsten Gesellschaftsanzuge. Roland fragte nach Herrn
Marotti. Derselbe sei in seinem Atelier und nur für
Damen zu sprechen, die sich zur Konferenz für heute
hätten anmelden lassen. Ob er seine Karte abgeben
wolle? „Das Fräulein aber —" „Ja so, das Fräulein!
Dann müssen Sie drüben den Knopf drücken." Er
zeigte auf den geschlossenen Eingang. Ein sehr niedliches Mädchen öffnete hier, gab aber schnippische Antworten, als er aus sehr triftigem Grunde zögerte, sich
durch eine Karte zu legitimiren. „Melden Sie nur den
Maler Roland." „Nu — wie Sie wollen."

Er wurde in einen reizenden kleinen Salon ein-
gelassen, Möbelbezüge, Fenstervorhänge und Portieren
von blauer Seide, Fußboden parkettirt, Decke von Stuck
mit gemalten Rosetten. Silvia kam ihm entgegen in
einem schwarzen Wollenkleide mit Atlas- und Spitzen-
besatz, das bis an den Hals schloß und die vollen
Formen möglichst knapp zusammenfaßte. Gesicht und
Hände erschienen dagegen blendend weiß. Zu dem

etwas phantaſtiſch aufgeſteckten röthlichen Haar har-
monirte gut die blaue Schleife, übrigens der einzige
Auspuß. Sie lachte wie ein rechter Schalk. „Alſo Sie
haben uns doch nicht vergeſſen, Herr Roland? Das iſt
hübſch von Ihnen."

Er ſtammelte eine Entſchuldigung, daß er die
Gunſt des Geſchickes, ihr Tänzer geweſen zu ſein, ſo
kühn ausnuße. Der Baron habe ihn aber ermuthigt,
ſich vorzuſtellen und noch einige Proben ſeiner Kunſt
zu produziren.

„Ach, der Baron!" fiel ſie ein, „der hat gewiß
erſtaunlich viel dummes Zeug geſchwaßt, das iſt ſo
ſeine Art. Was hat er Ihnen von mir erzählt?
Beichten Sie nur. Daß ich eine herzloſe Kokette bin,
nicht wahr? Weil ich das Gebot nicht befolge: ‚Du
ſollſt nicht andere Götter haben neben mir' — Ha, ha,
ha! Es iſt komiſch, wenn er ſich als gefühlvoller Liebhaber aufſpielt. Dabei bringt er's nicht einmal zu
einem ernſtlichen Anflug von Eiferſucht, wie man ihn
auch reizt. Ich amüſire mich ſtets köſtlich dabei. Auch
diesmal wieder . . . ha, ha, ha! Ich hoffe, Sie ſind
verſtändig genug, ſich nichts einreden zu laſſen."

„O, er verehrt Sie ſehr," verſicherte der Maler
in einiger Verlegenheit.

„Das weiß ich, das weiß ich," rief ſie, noch
immer lachend. „Aber halten wir uns dabei nicht auf.
Was haben Sie da mitgebracht? Nach dem Format
zu ſchließen —"

„Ein altes Skizzenbuch. Der Baron meinte —"
„Vortrefflich! Laſſen Sie doch gleich ſehen. Jch
durchblättere dergleichen Skizzenbücher für mein Leben
gern. Da pflegen die Herren Maler ihre beſten Gedanken abzulagern — bei der Ausführung ſpäter bleibt
oft nicht viel davon übrig. Was der Augenblick ein-
gibt, das hat naturwüchſiges Leben. Kommen Sie,
ſetzen wir uns dorthin. Papa hat noch zu thun, ich
darf ihn jetzt nicht ſtören. Die Gräfin Kraſowsi oder
Krabotzi — wer kann die Namen behalten — con-
ferirt mit ihm wegen der ſilbernen Hochzeit bei Excellenz Gernsheim; ſie hat drei Töchter, eine immer häß-
licher als die andere — es iſt eine Rieſenaufgabe ſie
anzuziehen. Aber Papa bringt's fertig, es kommt etwas
ganz Originelles heraus. Die Gräfin iſt ſehr reich.
Benutzen wir alſo die Zeit."

Sie führte ihn zu einem kleinen Sopha ohne Seiten-
lehnen, das hinter einem runden Tiſch ſtand, auf dem
eine ſehr koſtbare Lampe brannte, und nöthigte ihn ſich
neben ihr niederzulaſſen. „Wenn Sie ſich nicht vor mir
fürchten," bemerkte ſie ſchalkhaft. Die Gefahr eines
Zuſammenſtoßes der Ellbogen lag allerdings nahe.
„Und nun laſſen Sie mich nicht nur ſehen, ſondern auch
hören. Jedes dieſer Blätter hat ſicher ſeine kleine Ge-
ſchichte. Für die intereſſire ich mich ſehr."

Er gab ſich alle Mühe, ihre Neugierde zu befriedigen. Sie wechſelte aber bald die Blätter ſo raſch,
daß er mit der Erklärung nicht nachkommen konnte.

„Wir wollen nur erst den ganzen Schatz durch-
mustern", meinte sie, „damit wir wissen, was wir haben.
Hinterher fangen wir wieder von Anfang an." Sie
schlug dann auch wirklich zurück, hier und dort mit
Fragen anknüpfend. „Ich finde da aber gar nichts
Italienisches. Das haben Sie wohl zu Hause gelassen."

„Ja, wie käme ich denn dazu?"

„Herr von Pleutenburg sagte doch, daß Sie kürzlich aus Rom —"

„Ach, das war seine Erfindung, um mich der Gesellschaft annehmlicher zu machen."

„Dachte ich's doch! Es ist ein Dichter an ihm verdorben. Sie waren gar nicht dort?"

„Wie sollte ich? In meinen kümmerlichen Verhältnissen ... Sie können sich dieselben gar nicht kümmerlich
genug denken, mein Fräulein. Ich halte mich für verpflichtet, die erste beste Gelegenheit zu benutzen, Sie
darüber aufzuklären, damit nicht unrichtige Voraussetzungen —"

„Wer setzt etwas voraus? Bei einem Künstler Genialität, das freilich. Und ich habe mich nicht getäuscht.
Mehr oder minder sieht man's doch dem Menschen an,
was in ihm steckt — wenn man das Auge dafür hat.
Diese Skizzen sind allerliebst. Haben Sie noch mehr
davon?"

„O, Sie würden schwerlich die Geduld haben, sie
sämmtlich durchzusehen."

„Finden Sie mich so ungeduldig? Es ist ja auch

5*

nicht nöthig, daß man sogleich mit der ganzen Herrlich-
keit aufräumt. Nächstens suchen wir Sie in Ihrem
Atelier auf; da zeigen Sie uns einige von den größeren
Stücken."

Er hob erschreckt den Kopf. „In meinem Atelier!
Sie würden sich wundern. Nein, auf Damenbesuch bin
ich nicht eingerichtet."

„Um so interessanter. Porträtiren Sie auch?"

„Wie Sie sehen, die Kinder von der Straße, die
Eckensteher, die Bettler, die Weiber vom Fischmarkt —"

„Auch ein paar sehr niedliche Mädchen haben sich
da fangen lassen." Sie legte immer die Blätter langsam um und brachte ihm dabei ihre zierliche Hand
jedesmal dicht vor's Gesicht; er hätte sich nur ein wenig
vorbeugen dürfen, um sie küssen zu können — wirklich
eine sehr zierliche Hand. „Wie kommt es denn eigentlich, daß Sie nicht längst ein berühmter Maler sind?"

Nun mußte er lachen. „Zu allem andern, was
mir sonst dazu fehlt, habe ich leider auch kein Glück,
mein Fräulein."

„Dem muß man aber nachlaufen."

„Ich bin zu ungeschickt."

„Versuchen Sie's einmal ernstlich. — Da kommt
der Papa!" Sie stand auf und ging ihm entgegen. „Nun,
was hast du für die schwarze Comtesse bestimmt?"

„Feuerroth", antwortete er, „mit silbernen Schmetter-
lingen auf ganz zarten, grünen Ranken. Das Kostüm
wird sehr merkwürdig."

„Herr Maler Roland, Papa —"

„Freut mich, freut mich." Er reichte ihm mit graziöser Bewegung die Hand zu, um sie nach der leisesten Berührung wieder zurückzuziehen. „Meine Tochter interessirt sich für die Kunst. Kann man Ihnen denn irgendwie behilflich sein, junger Mann?" Er ließ sich in einen Sessel nieder.

„O, nicht deshalb, Herr Marotti —"

„Verstehe, verstehe. Ich bin jungen, aufstrebenden Talenten gern nützlich, besonders wenn meine Tochter... hm, hm! Sie haben Ihre Zeichnungen mitgebracht, wie ich bemerke. Bist du zufrieden damit, Silvia?"

„Es sind ganz entzückende Blättchen darunter, Papa. Für dich freilich..." Sie zuckte die Achseln. „Toilettenstudien lassen sich da nicht machen."

Marotti rollte seinen Sessel an den Tisch. „Pah!" Er streckte sich lang aus und nahm das Skizzenbuch vor sich. „Heute entsetzlich fatiguirt. Diese Gräfin Krajewski mit ihren unreifen Ideen —! Sie glauben nicht, was das für eine Qual ist, fortwährend die elementarsten Dinge auf den Kopf gestellt zu sehen. Ich habe ihr schließlich geradeheraus erklären müssen, daß ich jede Verantwortlichkeit ablehne, wenn sie sich mir nicht unbedingt unterwerfe. Morgen wird das wieder vergessen sein." Er hob von Zeit zu Zeit die Lorgnette und warf einen Blick in das Buch. „Die Gesellschaft hier ist nicht die beste. Warum haben Sie denn so großen Fleiß darauf gewandt, alle diese Lumpen zu zeichnen?

Man kann die Flicken auf der Jacke dieses Burschen zählen und die abgerissenen Knöpfe. Das nennen die Herren Maler nun romantisch. Verlangt man von ihnen aber ein elegantes Kostüm, so machen sie die unglaublichsten Verstöße. Da lobe ich mir die alten Venetianer. Nach ihren Bildern kann man noch heute ein Modell anfertigen lassen. Sie malten, was zu ihrer Zeit modern war, und halfen selbst der Mode nach. Kein Pariser Modekupfer kann sie erreichen."

„Zweifelst du, Papa, daß Herr Roland auch in dieser Richtung Glänzendes leisten könnte, wenn er Gelegenheit erhielte, sich darin zu versuchen?" fragte Silvia, den Kopf in die Hand stützend. „Gib ihm nur die entsprechenden Muster."

„Hm — ja . . . es kann sein, käme auf die Probe an. Meine Erfahrungen machen mich vorsichtig. Nehmen Sie unsern ersten Porträtmaler, Professor Quast. Ich habe den Mann in jeder Weise protegirt, weil er wenigstens ein feines Gefühl für Farbenbesonderheiten dokumentirt; für den Schnitt zeigt sich aber mitunter doch ein auffallend geringes Verständniß. Die wirklich exquisite Robe der Baronin Kaulmann hat er mir durch seine läppischen Verbesserungen eigentlich total verdorben."

Der Diener meldete Frau Bankier Rosenstock. „Die Dame bittet nur um zwei Minuten," sagte er, „es handele sich lediglich um die Farbe der Handschuhe, soll ich bemerken."

Herr Marotti erhob sich seufzend und zog die Weste glatt. „Ich kenne ihre zwei Minuten. Ich komme." Er wandte sich zum Maler. „Erlauben Sie, daß ich mich gleich verabschiede. Würde mich freuen, Sie näher kennen zu lernen. Unzweifelhaft recht sichere Beobachtungsgabe — vielversprechendes Talent. Möchte aber noch mehr sehen. Behalte mir weiteres vor. Adieu." Er reichte ihm wieder so vornehm wie bei der Begrüßung die Hand. „Liebe Silvia, vergiß nicht, daß wir nach dem Theater zu fahren beabsichtigten. Die Stern-Hampel wird sich in einem Kostüm nach meinen Angaben präsentiren — kann Aufsehen erregen, wenn sie es zu tragen versteht. Bin wirklich neugierig." Er zupfte noch einmal an der Weste und verschwand hinter der Portiere.

Der Maler verstand den Wink und empfahl sich. „Das Skizzenbuch müssen Sie mir hier lassen," sagte Silvia. „Wann holen Sie sich's ab? Aber ich sehe Sie inzwischen wohl noch anderswo. Leben Sie wohl, und lassen Sie sich von Herrn von Pleutenburg nicht zu viel aufbinden. Wo Sie wohnen, habe ich übrigens von ihm erfahren. Sehen Sie sich vor!"

Er begriff den Sinn dieser Abschiedsrede nicht ganz, wagte aber keine Frage. Nur so viel war ihm gewiß, daß die junge Dame ihm ein sehr auffallendes Wohlwollen entgegenbrachte. Das schmeichelte. Man hatte offenbar Absichten mit ihm. Aber was konnte man da für ihn thun? Papa Marotti kam ihm etwas närrisch

vor; trotz der Information des Barons konnte er aus
dem Manne nicht recht klug werden.

Am andern Vormittag arbeitete er wieder fleißig.
Er skizzirte aus der Erinnerung den kleinen Salon und
setzte auch eine Figur hinein, die mit Silvia Aehnlichkeit hatte. Er ließ sie mit einem niedlichen Seidenspitz
spielen. Wie ihm dies Motiv gekommen war, konnte
er sich selbst nicht erklären. Es fiel ihm auch gar nicht
ein, nach einer Erklärung zu suchen.

Die Skizze war schon ziemlich weit vorgeschritten,
als an seine Thür geklopft wurde. Zu seiner größten
Ueberraschung traten Marotti und Silvia ein. Zum
Glück hatte die Wirthin schon nothdürftig aufgeräumt.
Silvia lachte laut über seine Verlegenheit, der Papa
schien sich aber zu geniren und nur mühsam in die
Situation zu finden, in die ihn das Töchterchen ver-
setzt hatte. „So also sieht's in der Werkstätte des
Genies aus!" rief sie. „Welche Bedürfnißlosigkeit!
Wenn ich damit dein Atelier vergleiche, Papa . . ."

„Eine Laune meiner Tochter, Sie bei der Arbeit
zu überraschen," entschuldigte der Gentleman. „Silvia
wird sich jetzt überzeugen, daß nicht jeder Maler auf
Damenbesuch eingerichtet ist — zumal auf unangemel-
deten Damenbesuch. Aber sie wollte durchaus nicht
erlauben —"

„Wozu die Förmlichkeiten," fiel das Fräulein ein,
„und wer läßt sein Urtheil durch solche Aeußerlichkeiten
bestimmen? Ich war ja auf ein Dachkämmerchen vor-

bereitet. Wenn es den Musen nicht zu ärmlich ist, wird doch wohl ein neugieriges Menschenkind vorlieb nehmen können. Kommen wir gleich zur Hauptsache. Was haben Sie da auf der Staffelei? Kramen Sie schnell Ihre Mappen aus. Papa, sieh doch! Unser Salon mit den französischen Möbeln — und der reizende Spitz auf dem kleinen Sofa —"

Marotti hob die Lorgnette. „Und die junge Dame erinnert ein wenig —"

„An deine Tochter." Sie warf dem Maler einen dankbaren Blick zu, der ihm das Blut in die Wangen trieb. „Es ist sehr liebenswürdig, daß Sie sich mit mir beschäftigt haben, Herr Roland."

„O, es verstand sich ja von selbst . . ." stotterte er.

„Der Atlasstreifen hier ist aber zu breit gerathen," bemerkte Marotti. „Es bleibt nicht Raum genug für die Spitze. Fühlen Sie das?"

„Aber ich habe dem Maler ja nicht gesessen, Papa."

„Hm, — hm! Sonst nicht übel aufgefaßt — der Aermelansatz im ganzen korrekt. Die Spannung über dem Knie vielleicht etwas zu hart. Beim Sitzen frei-lich, und der Fuß ist zurückgezogen — zeigt sich doch aber in der Natur weicher, elastischer bei dem gewählten Stoff. Sie haben nicht genug Rücksicht auf den Stoff genommen, dem die Weite des Rockes genau angepaßt ist. Nu, nu — läßt sich entschuldigen."

„Du siehst wenigstens, Papa," sagte Silvia schalk-haft lächelnd, „daß unser junger Freund nicht nur für

die Schleier von Champagnerschaum und für die zer-
rissenen Röckchen der Bettelkinder ein Auge hat. Ich
zweifle nicht, daß er durch diese Skizze in deiner Hochachtung sehr bedeutend wachsen wird. Lassen Sie uns
sehen, was Sie sonst haben. Die größeren Blätter,
bitte ich. Was sich bequem unter den Arm nehmen
läßt, das bringen Sie uns gelegentlich nach Hause.
Nicht wahr?"

Sie setzte sich auf den Holzschemel, den er eiligst
mit einem Stück rothen Zeuges überworfen hatte, und
nöthigte den Papa hinter sich. Der Maler hob aus
einer großen Mappe Blatt nach Blatt auf die Staffelei
und erklärte den Inhalt. Silvia sah mehr auf ihn,
als auf die Bilder. „Das müßte übrigens ein aller-
liebstes Genrebildchen geben," sagte sie, „wenn Sie uns
so nähmen, wie wir uns augenblicklich präsentiren. Das
Atelier natürlich in seiner ganzen idyllischen Anspruchs-
losigkeit; und darin der Papa in seinem vornehmen
Pelz als Kunstmäcen und . . . ja, man müßte aus
irgend einer Andeutung merken können, daß das Fräulein eigentlich das Genie in der Dachkammer entdeckt
und den etwas verwöhnten Herrn bestimmt hat, drei
böse Treppen zu steigen. Der Maler an der Staffelei
müßte jedenfalls ein sehr hübscher Mensch sein. Denken
Sie sich das einmal aus."

Marotti kritisirte in seiner Weise. Er entdeckte
eine „unmögliche Schleppe" und hielt sich dabei längere
Zeit auf. Im allgemeinen äußerte er aber befriedigt.

„Es kann aus Ihnen etwas werden, junger Mann," sagte er beim Abschied sehr gnädig. „Sie müssen es nur richtig anzufangen wissen. Auftreten, auftreten! Man muß heutzutage etwas hineinstecken, wenn man mit Erfolg arbeiten will. Die Leute glauben sonst nicht daran."

Der Maler zuckte die Achseln. „Wo soll's aber herkommen?"

Marotti stieß nur ein „Pah!" aus, ohne sich verständlicher auszudrücken.

Silvia klopfte ihm auf die Schulter. „Nimm ihn in die Lehre, Papachen."

„Kommen Sie morgen Abend zu mir," sagte er, „wollen einmal miteinander sprechen."

„Warum nicht heute, Papa? Wir haben, so viel ich weiß, nichts vor."

Er kniff den Mund und legte nachdenklich den Finger auf die Stirn. „Haben wir nicht? Meinetwegen auch heut. Sieh dich vor, Silvia, es ist hier sehr dunkel an der Stiege. Acht Uhr also."

Das konnte heißen, zum Souper. Roland meinte auf dieses Conto hin das Mittagessen entbehren zu können. Ein guter Kaffee, den er selbst braute, leistete allenfalls dem Magen ausreichende Dienste. Er fühlte sich in der gehobensten Stimmung. Sein Schicksal mußte eine glückliche Wendung genommen haben, daran war nicht mehr zu zweifeln. Er beschloß, sich auch ferner mit dem Winde treiben zu lassen.

Pünktlich folgte er der Einladung. Wirklich war auch für ihn der Tisch gedeckt. Doktor Stichel war schon dort, blieb aber nicht lange. Er müsse noch ins Theater, sagte er, und hören, wie die neue Oper gefallen habe. Das Morgenblatt müsse eine Notiz bringen, wenn auch nur in zwei Zeilen. „Den müssen Sie zum Freunde haben," bemerkte Silvia, als er gegangen war. „Seine Notizen sind bedeutsamer, als spaltenlange Kritiken."

„Ganz recht," bestätigte der Papa, „und Kastenmeyer muß Sie photographiren, damit man Sie erst einmal zu sehen bekommt." Er wurde beim Glase Wein vertraulicher. „Wollen sehen, was sich für Sie thun läßt," sagte er. „Sie gefallen mir sonst ganz gut. Zeigen Sie zunächst eine Probe Ihrer Kunst, mit der man auch die Freunde für Sie interessiren kann."

„Eine Probe, Herr Marotti? Wenn nicht meine Studien —"

„Ah! Das genügt nicht. Alles recht hübsch, aber nicht auf den Effekt. Soll man Sie machen" — der Maler sah ihn verwundert an — „so müssen Sie gleich mit einer Leistung vor, die ein gewisses Aufsehen erregt. Wir brauchen ein ausgeführtes Bild in Oel, von präsentabler Größe und augenfälliger Bedeutsamkeit. Wollen Sie sich daran wagen?"

„Aber das erfordert Zeit und ... Auslagen. Ich gestehe, daß ich nicht in der Lage bin —"

„Brauchen Sie mir gar nicht mehr zu sagen; bin

vollkommen orientirt, seitdem ich Ihr — Atelier gesehen habe." Er lächelte diplomatisch. „Ich will Ihnen
etwas vorschlagen, junger Mann. Malen Sie meine
Tochter."

„Ah, Ihre Tochter!"

„Brustbild in Lebensgröße."

„Wenn Fräulein Silvia die Güte haben will, mir
zu sitzen —"

Sie nickte. „Papa, das ist ein reizender Einfall."
Er erhielt einen Kuß.

„Ueber den Preis werden wir einig werden, hoffe ich."

„Bestimmen Sie ihn selbst," bat der Maler. „Die
Aufgabe ist so interessant, daß ich mit Vergnügen —"

„Gut, gut! Ich will aus Ihrer Bedrängniß keinen
Vortheil ziehen, Ihnen aber auch kein Geschenk anbieten.
Sind Sie mit fünfhundert Mark zufrieden?"

„O, Herr Marotti, das ist zu viel —"

„Also einverstanden. Die Hälfte erhalten Sie im
voraus."

Roland sprang auf. „Dann ist mir geholfen." Er
drückte ihm gerührt die Hand. „Großmüthiger Mann —"

Marotti schien diese Dankbezeugung allzustürmisch
zu finden. Er zog die Hand zurück und ließ, um sich
von dem Drucke zu befreien, die Finger spielen. „Nu
— nu," sagte er, „keine Ursache. Gelingt das Bild
über meine Erwartung, so behalte ich mir eine höhere
Schätzung vor. Die Hauptsache ist aber, daß Sie sich
dadurch für die Zukunft die Stellung sichern, die ich

Ihnen unter gewiſſen Vorausſetzungen zugedacht habe."

Der Maler wollte wieder nach ſeiner Hand greifen. Da dieſelbe aber eiligſt unter die Weſte glitt, wandte er ſich nach der andern Seite und erfaßte Silvia, die ſich nicht ſo oppoſitionell geſinnt zeigte. „Womit habe ich das aber verdient?" rief er ſehr glücklich.

Marotti zog die Augenbrauen auf. „Unter ge- wiſſen Vorausſetzungen, ſage ich, davon ſpäter. Es ſcheint, daß wir uns werden verſtändigen können. Biſt du mit mir zufrieden, Silvia?"

„O, Papa —! Wenn Herr Roland meine rothen Haare —"

„Gerade darauf freue ich mich," verſicherte er. „Ich habe ſchon eine Idee." Zur Bekräftigung drückte er wieder ihre Hand.

„Und wann fangen wir an?"

„Gleich morgen, wenn ich darf. Aber wo . . .? — Bis ich mir ein hübſches Atelier eingerichtet habe —"

„Das laſſen Sie nur vorläufig bleiben," unterbrach Herr Marotti. „Das Bild malen Sie in meinem Hauſe. Ich will Ihnen ein Zimmer zu dieſem Zweck einräumen. Schaffen Sie Ihre Staffelei zu mir. Was brauchen Sie ſonſt?"

Alle nöthigen Verabredungen wurden getroffen.

„Und nun das letzte Glas auf gutes Gelingen!"

Dem Maler war der Wein in den Kopf geſtiegen, er wurde redſelig, was das Fräulein ſehr zu beluſtigen ſchien. Der Papa gab aber einen verſtändlichen Wink,

daß es für heute genug sei. Er müsse zu einem Mas-
kenfeste im fürstlich Arenthalschen Palais noch einen
Van Dyck studiren, sagte er.

Roland verabschiedete sich unter wiederholten Betheuerungen seiner Dankbarkeit.

Fünftes Kapitel.

Eine gute Idee und eine geschickte Hand thun's noch nicht. Verrath hilft zum Siege, fordert aber seinen Lohn. Gute Aussichten.

Schon früh am nächsten Vormittage beförderte der Maler seine Staffelei an den neuen Bestimmungsort. Er riß das Papier, auf dem er die Scene im Grabgewölbe aus Romeo und Julia skizzirt hatte, vollends vom Blendrahmen herunter und warf die Fetzen in eine Ecke, ohne der Zeichnung auch nur einen Blick zu gönnen. Nachdem er dann mit seiner Wirthin abgerechnet und die gute Frau zu ihrer größten Verwunderung auf Heller und Pfennig befriedigt hatte, ging er aus, Leinwand und Farben einzukaufen. Auch in einem Kleiderladen sprach er an und erstand einen eleganten Anzug. An anderer Stelle versorgte er sich mit den feinsten Handschuhen. Bei einem Friseur ließ er sich das allzuwilde

Haar stutzen und freute sich über sich selbst, als er in den großen Spiegel sah. Er fühlte sich ein ganz anderer Mensch mit der Tasche voll Geld. Soviel hatte er noch nie sein Eigenthum genannt.

Nun stattete er auch Herrn von Pleutenburg eine Visite ab. Er fand ihn noch im Bett, „nach einer etwas wilden Nacht", wie ihm glaubhaft versichert wurde. Er schüttete ihm stürmisch sein Herz aus. „Sie sind mein Retter gewesen, Baron, das werde ich Ihnen nie vergessen."

Der Assessor schlürfte eine Tasse schwarzen Kaffee. „Schon gut, schon gut, Freundchen", sagte er, „übersprudeln Sie sich nicht. Jedes Ding hat zwei Seiten. Na — will Ihnen das Vergnügen nicht verderben. Malen Sie die reizende Silvia noch reizender als sie Gott und ihre Friseuse geschaffen · hat, und sehen Sie ihr dabei so tief in die blauen Augen, bis Sie ihre ganze Schelmerei ergründen. Nehm's Ihnen wahrhaftig nicht übel. Komme nächstens gratuliren."

„Aber so lassen Sie doch diese anzüglichen Reden," bat der Maler. „Was denken Sie sich bei dem allen nur? Man findet einen armen Teufel von Künstler, interessirt sich für ihn, fördert ihn. Das ist edel, oder wenn Ihnen das Wort besser gefällt: nobel. Mag dieser Herr Marotti sein, wer er will; mag seine Tochter Silvia —"

Er stockte.

„Nun?" fragte der Assessor.

„Mag sie die halbe Stadt am Narrenseil herum-
gezogen und alles denkbare Unheil angerichtet haben —
was geht es mich an? Uebrigens glaube ich, daß sie
arg verleumdet ist."

„Das wissen Sie von ihr selbst, nicht wahr?"

„Sagen Sie was Sie wollen, Silvia ist ein gutes
Mädchen —"

Der Assessor ließ sich lachend in die Kissen zurück-
fallen. „Ein gutes Mädchen! Das klingt zu komisch.
Mein Kopf, mein armer Kopf!"

„Wir werden uns ernstlich verfeinden, Herr Baron."

„Das wäre schade. Ich gebe Ihnen ja in allem
recht. Ich nenne die Dinge nur ein bißchen anders.
Sie sagen: ein gutes Mädchen, und ich: eine reizende
Schlange. Der Unterschied mag ganz unbedeutend
sein. Gewissen Leuten sind die guten Mädchen mindestens so gefährlich, wie anderen die reizenden Schlan-
gen. Täusche ich mich, um so besser. Jedenfalls sind
Sie zunächst gut aufgehoben, und dazu wünsche ich
Glück. Malen Sie nicht zu stürmisch, rathe ich. Die
schönen Tage von Aranjuez muß man nicht abkürzen.
Nun — sind Sie wieder gut?"

Der Maler verließ ihn in geärgerter Stimmung.
Es that ihm leid, daß er nicht lieber fern geblieben
war. „Dem ist nichts mehr heilig," murrte er vor sich
hin. Zu Hause spannte er die Leinwand auf den
Blendrahmen, belud sich selbst damit und eilte nach der
Wohnung seines Gönners, um nicht Zeit zu versäumen.

Silvia ließ sehr lange auf sich warten. Sie sei noch bei der Toilette, war ihm gesagt worden. Er verhängte den untern Theil des Fensters, um Oberlicht zu gewinnen, rückte den Tritt, den er sich ausgebeten hatte, und die Staffelei hierhin und dorthin, spitzte die Kohle und warf sich endlich in einen Plüschsessel, den Kopf hintenüber legend und mit halbgeschlossenen Augen zur Decke hinauf von dem Bilde träumend, das er malen werde. Er dachte sich Silvia in dem schwarzen Kleide, noch lieber aber in der Ballrobe. Dem Maler war's nicht zu verdenken.

Endlich überraschte sie ihn aufs angenehmste durch eine Combination beider Arten von Costümen. Sie trug ein Kleid von dunklem Sammt in einer unbestimmten ins Grünliche und Violette schillernden Farbe, am Halse so weit ausgeschnitten, daß die Schultern freiblieben, die sich nun blendendweiß heraushoben. Um den Ausschnitt lief eine sehr künstliche Garnirung von matter Seide, an welche innen eine fächerartig gefaltete und in den obern Maschen mit einem schmalen Seidenbändchen von derselben Farbe zusammengezogene Spitze ansetzte, die sehr zierlich die Wölbung überspannte. Ueber der linken Brust war ein kleiner Blumenstrauß angesteckt, so hoch, daß die dunklen Blattspitzen das zarte Gewebe überragten, während, die helleren Blüthen in die seidenen Puffen eingebettet waren. Ein gleichartiger Strauß war ins Haar gesteckt, so leicht und gefällig, daß man an ein zufälliges Gelingen glauben konnte.

6*

„Entzückend," rief er, „ganz entzückend."

„Loben Sie den Geschmack meines Papas," sagte
sie, „ich komme eben aus seinem Atelier. Diese Barbe
von Seide ist seine Erfindung. Die Blumen haben
wir zusammen ausgesucht." Er umkreiste sie wieder
und wieder, trat vor und zurück. „Nun — gefalle ich
Ihnen?"

„Ich hab's heraus!" versicherte er, den Tritt dicht
unter das Fenster schiebend. „Meine Idee läßt sich
aber noch viel glänzender verwerthen, als ich dachte.
Haben Sie die Güte, sich so gegen das Licht zu setzen.
Ich sperre noch einen Theil des Fensters ab — hier
seitwärts. So! Nun den Kopf noch ein wenig mehr
mir zugewandt — aber nicht die Schulter — nein!
nein! die bleibt in der schrägen Richtung gegen das
einfallende Licht. Vortrefflich! Die gewünschte Wirkung kommt überraschend gut heraus. Ist Ihnen die
Stellung so bequem?"

„Durchaus. Und es freut mich, daß ich Ihnen
zusehen kann; so habe ich doch eine Beschäftigung. Ich
muß wohl ganz still sitzen?"

„Nur ein Weilchen, bis der Aufriß fertig ist." Er
hatte schon die Kohle in der Hand, zirkelte einen Augenblick in der Luft und ließ sie dann ihre Bogenlinien
auf die Leinwand setzen.

„Ich darf wohl auch nicht sprechen?" fragte sie.

„O, so viel Sie wollen, mein liebes Fräulein. Den
Mund schließe ich ohnedies nicht ganz. Ich denke

mir's entzückend, wenn ein lichter Schein, etwas abge-
dämpft freilich, auch die Lippen . . . Nun lassen Sie
den Kopf zu sehr sinken! Eine Linie höher. So! das
ist die ursprüngliche Haltung."

Sie plauderte munter. Er gab nur spärlich Antwort, immer eifrig mit der Arbeit beschäftigt. „Aber
die Hand muß ich doch haben," sagte er plötzlich.

„Die Hand? Da sind sie ja beide."

„Ja, unter dem Rahmen. Das Brustbild reicht
nicht so weit. Warum haben wir nicht lieber Kniestück gewählt? Aber da muß geholfen werden. Die
Hand mag ich nicht entbehren, sie ist zu niedlich."

„Sind Sie ein Schmeichler!"

Er wurde roth. „O bewahre! Es fiel mir gar
nicht ein — ich sage nur, was wahr ist." Er trat
heran, faßte die Hand und legte sie etwas höher.
„Das nützt noch wenig. Aber so vielleicht! Wenn
Sie einmal nach der Blume greifen möchten — Zeige-
und Mittelfinger spitz vor, die beiden letzten ein wenig
unterschlagen." Er retirirte hinter die Staffelei. „Das
ist prächtig. Die Bewegung erscheint motivirt. Und
wie hübsch die Spitze zurückschlägt! Nur zwei Minuten lassen Sie den Arm in dieser Lage! Bitte, bitte —
ich bin sogleich damit fertig und hab's dann fest. Entzückend!"

Nach einiger Zeit wurde sie recht unruhig. „Nun
wollen wir erst frühstücken," meinte sie. Er konnte sich
nicht von der Staffelei trennen. Noch einen Augen-

blick! und wieder: nur noch einen Augenblick! Endlich
kam Herr Marotti sich zu erkundigen, ob die Sitzung
noch lange dauern werde. Silvia durfte die Kohlen-
zeichnung sehen. „Hu! nichts als schwarze Striche,"
rief sie. „Und dafür habe ich große Toilette gemacht."
Der Papa fand die Aehnlichkeit unverkennbar. „Das
Uebrige" könne werden.

Eine Woche lang dauerten die Sitzungen ununterbrochen Tag für Tag fort. Bald trat die Absicht des
Malers mit aller Deutlichkeit vor: er hatte einen tiefdunk-
len Hintergrund von unbestimmter Farbe angenommen,
für die Figur darauf aber eine sehr starke, concentrirte
seitwärts aus der Höhe einfallende Beleuchtung, die
den Kopf streifte und das krause Gelock des röthlichen
Haares an der Stirn goldig schimmern ließ, sich auch
den vollen Lippen mittheilte und am Schmelz der Zähne
ausblitzte, dann aber mit voller Kraft die Schulter
traf, deren schöne Rundung nun blendend heraustrat.
Das Portrait wurde dadurch zugleich ein interessanter
Studienkopf. Die Hand war auf's feinste modellirt;
nur die zarten Fingerspitzen griffen in den Lichtschein
und leuchteten wie durchsichtig. Silvia gefiel sich immer
mehr und mehr. Sie sagte zwar immer wieder: „Das
bin ich ja nicht — was Sie da gemalt haben, sieht kein
Mensch außer Ihnen," aber es schmeichelte ihr doch
merklich genug, daß er's sah und so sah. In den Ruhe-
pausen stand sie gern neben ihm vor der Staffelei und
erfreute sich wohlgefällig mit ihm an dem Gewordenen.

Es konnte nicht fehlen, daß bei diesem langen, meist ungestörten Beisammensein das Verhältniß der beiden Menschen sich immer vertraulicher gestaltete. Der freie Ton, den Silvia gleich von Anfang angeschlagen hatte, wurde ihm bald gewohnt und reizte zur Erwiderung in gleich freier Weise. Man scherzte und neckte, kalauerte und lachte. Wie sie zu ihm hinübersah, konnte er unmöglich zweifeln, daß ihr Auge an ihm ein unerschöpfliches Gefallen fand, und war er nicht in das Mädchen verliebt gewesen, so wurde er's in sein Bild. Wie konnte er mit soviel Sorgfalt diese schwellenden Lippen, diese leuchtende Schulter, diese zierliche Hand malen, ohne dabei sehr menschlich zu empfinden. Und wenn das alles nun über Erwarten trefflich gelang, warum sollte nicht auch sein Künstlerstolz wachsen und ihn in den eigenen Augen höher stellen? mindestens so hoch, daß hier von unbescheidenen Wünschen kaum noch die Rede sein konnte.

Er hatte eigentlich das Bild zunächst nur untermalen wollen, aber die Ungeduld, zu zeigen was er könnte, war zu groß gewesen. So zeigte es sich nun schon fast ganz fertig, als er erklärte, es trocknen lassen zu müssen, um dann noch die letzte Hand anzulelegen. Marotti hatte es von Zeit zu Zeit gesehen, aber nur mit diplomatischer Zurückhaltung gelobt. Es blieb noch immer die untere Partie unausgeführt, und er meinte, man könne noch nicht wissen, wie das Schwierigste gelingen werde. Fleisch könne auch ein

anderer malen, aber ... Er führte seine kritischen Bedenken nicht aus, und Roland gab sich nicht einmal
sonderliche Mühe, sie zu errathen. Silvias Zufriedenheit war ihm wichtiger.

An diesem letzten Tage hatte er sich vornehmlich
mit dem beschäftigt, was er das Beiwerk nannte. Als
nun Silvia wieder neben ihm stand, und das soweit
fertige Bild beschaute, glaubte er zu bemerken, daß der
Mund sich ein wenig spöttisch verzog und das Näschen
sich rümpfte. Er nahm ihre herabhängende Hand, wie
er das auch sonst schon in künstlerischer Vergessenheit
gethan hatte, und sagte: „Was haben Sie? Ihnen
scheint etwas Ungehöriges aufzufallen? Gestern waren
Sie mit dem Bilde noch ganz einverstanden.“

Sie zuckte die Achseln. „Das Bild ist sehr schön,“
antwortete sie, „viel zu schön für den Gegenstand, den
es darstellt —“

„Ah! daran glauben Sie doch selbst nicht!“

Er fühlte den Druck ihrer Hand. „Aber ... “

„Aber!“ Es war zum erstenmal, daß sie dieses
bedenkliche Wort nachsandte, und er sah sie deshalb
ganz erschreckt an.

Sie veränderte ihren Gesichtsausdruck nicht. „Aber,“
wiederholte sie, „wenn es noch viel schöner und künst-
lerisch vollkommener wäre — meinen Papa wird
es nicht befriedigen, und das ist doch ein schwerer
Mangel, vielleicht der schwerste, an dem es überhaupt
leiden kann.“

Er hatte sie losgelassen. „Wie soll ich das verstehen? Und wenn das Bild Ihren Beifall hat —"

„Der mag Ihnen von Werth sein — ich hoffe
es. Aber er nützt Ihnen sonst wenig. Mein Papa
forderte eine Probe Ihrer Kunst, wie Sie sich erinnern."

„Und ich leiste sie. Was kann er daran auszusetzen haben?"

Sie lachte recht verschmitzt. „O, Sie Kind, merken
Sie denn immer noch nicht, worauf er in solchen Dingen das entscheidende Gewicht legt?"

„Ich weiß wirklich nicht . . ."

„Es ist eine Kleinigkeit! Aber davon wird doch
abhängen, ob er Sie für einen bedeutenden Portrait-
maler oder für ein unbedeutendes Licht hält."

„Sie machen mich immer neugieriger, bestes Fräulein."

„Und ich darf doch nichts verrathen."

Er ergriff wieder ihre Hand, die sie nun auf den
Mund gelegt hatte, und küßte sie eifriger und immer
eifriger. „Ach — mein bestes Fräulein — Sie dürfen
nicht — so grausam sein. Wenn Sie — vielleicht mit
einem Wort — mich retten könnten..."

„Genug, genug!" rief sie und machte sich los.
„Gut denn! Wenn Sie versprechen wollen zu schweigen,
will ich für Sie ein Uebriges thun, da Sie sich so viel
anerkennenswerthe Mühe gegeben haben, mich ins beste
Licht zu stellen. Ich machte Sie nicht ohne Grund
darauf aufmerksam, daß diese Garnirung von Seide
eine Erfindung meines Papas sei."

„Nun — ?" fragte er ganz verdutzt.

„Nun?" Sie haben da zwar etwas gemalt, das aus einer gewissen Entfernung ungefähr denselben Eindruck machen kann. Darauf allein kam es Ihnen an. Der Kennerblick meines Papas aber —"

„Ah!"

„Ja, ja! Sehen Sie nur genauer zu. Was Sie da gemalt haben, ist lauter dummes Zeug. Nicht ein ein einziges Fältchen liegt genau richtig."

Er blickte prüfend auf das Bild. „Das kann wohl sein; ich bin ja aber auch kein . . ."

Schneider, wollte er sagen, schluckte aber das böse Wort hinunter.

Sie zuckte ein wenig mit den Brauen. „Ich will Ihnen erlauben," sagte sie, „die Augen dem geheimnißvollen Gegenstand so nahe zu bringen, daß Sie seine Construction bis ins feinste Detail erfassen. Haben Sie erst die Regel erkannt, nach der alle diese Fältchen gelegt sind, so wird es Ihrem Pinsel ein Leichtes sein, meinem Papa nachzuarbeiten. Je besser Ihnen das gelingt, um so vollständiger werden Sie ihn von Ihrer Genialität überzeugen. Also die Augen fest und ohne Abschweifung hierher auf die Barbe gerichtet!" Sie tupfte mit der Spitze des Fingers darauf. „Immer drei Fältchen liegen neben einander, einmal aber der Länge nach, das andere Mal quer davor. Das Ganze ist ein Flechtwerk aus gefalteten Seidenstreifen mit ganz feinen, aufgelegten Päßchen; jeder Kreuzungspunkt trägt

eine Schmelzperle, und hier zum Abschluß läuft ein Schnürchen davon den Saum entlang. Begreifen Sie das nun?"

Er nickte. „Ich begreife, daß ich ganz blind gewesen bin. Aber wenn man ganz andere Dinge zu
sehen hat . . ."

„Wollen Sie das nun malen?"

„Ja — wenn Sie gütigst in meiner Nähe bleiben
und mir erlauben, von Zeit zu Zeit wiederholt genau
das Muster zu prüfen —"

„Zugestanden. Bin ich so richtig postirt?"

„Nein, hier dicht neben der Staffelei und ein wenig
mehr gegen das Licht. Also drei und drei Fältchen —
feine Päßchen — Schmelzperlen. Das Geflecht ist wirklich allerliebst. Und Sie haben ganz recht, man braucht
nur die Regel zu wissen . . ."

„Zählen Sie doch genau die Carré's ab."

„Das ist aber zu pedantisch!"

„Thut nichts. Papa zählt nach."

„Zehn, elf, zwölf . . . Sie sind mein rettender
Engel. So!" Er fing einen zärtlichen Blick auf. „Ich
bin gleich fertig. Noch die Schmelzen — und das
Schnürchen . . ." Er beugte immer wieder den Kopf
vor und näherte ihn jedesmal mehr dem schwierigen
Modell. Der Pinsel machte nur noch feine Tupfe,
und die Hand, die ihn führte, schien zu zittern. Immer
unruhiger wurden seine Bewegungen und zuletzt —
drückte er einen raschen Kuß auf Silvias Schulter.

Sie trat erschreckt zurück. „Herr Roland —!"

Er warf Pinsel und Palette fort und sank, selbst aufs äußerste erschreckt, vor ihr nieder. „Verzeihung, Fräulein Silvia, Verzeihung —"

„Was wagen Sie?"

„Ich bin rasend, ich weiß es. Der rasende Roland — nennen Sie mich so. Aber Ihre Schönheit, Ihre himmlische Güte..."

Zu seiner freudigsten Ueberraschung hörte er über sich ein kicherndes Lachen. „Diese Entschuldigung ist denn doch zu dreist," rief sie. „Gleich stehen Sie auf! Was soll ich davon denken?" Sie schlug ihm mit der Hand auf die Schulter. „Sie ungezogener Mensch, Sie!"

Das klang aber gar nicht sehr zornig. Er blickte auf und fand den Ausdruck des gerötheten Gesichts nicht entmuthigend. Mit einem schnellen Satz erhob er sich, und ehe sie sich noch zur Abwehr rüsten konnte hatte er sie schon umfaßt und an seine Brust gedrückt. Küsse folgten auf Küsse.

Nun schien sie aber wirklich zu zürnen. Sie entwand sich ihm, bedeckte das Gesicht mit den Händen und eilte zur Thür hinaus.

Seine Wangen und Stirn glühten. Eine Weile stand er unbeweglich, die Hände vorgestreckt und die Augen auf die Thür geheftet, schwer athmend. Dann fuhr er mit allen zehn Fingern durch sein krauses Haar. „Welche Tollheit!" murmelte er. „Was focht mich denn an, so geradezu wahnsinnig..?" Mein Glück ist verscherzt. Nie mehr darf ich ihr vor die Augen treten — nie mehr!" Er ging mit raschen Schritten durch das Zimmer, blieb wieder vor der Staffelei stehen. „Aber sie ist verteufelt verführerisch, diese reizende — Schlange." Das Wort des Barons fiel ihm ein, und er wiederholte es recht zischend. „Wie ich sie da gemalt habe — ah! sie gehört mir doch. Und nach diesen Küssen . . ." Er lief wieder wild umher und strich das Haar von der heißen Stirn auf. „Sie zürnt wohl auch gar nicht ernstlich. Wenn sie's nicht hätte leiden wollen, warum lief sie nicht gleich davon? Aber was nun beginnen? Bleibst du, gehst du? Fatale Situation!"

Herr Marotti überhob ihn des weiteren Nach-denkens über diese schwerlöslichen Fragen. Er trat mit einem gewissen Aplomb ein. Die rechte Hand in die Weste gesteckt und den hochgerichteten Kopf halb zur Seite gerichtet. Er warf einen forschenden Blick auf den Maler, der in gemessener Entfernung Halt ge-macht hatte und fragte in etwas schneidigem Ton: „Was hat's denn hier gegeben? Silvia treffe ich in großer Aufregung — sie kommt eben von hier. Und wenn ich Sie betrachte — hm! was bedeutet das?"

Nun auch der erzürnte Vater! „Verehrtester Herr..." stammelte Roland, „wenn es ein Verbrechen ist —"

„Ein Verbrechen? Was — was?"

„Der Schönheit etwas unvorsichtig zu huldigen —"

„Unvorsichtig! Was heißt das? Ich will's wissen — ich, der Vater."

„Wenn Fräulein Silvia schweigt, habe ich kein
Recht —"

„Redensarten! Junger Mann, Sie scheinen vergessen zu haben, daß von Ihnen erst ein Probestück
gefordert ist, ehe Sie einer dauernden Verbindung mit
dem Hause Marotti gewürdigt werden dürfen. Ich bin ein
schwacher Vater — mag sein, ein schwacher Vater. Wenn
Sie aber glauben sollten, daß ich durch Silvias Launen
mein Urtheil trüben lassen werde, so — so — so sind
Sie denn doch im Irrthum — mein Herr Maler!"

„Da steht mein Probestück," sagte Roland, „prüfen
Sie es nach dem strengsten Maßstab. Ich denke sehr
bescheiden über meine Kunst, aber dieses Portrait halte
ich für gelungen."

Herr Marotti trat ein paar rasche Schritte gegen
die Staffelei vor und hob das Lorgnon vor die Augen.
„Ah —! Ah — —! Ah — — —!" rief er, den Ton
immer mehr hebend und zuletzt auf den Zehenspitzen
stehend. „Das rechtfertigt freilich Ihre Unvorsichtigkeit. Diese Garnirung von gefalteter Seide — brillant!
Die Päßchen richtig aufgesetzt, die Perlen desgleichen.
Selbst hier in der Verkürzung das Gewebe deutlich
und in allen Details unverkennbar. Brillante Wirkung!
Auch die Farbe gut getroffen — man könnte dreist
das Original dagegen halten. Habe unsere ersten
Läden durchsucht nach einer Seide, die sich harmonisch
diesem Sammt anfügt. Sie haben das gesehen —
Sie haben die warme Empfindung dafür gehabt —

ich bin ganz enthusiasmirt. Junger Mann — meine
Tochter scheint diesmal einen genialen Blick gehabt zu
haben." Er reichte ihm mit einer graziösen Bewegung
den Arm. „Ich gratulire."

Der Maler griff eifrig zu. Er fühlte sich erleich-
tert, wenn schon es ihn fast zum Lachen reizte, daß
Silvia Recht behielt. Ihr hatte er diesen Sieg zu
danken, und er war in diesem Moment sehr geneigt,
sich dankbar zu beweisen. Seine Augen blitzten vor
Freude. „Sie machen mich sehr glücklich," versicherte er.

„Aber keine Uebereilung!" dämpfte Herr Marotti.
„Ich überzeuge mich, daß sich für Sie etwas wird thun
lassen, junger Freund, und was an mir ist, soll natürlich geschehen — schon meiner Tochter wegen. Das
reicht jedoch nicht aus. Ich muß meine Freunde für
Sie interessiren, damit ich ihrer wirksamen Unterstützung
sicher bin. Ich hoffe, dieses Bild wird auch bei ihnen
für Sie sprechen. Aber das muß man abwarten. Ich
wünschte nicht, daß sie sich durch meine privaten
Rücksichten genirt, gewissermaßen durch vollendete That-
sachen ihr Urtheil captivirt hielten. Lassen Sie mir
daher einige Tage Zeit, und halten Sie sich von meinem
Hause fern, bis ich Ihnen Nachricht gebe. Und dann
muß ich verlangen, daß die Sache nicht public wird,
bevor man in der Stadt weiß, von wem die Rede ist.
Verstehen Sie? Ich habe Pflichten."

Roland verstand ihn allerdings nur sehr unvoll-
kommen, hatte aber nicht die mindeste Neigung, sich

über seine geheimnißvollen Absichten aufklären zu lassen. Er fürchtete durch irgend ein unbedachtes Wort zu verderben, was offenbar zu seinem Wohl geplant werde und begnügte sich daher mit einem verständnißinnigen Kopfnicken und mit einigen Lauten, die wie Zustimmung klangen und dafür auch acceptirt wurden. „Brauchen Sie Geld?" fragte Marotti.

„Ich bin noch versorgt."

„Sonst . . ." Er legte die Hand auf das Portemonnaie in seiner Tasche, das sich mit seiner runden Füllung äußerlich bemerkbar machte.

„Das Bild ist auch noch nicht ganz fertig," sagte der Maler, „es muß trocknen, um gehörig übermalt werden zu können. Wollen Sie es Jemand zeigen, so schieht das am besten recht bald, da die Farben einschlagen werden. Besonders die feinen Schattentöne hier unter dem Kinn und im Nacken . . . das wird alles noch viel sauberer ausgeführt."

„Verderben Sie mir nur nichts am Kleide," bat Marotti; „es ist mir schon wiederholt vorgekommen, daß da beim Nachpinseln Fehler hineingebracht sind. Ich gebe Ihnen also Nachricht. Sehen Sie sich inzwischen einmal nach einem hübschen Atelier um. Im besten Stadttheil natürlich, nicht so hoch gelegen und bequem zugänglich. Der Kostenpunkt darf da keine Rolle spielen. Ich sage, sehen Sie sich darnach um. Das Weitere findet sich. Ich lade Sie aus einem leicht begreiflichen Grunde heute nicht zu Mittag ein. Silvia . . ." Er lächelte mit zugekniffenen Lippen. „Büßen Sie Ihre Unvorsichtigkeit."

„Wenn Sie bei Fräulein Silvia ein gütiges Wort für mich sprechen wollten —"

„Hm — wollen sehen. Aber nochmals: keine Uebereilung, junger Mann! Die Sache muß jetzt ihren geordneten Verlauf haben. A revoir!"

Er entfernte sich, und auch der Maler verließ bald nach ihm das Zimmer durch den zweiten Ausgang. Silvia jetzt zu begegnen, wäre ihm selbst nicht erwünscht gewesen.

LITERARISCHE GESELLSCHAFT, MORRISANIA.

7

Sechstes Kapitel.

Rolands Schildknappen. Ein berühmter Mann wird gemacht,
worüber sich niemand mehr verwundert als er selbst.

———

Was Roland in heiterster und sorglosester Stimmung erhielt, war doch vornehmlich der Umstand, daß er seine künstlerische Kraft einmal
erprobt und ein Resultat erzielt hatte, das ihn
selbst befriedigte. Er arbeitete fleißig in seiner Dachkammer, solange der Tag irgend hell war, und versuchte
namentlich allerhand neue Compositionen, zu denen ihm
immer Silvia als schönes Modell vorschwebte. Seine
Phantasie war stark angeregt. Sie gaukelte ihm zaube-
rische Gärten, mondscheindurchleuchtete Lauben, glitzernde
Springbrunnen, köstliche Früchte vor, und die Gestalt
der holden Freundin fehlte nirgends. Daß er sie
immer nur mit den Augen sah, war ihm gar nicht
bedenklich.

Marotti lud seine Freunde, Kastenmeyer und Stichel, wie er versprochen, zu einer Conferenz ein. Nach einem trefflichen Diner führte er sie in das Zimmer, in dem das Bild stand.

Nachdem er ihnen eine Minute Zeit gelassen hatte, es zu bewundern, nahm er das Wort. „Was sagen Sie nun dazu? Es wäre unbescheiden, wenn ich solchen Kennern gegenüber meine Meinung aussprechen wollte, besonders da es sich um ein Porträt meiner leiblichen Tochter handelt. Aber das darf ich doch nicht verschweigen, daß ich dieses Bild für ein kleines Meisterstück, mindestens für einen fulminanten Beweis sehr bedeutender künstlerischer Fähigkeiten halte. Ich will von dem anderen nicht sprechen; aber beachten Sie, werthe Freunde, diese Barbe von Seide. Ich hoffe, Sie werden mich da als competenten Sachverständigen gelten lassen. Die Aufgabe war eine sehr schwierige — sie ist brillant gelöst. Professor Quast hat mir neulich ein ähnliches Schmuckstück total verdorben. Auch hier am Ueberfall des Aermels ist Erstaunliches geleistet. Ich darf dreist versichern, daß ich noch kein Porträt eines modernen Malers gesehen habe, das so die höchsten Ansprüche hätte befriedigen können, wenigstens in Deutschland nicht. Aber ich greife Ihnen nicht vor. Lassen Sie sich nicht im mindesten durch die Theilnahme beirren, die wir — meine Tochter und ich — dem Maler schenken. Geben Sie uns Ihre unschätzbare Meinung.“

7*

Die Freunde waren in bester Stimmung. Kastenmeyer erklärte, daß er seine Galerie schöner Frauenköpfe für sehr bereichert halten würde, wenn es ihm
erlaubt wäre, dieses Bild zu vervielfältigen. Solche
Lichtwirkungen bringe die Natur nur mit künstlerischen
Nachhilfen heraus, die kein photographisches Atelier
schaffen könne. Wohl aber sei es möglich, der Platte
von einem solchen Bilde trotz des Einflusses der Farbe
derart nachzuhelfen, daß man an eine Aufnahme nach
der Natur glaube. Stichel fand das Bild höchst pikant
und gefiel sich in einer detailirten Ausführung dieser
Charakteristik. „Der Mann hat, bewußt oder unbewußt,
etwas von den Franzosen gelernt,“ sagte er, „das gibt
seiner Zeichnung Leichtigkeit, seiner Farbe Glanz, der
ganzen Leistung Interesse. Sie werden doch das Bild
öffentlich ausstellen, bester Freund? Ich muß Gelegenheit erhalten, das auch in der Presse ausführlich dar-
zulegen.“

„Und wer ist der Maler?“ fragten beide wie aus
einem Munde.

Marotti rüstete sich, ein bedeutsames Geheimniß
zu enthüllen. Nachdem er eine Weile den Kopf ge-
wiegt, mit den Augenlidern geflimmert und die Mundwinkel in verschiedene Falten gelegt hatte, sagte er:
„Ein junger Mensch, den uns der Zufall zugeführt
hat; Sie kennen ihn, werden ihn aber bisher wenig
beachtet haben. In der That, er ist heute noch gleichsam nichts, kann aber morgen eine Berühmtheit sein,

wenn wir uns entschließen, ihn zu machen. Daß Herr Roland dessen würdig ist, glaube ich bewiesen zu haben."

„Roland —! der neulich in der Concordia —? Ach, der . . ."

„Ich sage, er muß erst gemacht werden," unterbrach Marotti diese Aeußerungen der sich herabstimmenden Verwunderung seiner Freunde. „Sein Lebensglück" — er warf dabei einen kaum mißzuverstehenden Blick auf seine Tochter — „hängt davon ab, ob Sie hierzu helfen wollen. Ohne Ihren Beistand bin ich machtlos. Mit Nachdruck kann ich ihn den vornehmen Damen, die mein Atelier beehren, um sich zu einer Sitzung würdig vorzubereiten, nur dann als Porträtmaler empfehlen, wenn er von Ihnen weit sichtlich gleichsam auf ein Postament gestellt ist. Zeigt sich dieses Bild in einem Kunstsalon, so wird es vielleicht einige stille Bewunderer finden, aber . . . Sie wissen ja, wie es in der Welt zugeht, die öffentliche Meinung will geleitet sein."

„Ganz recht," bemerkte Stichel, „die Leute wollen, daß man ihnen Muth macht."

„Und das versteht niemand besser, als unser verehrter Doktor Stichel," fiel Silvia ein, ihm selbst Muth machend. „Nur keine langathmigen gelehrten Artikel! Einige Zeilen aus Ihrer Feder an der richtigen Stelle lenken sofort die Aufmerksamkeit auf das neue Ereigniß. Sie machen es zu einem Ereigniß. Es ist Ihr Ruhm, Doktorchen, den Stern entdeckt zu haben. Was hat

der Mann für einen Blick, wird bald wieder alle Welt
sagen; so findet er's, und so ist es."

Das Habichtsgesicht schmunzelte freundlich. „Sie
finden den jungen Maler wohl sehr liebenswürdig,
Silvchen?"

„Verdient er's nach diesem Bilde nicht?" fragte
sie, den Kopf zurückwerfend. „Und wenn dann Freund
Kastenmeyer seinen Vortheil bedenken will, wird er sich
eine solche Kraft nicht entgehen lassen. Ich wüßte
schon jetzt etwas für ihn. Herr Roland hat die Gewohnheit gehabt, alles was ihm vor die Augen gekommen, aufzuzeichnen. Diese flüchtigen Skizzen sind
prächtig. Es läßt sich daraus mit Leichtigkeit ein aller-
liebstes Album zusammenstellen, etwa unter dem Titel:
Von der Straße. Ein anderes könnte heißen: Aus
einer großen Stadt. Jeder findet da wieder, was ihm
so oft begegnet ist, und das gefällt am meisten, oder
— um in der Sprache der Geschäftsleute zu reden —
es verkauft sich am leichtesten. Eine schöne rothe
Mappe versteht sich dazu von selbst.' Da ist probeweise
eins von diesen Skizzenbüchern." Sie legte es den
Freunden vor.

„Auf Dankbarkeit und unbedingte Folgsamkeit
dürfen Sie rechnen," versicherte Marotti. „Wir haben
den jungen Mann in der Hand." Er spitzte den Mund,
als ob er pfeifen wollte.

„Meinetwegen denn!" entschied Kastenmeyer, das

Skizzenbuch schließend. „Machen wir diesen Maler Roland."

„Machen wir ihn," trat Stichel bei.

Marotti faßte ihre Hände, und bildete so eine Kette der drei Rütlimänner. „Machen wir ihn!"

Der Bund war geschlossen. Silvia ließ es an schmeichelhaften Dankbarkeitsbezeugungen nicht fehlen. „Onkel" Kastenmeyer erhielt sogar einen Kuß. Stichel wollte auch nicht leer ausgehen. „Sie sind noch zu jung, Doktorchen," beschwichtigte sie ihn, „das ist allzu gefährlich."

Bei der Tasse Kaffee wurde „der Plan genauer ausgearbeitet".

Nach einigen Tagen erhielt Roland ein zierliches Briefchen zugeschickt. Es stand nur darin: „Das Bild ist trocken. S."

Das heißt doch wohl: komm wieder! dachte er. Ah! steht's so? Dann bin ich nicht zu dreist gewesen.

Er wurde empfangen, als ob nichts geschehen wäre. Nur als er Silvia, bevor er sie in dem provisorischen Atelier zu der trittartigen Erhöhung führte, die Hand küßte, schlug sie die Augen nieder und wurde roth. Er wiederholte den Handkuß lebhafter, und nun sah sie ihn lachend an. „Dort ist die Staffelei," sagte sie, „und nun thun Sie hübsch artig Ihre Pflicht. Wenn das Bild fertig ist, soll Ihnen der Lohn nicht entgehen."

„Welcher Lohn?" fragte er dreist.

Sie zuckte die Schulter. „Wie sagt der edle Land-
graf im Tannhäuser? Er ford're ihn, so hoch er wolle!"

Roland wunderte sich selbst darüber, daß er sehr
ruhig malen konnte. Die erste wildaufflammende Leidenschaft war schon verraucht. Silvia selbst schien ihn am
dritten Tage bereits allzu zahm zu finden. Sie trat
wieder zu ihm an die Staffelei. „Verderben Sie doch
nur das Bild nicht," sagte sie, „es sieht fast schon zu
geleckt aus."

Marotti nahm den Künstler in sein Atelier. Zum
erstenmal sah Roland dieses prächtige Zimmer mit seinen
sechs großen Pfeilerspiegeln, die im Halbkreis um eine
niedrige Estrade aufgestellt waren, über der sich ein
Beleuchtungsapparat befand. Der glückliche Vater zählte
ihm eine Doppelreihe von Goldstücken auf. „Junger
Freund," sagte er, „wir haben beschlossen, Sie zu
machen. Ueber Ihre Zukunft dürfen Sie beruhigt sein."

Der Maler sah ihn fragend an. „Sie wollen mich
machen —? Ich erinnere mich, daß Sie schon einmal
eine Andeutung der Art ... Aber ich verstehe wirklich
nicht —"

„Wir werden Sie zu einem berühmten Künstler
machen," erklärte Marotti, sich in die Brust werfend
und die Hand in die Weste steckend, „wir — Kastenmeyer, Stichel und ich."

„Sehr verbunden! Aber wie in aller Welt wollen
Sie das anfangen?"

„Ueberlassen Sie uns die Leitung. In einigen

Wochen werden Sie vollkommen begriffen haben, daß
wir eine Macht sind. Sie haben nur willig zu thun,
was man Ihnen aufgibt. Wenn Sie sich bewähren,
junger Freund, soll der Publication Ihrer Verlobung
mit meiner Tochter nichts im Wege stehen."

„Meiner Verlobung — ? Er sah etwas erstaunt
drein.

„Silvia hat mir als gute Tochter alles gestanden,"
schmunzelte der Kunstfreund. „Ihr Vorgehen war sehr
keck, ohne Frage, aber — der Erfolg macht den Sieger.
Einem genialen Künstler verzeiht man viel. Silvia verzeiht, und ich gebe in der Erwartung, daß Sie sich
dieser Gunst würdig erhalten, meinen Segen."

Er seufzte und umarmte ihn mit Grandezza. Roland war so gerührt, daß er gar nicht zu Worte
kommen konnte, sein Glück zu preisen. Marotti nahm
ihn bei der Hand und führte ihn zu Silvia. —

Und nun begann mit aller Energie das tolle Spiel
um den Ruhm.

Das Bild wurde in der Kunsthalle aufgestellt.

Nach einigen Tagen hieß es in den Blättern:
Wir machen auf ein neues Bild aufmerksam, das zur
Zeit die Räume der Kunsthalle ziert. Es stellt das
Porträt einer vielgefeierten jungen Dame vor, und
zeichnet sich durch originelle Auffassung sehr vortheil-
haft aus.

Zwei Tage später: Das Bild, von dem wir kürzlich berichteten, macht gerechtes Aufsehen. Der Licht-

effekt ist von ganz außerordentlicher Wirkung. Das
Haar an der Stirn erscheint wie goldiger Dunst, und
die schön modellirte linke Schulter leuchtet förmlich wie
von einem vollen Sonnenstrahl getroffen. Niemand sollte
sich den Anblick dieser reizenden Erscheinung entgehen lassen.

Bald darauf: Die schöne Blondine in der Kunsthalle ist stets von Bewunderern umringt. Lange hat
keine Novität eine solche Anziehungskraft geübt. Da
ist Plastik, Farbe, mit einem Wort Leben! Wir sind
stolz darauf, zuerst die Aufmerksamkeit auf dieses Juwel
der Malerkunst gelenkt zu haben.

Dann: Es kann nicht Wunder nehmen, daß besonders die kunstsinnige Herrenwelt sich entzückt äußert:
der Gegenstand unterstützt hier den Maler wesentlich.
Allein schon die reizende Hand, die sich nach dem Blumenstrauß ausstreckt, ist der Bewunderung werth. Ein
Kenner bewies uns jedoch neulich, daß die Behandlung der Stoffe fast noch erstaunlicher ist. Wir ersuchen
die geehrten Damen, ihr Augenmerk auf die sehr künstliche Garnirung von gefalteter Seide und die durch-
sichtige Spitze darüber zu richten. Ohne Pedanterie
erscheint jedes Fältchen und jedes Fädchen dem Original
nachgeschaffen. Dabei drängt sich das Kunststück in
keiner Weise vor. Das Einzelne ist so vollkommen dem
Ganzen angeordnet, daß man eben den Blick scharf
darauf richten muß, um sich zu überzeugen, daß dem
trefflichen Maler nichts unwesentlich schien, was sich
ihm zur Nachahmung darbot.

Kurze Pause. Sodann: Man fragt von allen
Seiten, wer der Maler ist? Wir dürfen es verrathen,
nachdem wieder einmal schlagend der Beweis geführt
ist, daß das Genie sich Bahn bricht. Der Maler des
rasch berühmt gewordenen Bildes ist ein noch sehr
junger Mann, der sich Roland nennt. Wir glauben
übrigens gestern sein wohlgetroffenes Porträt im Schaufenster des Herrn Photographen Kastenmeyer gesehen
zu haben, der bekanntlich seine Ehre darein setzt, die
interessantesten Neuigkeiten zuerst zu bringen. Man
beachte den imposanten Kopf mit dem kräftig aufstrebenden Haar.

Wieder nach einigen Tagen: Es konnte natürlich,
nachdem wir uns so entschieden für Herrn Roland ausgesprochen haben, an Angriffen von anderer Seite nicht
fehlen. Man kann sich vorstellen, von welcher Seite.
Ein Anonymus in der Ostend-Zeitung, übrigens einem
ziemlich obskuren Blatt, erfrecht sich von Effekthascherei
und indecenter Behandlung zu sprechen. Dieser „Kunstkenner" scheint von den Fortschritten in der Technik,
wie sie namentlich durch die mustergültigen französischen
Porträtisten zu einer bedeutsamen Errungenschaft der
Kunst gemacht sind, keine Ahnung zu haben und nur
die Langeweile decent zu finden. Vielleicht ist er selbst
ausübender Künstler. Man begreift dann, für welche
Altäre er kämpft. Werther Anonymus, geben Sie sich
keine Mühe; das Publikum hat bereits gerichtet.

Es folgte die Anzeige Kastenmeyers, daß ein Roland-Album in Entstehen sei. Der gefeierte junge Künstler habe ihm dazu seine Scizzenbücher zur Verfügung gestellt. Die ersten Blätter würden in längstens einer Woche ausliegen.

Begeisterte Kritik des Albums mit dem köstlichen Titel „Von der Straße“ zugleich in vier Zeitungen. Nachfrage außerordentlich! Zur Zeit gangbarster Artikel! Eine zweite Serie in Aussicht! Es ist erstaunlich, wie dasselbe Künstlerauge die verschiedenartigsten Objekte mit gleicher Liebe zu erfassen und das Charakteristische jeder Erscheinung mit wenigen Strichen treu der Natur und doch idealisirt wiederzugeben vermochte. Uebrigens ist auch die Dame im Sonnenschein kürzlich der berühmten Gallerie interessanter Frauenköpfe eingereiht.

Und nun fuhr Herr Marotti selbst sein Geschütz auf.

Die Gräfin Kellermann wollte sich malen lassen und conferirte mit ihm über den Kopfputz und die Robe. „Von wem gedenken Sie sich malen zu lassen, gnädigste Frau.“

„Von Professor Quast natürlich, unserm ersten Porträtisten.“

Er zuckte die Achseln und legte den Kopf bedenklich auf die Seite. „Dann bedaure ich unendlich ...“

„Wie? Wenn ich recht gehört habe, empfahlen Sie sonst doch gerade den Professor.“

„Ja — früher — allerdings ... mit gutem Grunde. Er war etwas, als er noch keinen Namen hatte. Der

Mann hat sich in letzter Zeit sehr vernachläsfigt, unglaublich vernachläsfigt. Wem verdankt er sein Auf-
kommen? Mir. Was man an seinen Bildern bewun-
derte, war ihm in meinem Atelier gegeben worden.
Er scheint sich einzubilden, auf eigenen Füßen stehen
zu können. Gut, er versuche es doch! Was bis jetzt
dabei herausgekommen, beweist jedenfalls nur seine
gänzliche Imbecillität in Sachen des Geschmacks. Eines
der schönsten Kostüme, die ich je angegeben habe, ist
von ihm total verpfuscht. Die Baronin . . . ich nenne
lieber den Namen nicht, war außer sich. Sie sah auf
dem Bilde aus wie eine Vogelscheuche. Seitdem bin
ich vorsichtig geworden, um mein eigenes Renommé
nicht leiden zu lassen."

„Man kann's Ihnen unter solchen Umständen freilich
nicht verdenken. Aber Professor Quast, eine Autorität —"

„Gewesen, gnädigste Gräfin, gewesen. Ich versichere Sie, der Professor hat den Maler übermüthig
gemacht. Und jedenfalls, wenn Sie sich ihm anvertrauen wollen . . ." Er zog wieder die Achseln.

„Nein, nein," rief die geängstigte Dame, „ich
kann und will Ihren Rath nicht entbehren. An wen
sonst könnte man sich denn nach Ihrer sachverständigen
Meinung wenden?"

Er erhob sich auf die Zehenspitzen, „Gnädigste
Gräfin, meiner unmaßgeblichen Ansicht nach kann zur
Zeit überhaupt nur von einem einzigen Maler die
Rede sein."

„Und der wäre — ?"

„Herr Roland."

„Ah! Man spricht allerdings viel von ihm."

„Sagen wir: man spricht nur von ihm. Was mich betrifft, gnädigste Gräfin — ich bin entschlossen, nur noch für ihn zu arbeiten. Ich habe die Gewißheit, daß meine Intentionen verstanden werden — nur da."

„Dann allerdings . . . Wo ist sein Atelier?"

„Er richtet es in diesen Tagen zur würdigen Aufnahme von Damen der hohen Aristokratie ein. Ich werde mir die Ehre geben, die Adresse aufzuschreiben."

„Und meine Robe?"

„Wir können nun das Kühnste wagen. Ich verspreche ein Porträt, mit dem sich kein zweites vergleichen kann. Wählen wir . . ."

Er ließ seiner Phantasie freien Lauf.

In den Blättern stand bald darauf: Herr Roland malt zur Zeit die Gräfin Kellermann.

Eine Berühmtheit war „gemacht."

Siebentes Kapitel.

Eine junge Dame, die zum Theater geht, ein Theateragent und ein Oberregiſſeur. Eine geheimnißvolle Perſönlichkeit wird angekündigt

— · —

ngelika hatte ſich mit dem Stolz eines belei-
digten Frauenherzens bewaffnet und ſo über
die Verſuchung hinausgebracht, allein die
Wanderung ins Jenſeits anzutreten. Für
beide im Verein ſchien die Erde keinen Raum zu haben,
jeder für ſich fand genug freie Bahn zum Ausſchreiten.
Und wenn er leben konnte ohne ſie — was ſie bis
dahin für unmöglich gehalten — warum ſollte ſie nicht
auch im Irrthum geweſen ſein können, wenn ſie ihr
Schickſal untrennbar an das ſeine geknüpft hielt?

Sie hatte einen großen moraliſchen Sieg erfochten.
Ein Gefühl von Hochachtung vor ſich ſelbſt in dem
Bewußtſein, recht gehandelt zu haben, half ihr den
Verluſt erträglicher zu finden. Ganz ihrer natürlichen

Anlage gemäß steigerte sie den Höhepunkt, von dem
aus sie die Dinge unter sich zu betrachten gewohnt war,
und philosophirte sich in eine Stimmung von Schmerz-
vergessenheit hinein, die einen rauschartigen Charakter
hatte. Nun erst redete sie sich ein, ganz der Kunst
leben zu können, da sie auf das Glück der Liebe für
alle Zeit verzichtet hätte. Für alle Zeit! das stand bei
ihr fest. Einmal könne das Menschenherz nur lieben.

Aber dieses Menschenherz litt doch schwer, viel
schwerer als es sich's eingestehen wollte. Es hatte geliebt, wahr und mit voller Hingebung. Und wenn der
Verlust, den es erlitten, wirklich oft unersetzlich empfunden wurde, womit sollte diese Leere sich füllen? Ein
krampfhaftes Zucken, wenn sie an Robert dachte, bewies ihr, daß sie über ihren Schmerz nicht Macht hatte.

Einige Tage brachte sie in früherer Weise mit
mancherlei Kunstübungen hin. Sie lernte ein ganzes
Drama auswendig, besuchte den Professor, der ihr
Unterricht ertheilte, arbeitete seinen Vortrag sorgfältig
aus. Bald überzeugte sie sich jedoch, daß sie so nur
noch kurze Zeit forteristiren könne, ganz auf sich selbst
gestellt. Die alte gute Tante fehlte, die so freundlich
für das Nothdürftigste gesorgt hatte. Nun erst merkte
sie, wie viel das gewesen war. Ihre Arbeitskraft, wie
sie auch übermäßig angespannt wurde, reichte nicht aus,
ihr bei den bescheidensten Ansprüchen den täglichen
Unterhalt zu sichern. Es mußte etwas geschehen, ihren
Beruf nutzbar zu machen.

Angelika entschloß sich zu einem schweren Gange. Schon wiederholt war sie bei dem Theateragenten Roller gewesen, ihn um die Vermittelung eines Engagements zu bitten, aber immer vertröstet worden. Sie wollte, wie er sagte, zu hoch hinaus, nicht was die Gage, sondern was das Fach anbetraf. Der Mann war ihr in tiefster Seele zuwider, weil er Dinge, die ihr die höchste ideelle Bedeutung hatten, ganz geschäftsmäßig behandelte und sich ein recht boshaftes Vergnügen daraus zu machen schien, ihre Illusionen zu stören. Aber er war der gesuchteste, vornehmste Agent, und seine Empfehlung galt bei den ersten Bühnen viel. Nur durch ihn — das war auch des Professors Ueberzeugung — konnte sie zu einer ihr Talent befriedigenden Stellung gelangen.

Mit einem neuen, sehr umfänglichen Empfehlungsschreiben des würdigen Lehrers versehen, klopfte sie bei dem Großmächtigen an. Er arbeitete in seinem Büreau und schien wenig Neigung zu haben, den Platz an seinem Stehpult aufzugeben. Er legte den Brief mit einem nicht sehr respektvollen „Ah so!" uneröffnet zu andern Briefen und sagte: „Ich bin heut sehr beschäftigt, Fräulein, kommen Sie ein andermal — morgen, wenn Sie wollen. Ich werde inzwischen gelesen haben."

Angelika blieb aber stehen. „Ich bitte Sie, Herr Roller," antwortete sie, „nehmen Sie sich endlich meiner an. Ich bin in so bedrängter Lage —"

8

„Morgen, morgen," tröstete er, ohne von dem
großen Buche aufzusehen, in das er Zahlen eintrug.

„Ich habe nicht Zeit zu warten," rief sie, „glauben Sie mir."

Nun hob er den Kopf und warf ihr einen strengen Blick zu. Aber sie sah nicht aus, wie ein Ueber-
müthiger, der in seine Schranken zurückzuweisen ist.
Ihre Augen standen voll Thränen, ihre bleichen Lippen
zitterten. Es fehlte ihm die Courage, den Tyrannen
zu spielen. „Sie sind sonderbar," sagte er, mit dem
Mundwinkel zwinkernd.

„Ich bitte Sie, Herr Roller, lesen Sie den Brief."

„Weiß schon, was darin steht," versicherte er. „Aber
wenn es Sie beruhigt . . ." Er öffnete ihn und
blickte über die Seiten hin. „Nu ja, ja, ja — alles
recht schön, der Mann ist ein Idealist vom klarsten
Wasser — kenne schon seinen schwunghaften Stil. Wir
leben doch nicht mehr in den Zeiten Schillers und
Goethes." Er warf die Feder fort. „Da ich mich doch
einmal unterbrochen habe . . . machen wir's meinetwegen gleich heut ab. Treten Sie also dort ein, wenn's
gefällig ist."

Er wies auf das sehr comfortabel eingerichtete
Empfangszimmer nebenan, streckte sich in einen Lehnstuhl
und bot ihr den Sofaplatz an. So weit hatte sie's bei
früheren Besuchen noch nicht gebracht gehabt. Sie trug
ihre Bitte vor, nannte die Rollen, die sie studirt habe
und bat ihn aufs dringendste, ihr wenigstens eine Probe-

leistung zu ermöglichen. Der Agent betrachtete mit
halb geschlossenen Augen die Nägel der rechten und
der linken Hand und schnitt dazu Grimassen. „Liebes
Kind," antwortete er, „ich kann Ihnen nur immer
wiederholen, was ich Ihnen schon gesagt habe: Sie
berücksichtigen die realen Verhältnisse nicht. Zur Bühne
giebt's zwei verschiedene Wege, ich möchte sagen: von
unten und von oben. Der von unten ist der gang-
barste und am meisten praktische; ihn pflegen die Schau-
spielerkinder einzuschlagen, je nach ihrem Talent mit mehr
oder weniger Erfolg. Der Stand rekrutirt sich sehr
stark aus sich selbst; Verbindungen geben sich da leicht, an
Uebung von frühester Jugend auf fehlt es nicht —
die Leute sind mindestens brauchbar, und finden deshalb auch Verwendung. Von oben her . . . ja, da ist
die Sache schwieriger. Man will nicht von vorne anfangen, mit dem Kleinen und Einfachen beginnen; man
ist schon etwas, wenigstens in der Einbildung, und
verlangt sofort an erster Stelle berücksichtigt zu werden.
Es geht auch so — hin und her einmal. Aber wenn
man in diesen Dingen Erfahrung hat, wie ich, läßt
man sich durch den Schein nicht beirren. Sieht man
näher zu, so hat die Sache allemal einen Haken. Talent
muß natürlich vorhanden sein. Aber das Talent allein
thut's nicht. Die ersten zwei, drei großen Schritte macht
man nicht ohne die Unterstützung durch irgend einen
mächtigen Einfluß. Davon wollen Sie sich nicht überzeugen
lassen, und deshalb können wir uns nicht verständigen.

„Aber ich bitte ja eben um Ihren mächtigen Einfluß, Herr Roller," wagte Angelika, die großen dunkeln Augen auf ihn heftend, einzuwenden.

Er lächelte gnädig. „Sie sind naiv, liebes Kind. Wenn ich jede hübsche und talentvolle junge Dame poussiren wollte . . . ah! Ich bin Geschäftsmann, ar- beite mit dem Material, das ich in die Hand bekomme; ist's gut, so kann ich etwas daraus machen — aus nichts wird nichts. Wir leben nicht mehr in den Zei- ten Schillers und Goethes. Die Mächte, von denen ich rede . . . hm!" Er musterte sie mit einem recht unverschämten Blick. „Sie sind ein sehr hübsches Mädchen —"

„Herr Roller —!"

„Hat Ihnen denn das noch Niemand gesagt? Schade! Jedenfalls liegt's an Ihnen. Wie soll man denn dem helfen, der sein Licht unter den Scheffel stellt. Eine junge Dame, die — zumal von oben her — zum Theater gehen will, muß Freunde haben, angesehene, reiche Freunde, die sich ein Vergnügen daraus machen, für die Kunst zu wirken. Haben Sie denn Niemand, der sich für Sie — interessirt?"

Ihr liefen die hellen Thränen über die Wangen. „Niemand."

„Aber wie denken Sie sich das denn eigentlich, liebes Kind? Wenn man Ihnen nun sagte: Spielen Sie morgen die Jungfrau von Orleans und nächste Woche die Maria Stuart — da Sie doch auf Schiller besonders zugeschnitten sind — ja! verzeihen Sie die etwas undelikate Frage: „Haben Sie denn etwas an- zuziehen?"

„Wenn ich nur erst ein Engagement hätte . . ."

„Ja, wenn —! Das will aber doch erst verdient sein. Ich mache mich ja lächerlich, wenn ich Sie meinen Geschäftsfreunden anbiete. Ich kann auch nicht, wie ich will; die Presse läßt sich schwer bestimmen . . . eine junge Dame, die zum Theater gehen will, muß auch da gute Freunde haben. Verfehle ich's zwei-, dreimal, so verliert meine Empfehlung allen Kredit. Sie wer- den nicht erwarten, daß ich mich Ihretwegen der Ge- fahr aussetze, in meinem Geschäfte Verluste zu erleiden."

„Aber es wäre doch auch denkbar, daß einmal ein ungewöhnliches Talent —"

„Ja, ja, ja! Das glaubt natürlich jeder zu sein."

„Es käme doch auf die Probe an."

„Hm! Ich will über Sie nicht absprechen, liebes Kind. Aber Sie haben eine so sanfte Stimme und eine so schmächtige Figur . . . wir leben nicht mehr in den Zeiten Schillers und Goethes, wo die Schauspielhäuser klein waren. Heut baut man sie für die Sonntage, wo der Zulauf groß ist. So weite Räume beanspruchen ein starkes Stimmmaterial. Das Publikum läßt sich durch die Brüller imponiren. Wer am lautesten schreit, an den glaubt man. Das mag zu bedauern sein, aber ich kann's nicht ändern. Ihr Professor spricht da viel von geistiger Auffassung, durchgebildeter Empfindung, schöner Gestaltung. Hat unzweifelhaft seinen Werth, aber ohne eine große Stimme ist's auf der Bühne mit den Rollen, die Sie im Sinn haben, nichts. Spreche aus Erfahrung, liebes Kind."

„Meine Stimme ist so schwach nicht, wie sie scheint. Eine Probe, Herr Roller —"

Der Agent stand auf. „Gut denn — Sie sollen sie haben. Ich sehe, daß ich auf andere Weise nicht mit Ihnen zum Schluß komme. Ich will Ihnen einen Brief an Herrn Oberregisseur Walter mitgeben und gute Worte nicht sparen. Fällt sein Urtheil nach Wunsch aus, so wollen wir weiter sehen, ob sich etwas für Sie thun läßt. Wenn nicht . . ." er zog den Kopf zwischen die Schultern — „so habe ich das meinige gethan."

Er ging voran in das Büreauzimmer, stellte sich an sein Pult, schrieb mit flüchtiger Feder und couvertirte. „Da, mein Fräulein. Ich habe, um den Mann vertraulicher zu stimmen, etwas von einem vornehmen Gönner einfließen lassen. Schadet Ihnen jedenfalls nicht. Schmieden Sie nun Ihr Glück."

Angelika dankte aufs herzlichste. „Ich habe nun die besten Hoffnungen," sagte sie. „Ich fühl's, Ihrer Empfehlung werde ich nicht Schande machen. Nehmen Sie sich gütig meiner an, und einen vornehmen Gönner werde ich nicht brauchen."

Er entließ sie mit einem gnädigen Kopfnicken.

Oberregisseur Walter stand in dem Ruf eines sehr sachkundigen und kunstverständigen Bühnenleiters. Was

man sich sonst von ihm zu erzählen wußte, gehörte zu
den Dingen, von denen er selbst zu sagen pflegte, daß
sie eigentlich niemand etwas angehen. Er war verheirathet, lebte aber von seiner Frau getrennt, weil sie
sich nicht daran gewöhnen konnte, seine Autorität als
Regisseur anzuerkennen und darum lieber auswärts ein
Engagement suchte. So lebte er nun wie ein Junggeselle, spielte und war ewig in Geldverlegenheit. Wahrscheinlich wußte der Agent Roller, daß ihm die vornehmen Gönner der Theaterdamen, die von ihm Rollen
zugetheilt erhielten, gar nicht unlieb waren. Angelika
kannte ihn nur als den in der Kritik oft gerühmten
trefflichen Regisseur und tüchtigen Schauspieler. Sie
überbrachte ihm den Brief und meinte sich seinem Wohlwollen dadurch am besten zu empfehlen, daß sie ihn
bat, mit aller Strenge zu prüfen und ganz rücksichts-
los sein Urtheil abzugeben.

Sie schien ihm zu gefallen. Er gab ihr ein Buch
in die Hand und ließ sie lesen. Schon nach wenigen
Minuten erklärte er sich befriedigt. „Sie lesen sehr
hübsch," sagte er, „— fast zu gut. Es gibt berühmte
Schauspielerinnen, die ganz erbärmlich lesen. Damit
will ich mich zu keiner Regel bekennen. Aber so viel
ist richtig, daß die Bühne die Kleinmalerei im Ausdruck
nicht verträgt." Er ließ sie einen Monolog frei deklamiren und mit Gesten begleiten. Auch das gelang.
Nun bestellte er sie eines Vormittags auf die Bühne.

Die Probe fand im leeren Hause bei offenem Vorhang statt. Der Regisseur stellte sich ins Parterre unter die Logenbrüstung. Von dort gab er das Zeichen zum Beginnen. „Sprechen Sie schon?" fragte er nach einer Weile, „ich höre nichts."

Angelika erschrak heftig. Sie dachte an die Aeußerung des Agenten und setzte noch einmal kräftiger ein. Können Sie mit der Stimme nicht mehr heraus?" rief Walter hinüber.

„Gewiß! Aber ich glaubte, mich steigern zu müssen."

„Das sollen Sie auch. Nur dürfen Sie zu Anfang nicht säuseln. Man will erst einmal den vollen Ton haben. Sprechen Sie langsam aber fest."

Sie begann nochmals mit aller Anstrengung, indem sie die Stimmlage einen halben Ton höher nahm. Nun hatte die Steigerung aber Schwierigkeiten. Ihr Lehrer hatte ihr die Regel eingeprägt, sie dürfe auch bei der leidenschaftlichsten Deklamation nie bis an die Grenze ihrer physischen Kraft gehen. Jetzt war diese Grenze schon vor dem Höhepunkt erreicht. In ihrer Beängstigung forcirte sie die Stimme, hatte nun aber selbst das Gefühl, daß sie allen Klang verlor.

„Nicht schreien, Fräulein, nicht schreien," rief der Regisseur. „Sie schneiden ja Gesichter. Setzen Sie öfter ab, nehmen Sie von neuem Athem."

Angelika bemühte sich, seiner Weisung zu genügen. Sie brachte den Monolog zu Ende, fühlte sich aber sehr ermattet.

„Wollen Sie ausruhen?" fragte Walter.

„Nein, es ist nicht nöthig," antwortete sie mit Heroismus.

Er ließ sie ein zweites Versstück sprechen. Das erschöpfte sie völlig. Als Walter zu ihr auf die Bühne zurückkam, fand er sie leichenblaß. „Wenn das Haus gefüllt ist," sagte er, „spricht sich's darin etwas leichter — vorausgesetzt, daß das Publikum sich ganz still verhält. War das nun Ihr äußerster Aufwand? Ganz ehrlich!"

Angelika sah ihn bittend an. „Ich hoffe — wenn ich ruhiger bin . . ."

„Darauf nehme ich billig Rücksicht. In der Angst verliert man leicht die Herrschaft über seine Kräfte. Aber werden Sie sich nicht noch mehr ängstigen, wenn Sie dem Publikum gegenüberstehen?"

„Ich glaube nicht. Nur jetzt, wo es sich um Sein und Nichtsein handelt —"

„Es scheint mir doch, daß Sie stets alle Ursache haben werden, mit Ihren Stimmmitteln sehr ökonomisch umzugehen. Ihre Constitution ist schwächlich. Bedenken Sie, was das heißen will, Vormittags eine stundenlange Probe durchzumachen und Abends bei der Leistung doch frisch zu sein, und das mehrmals in der Woche."

„Ich werde nicht ermüden," versicherte sie. „Meine Begeisterung für die Kunst —"

„Ja, damit ist dem Kehlkopf nichts abzugewinnen. Aber Sie haben Temperament, das gleicht manches aus, und Ihre Erscheinung wird im Kostüm reizvoll wirken. Wer ist denn der vornehme Gönner, der Sie für die Bühne ausstatten will?"

„O, Herr Oberregisseur . . ."

„Nun, ich will nicht indiscret sein. Kommen Sie Morgen in's Büreau, ich will Ihnen das Attest geben."

Angelika ergriff seine Hand. „Und Sie glauben, daß ich wirklich Beruf zur Schauspielerin, zur tragischen Liebhaberin habe — ?"

„Beruf? ohne Frage. Ob Sie aber durchgreifen werden — ? Ich will Sie nicht entmuthigen. Es gibt große Talente, die sich nicht zur Geltung bringen können, weil ihnen gerade das fehlt, was die kleinsten so oft im Uebermaß besitzen. Im Theater ist der Erfolg überhaupt unberechenbar. Einem Versuch steht jedenfalls nichts entgegen. Holen Sie doch das Attest persönlich ab; ich will Sie dem Herrn Intendanten vorstellen. Machen Sie aber dazu ein wenig Toilette, Fräulein."

Angelika sah verlegen zur Erde. „Ich muß bekennen, daß ich augenblicklich . . . Von dieser Probe sollte alles abhängen."

Er lachte. „Ei, ei! Ist der vornehme Gönner so vorsichtig? Nun, wie Sie wollen. Morgen gegen Mittag also."

Sie war entlassen. Mit sehr gemischten Empfindungen trat sie auf die Straße hinaus. Sie meinte, doch nur einen halben Sieg erfochten zu haben, und wieviel davon auf Rechnung der irrigen Voraussetzung

zu stellen sei, daß sie von irgend einer hohen Persönlichkeit protegirt werde, blieb noch dunkel. In der
Kehle spürte sie etwas wie Hustenreiz. Im Zimmer
hatte sie doch zwei Stunden ununterbrochen fortlesen
können, ohne auch nur einmal sich räuspern zu dürfen.
Sie ging zu ihrem Professor, Bericht zu erstatten. Er
suchte sie zu beruhigen: die Aufregung habe eingewirkt;
die Gewohnheit werde ihr das Sprechen im großen
Raume erleichtern; es komme da mehr auf die Deutlichkeit der Aussprache, als auf die Stärke des Tons
an. „Also mein Organ ist wirklich schwach?" fragte
sie, schon mißtrauisch. Er meinte, bei ihrer Jugend sei
darüber zur Zeit noch gar nicht abzuurtheilen.

Als sie nach Hause kam, fand sie auf ihrem
Tischchen ein geschlossenes Couvert ohne Aufschrift. Es
sei für sie von einem Dienstmann abgegeben, sagte die
Frau, die nebenan wohnte; eine Bestellung sei nicht zu
machen gewesen. In dem Papier steckte eine Fünfzig-
marknote, nichts weiter. Wer in aller Welt konnte so
freundlich an sie gedacht haben? Robert . . .? Das war
ganz unwahrscheinlich. Wie käme er selbst zu solchem
Reichthum? Sollte der Agent einen Vorschuß . . .? Aber
dann hätte er sich genannt. Oder wollte er sie auf
diese Weise abfinden? Jedenfalls meinte sie über das
Geld verfügen zu dürfen, das recht wie vom Himmel
gefallen war. Sie kaufte einen neuen Hut und Mantel,
um würdiger vor dem Herrn Intendanten erscheinen zu
können; das war nun das Nothwendigste.

Die Visite dauerte kaum eine Minute. Aber sie war doch vorgelassen worden und hatte ein paar Worte sprechen dürfen. Oberregisseur Walter, der ihr bald folgte, äußerte sich sogar, sie habe einen günstigen Eindruck gemacht. Er gab ihr das versprochene Schreiben an den Agenten Roller und trug ihr einen Gruß auf. Das gab ihr neue Hoffnung.

Wirklich schien das Attest nicht ungünstig zu lauten. Roller las es sehr aufmerksam, faltete es wieder zusammen und zog nachdenklich die Kanten des Papiers durch die Fingerspitzen. „Hm — hm — hm!“ murmelte er, „mein Urtheil allerdings bestätigt — Organ nicht vollkräftig, Brust schwach —“

Angelika sah ihn ängstlich an. „Schreibt Herr Walter das?“

„Er kommt darauf hinaus, liebes Kind. Nichts Gewaltiges von Stimme, das wußt' ich voraus. Aber im übrigen ist er Ihres Lobes voll, das kann ich Ihnen zur Beruhigung sagen. Er zeigt sich selten so freigebig — will etwas bedeuten. Hm — hm! Ohne Frage Talent — schönes Talent. Der Mann ist Sachverständiger. Er spielt auf den vornehmen Gönner an; sehen Sie wohl, das ist von Wirkung gewesen. Hat er Sie denn dem Intendanten vorgestellt?“

„Ja, ich hatte die Ehre —“

„Wirklich? Will etwas bedeuten. Ja, wir leben nicht mehr in den Zeiten Schillers und Goethes, aber anstandshalber müssen die alten Stücke doch noch immer

gegeben werden, und man kann die Darsteller dafür
nicht entbehren. Eine gute tragische Liebhaberin, die noch
an das glaubt, was sie spielt — hm! versuchen könnte
mans ja. Offenbar hat Walter einiges Vertrauen.
Ein Risiko freilich bleibt's immer, und ein großes Geschäft wird's auch im besten Fall nicht werden. Aber
man kann doch nicht wissen, was geschieht. Das Publikum ist manchmal närrisch." Er öffnete wieder das
Blatt und sah hinein. „In der That weit über meine
Erwartung. „Ja wenn es mich nicht allzuviel kosten
dürfte . . ."

„Sie wollen sich für mich verwenden, Herr Roller?"
fiel Angelika sehr glücklich ein. Es war ihr nicht unbemerkt geblieben, daß das Attest seine Stimmung
wesentlich verändert hatte.

Er überlegte. „Meine Verwendung allein thut's
nicht, liebes Kind. Wenn Sie auftreten wollen, brauchen
Sie Garderobe. Man muß eine Anzahl Leute ins
Theater schicken, die wüthend klatschen; man muß in
den Zeitungen gewaltig Lärm schlagen, der böswilligen
Kritik den Mund stopfen. Wie verschaffe ich Ihnen
denn nun den vornehmen Gönner, den Sie durchaus
brauchen, wenn Sie vorwärts kommen wollen?"

„Wagen Sie eine Summe an mich," bat Angelika,
„ich hoffe zuversichtlich, daß ich sie Ihnen bald erstatten kann."

Roller wiegte den Kopf. „Ah! ich bin Geschäftsmann. Wir leben nicht mehr in den Zeiten . . . Aber

da fällt mir etwas ein, das für Sie passend sein könnte. Unser Graf — ha, ha, ha! Ihnen die nöthigen Costüme anzuschaffen wäre ihm eine Kleinigkeit."

„Ein Graf, Herr Roller?"

„Ach, ein älterer Herr, der sich lebhaft für das Theater interessirt und den besten Geschmack hat. Freilich hat er mehr Passion für das Salonfach mit feinen Roben; aber wer weiß, ob nicht zur Abwechselung einmal eine tragische Liebhaberin und Heldin seiner gräflichen Laune . . . Ein süperber Gedanke. Der Mann ist reich genug, sich diesen Luxus erlauben zu dürfen. Lassen Sie mich mit ihm reden."

„Aber wie sollte er für ein unbekanntes Mädchen —"

„Natürlich wird er Sie erst kennen lernen wollen. Und es versteht sich von selbst, daß Sie ihn recht freundlich aufnehmen und durch Ihre Liebenswürdigkeit in seinen guten Absichten bestärken. Wenn ich nicht irre, spielten auch schon zu den Zeiten Schillers und Goethes die Gönner eine große Rolle beim Theater. Ich will Ihnen da durchaus keine bestimmten Zusicherungen machen, liebes Kind. Es ist möglich, daß mein Mann anderweitig engagirt ist, es ist möglich, daß er von Ihnen keinen so günstigen Eindruck empfängt, als ich voraussetze, es ist möglich, daß er sich für die mittelalterlichen Costüme, die Sie hauptsächlich brauchen, zu wenig interessirt . . . das muß man abwarten. Ich kann für Sie nichts weiter thun, als daß ich mit dem mir befreundeten alten Herrn spreche und seine Aufmerksamkeit auf Sie lenke. Das ist aber unter Umständen viel; das Weitere ist dann Ihre Sache."

Angelika wurde durch diese unverhoffte Güte des sonst so kargen Mannes ganz gerührt. „Ich danke Ihnen von ganzem Herzen," sagte sie. „Ich will mir die Gunst dieses Wohlthäters zu verdienen suchen. Gott lohn's Ihnen, was Sie —"

„Na na, na —!" lenkte er ab, „lassen wir den lieben Gott dabei aus dem Spiel. Wenn etwas aus Ihnen wird, ist's ja späterhin auch mein Vortheil. Geben und nehmen, das ist meine Maxime. Sie paßt auch für Sie, für jeden, der vorwärts will in der Welt. Also nicht blöde, liebes Kind, nicht blöde!"

Mit dieser praktischen Mahnung, die sie nach ihrer Weise auslegte, entließ er sie.

Achtes Kapitel.

Ein vornehmer Gönner findet Gelegenheit, seine Liebe zur
Kunst zu beweisen.

Angelika fühlte sich glücklich. Es konnte kein
Zweifel sein: Der Regisseur hatte sich günstig
über sie ausgesprochen, den Agenten von
ihrem Talent überzeugt. Würde er sich
sonst so entgegenkommend geäußert haben? Wenn es
ihm gelang, den reichen Grafen für sie zu gewinnen
— welche Aussichten für die Zukunft! Ihre Stimme
allerdings sollte schwach sein. Aber das ängstigte sie
wenig. Der Professor hatte stets das Gewicht auf die
geistige Gestaltung des Wortes, auf die Wärme der
Empfindung gelegt; mit Verächtlichkeit hatte er von
den Coulissenreißern gesprochen, den jämmerlichen Na-
turalisten, die sich den Beifall des Plebs erschreien. Sie
stand ganz zu seinen Grundsätzen, gelobte sich, ihnen

niemals untreu zu werden. Und sie vertraute ihrem Genius, der siegreich sein werde, sobald er sich erst beweisen dürfe.

Der Graf war ihr eine recht mystische Persönlichkeit. Je mehr sie über ihn nachdachte, ohne doch für irgend eine bestimmte Vorstellung Anhaltspunkte zu gewinnen, um somehr idealisirte er sich ihr. Es gab also noch Menschen in der Welt, die rein aus Liebe zur Sache ernstes Kunststreben unterstützten, denen es eine freudige Genugthuung war, ihre Glücksgüter dem Würdigsten zuzuwenden. Es erschien ihr als ein besonders hoher Grad von Vornehmheit, daß keine andere Art von Gegenleistung in Frage kommen durfte, als die sich aus dem künstlerischen Schaffen von selbst ergab. Davon hatte freilich der Herr Agent kein Wort gesagt; aber gerade deshalb verstand sich's von selbst, es hätte ihm sonst schwerlich an Dreistigkeit gefehlt, Forderungen zu stellen. Der Graf wurde ihr mehr und mehr ein ehrwürdiger alter Herr, den sie sich gern hochgestaltet, mit ausdrucksvollem Gesicht, mit weißem Haar und Bart dachte, langsam und würdig sprechend. Sie erwartete eine Aufforderung, sich ihm in seiner Wohnung vorzustellen, meinte aber auch auf einen Besuch vorbereitet sein zu müssen und hielt ihr Stübchen in sauberster Ordnung. War der Graf ein so gütiger Herr, wie ihn Roller schilderte, so ließ sich in der Erwartung seiner Großthaten für eine arme Kunstnovize schwer eine Grenze ziehen; er konnte sich dann ja wohl auch zu einem solchen Entgegenkommen herablassen.

Und wirklich nach einigen Tagen, als sie sich eben laut eine Rolle vorsprach, wurde bei ihr angeklopft. Von ihren Bekannten klopfte keiner so energisch. Ihr schlug das Herz, als sie leise „Herein!" rief.

Der eintrat, entsprach dem Bilde, das sie sich ge-macht hatte, allerdings wenig. Er war nur mittelgroß, etwas untersetzt und trug den Backenbart wie ein Eng-länder. Seine Bewegungen waren rasch und zierlich; den grauen Filzhut mit weißem Bande nahm er erst vom Kopf nachdem er eingetreten war, um dann so-gleich mit tupfender Hand die Frisur zu revidiren und in Ordnung zu bringen. Nichts von einem würdigen alten Herrn, aber doch viel selbstbewußtes Auftreten und ein gewisses aristokratisches Air, straffe Haltung, tadelloser Anzug. Daß sie dem vornehmen Gönner gegenüberstand, konnte nicht zweifelhaft sein.

„Sie sind die junge Dame," fragte er, mit den Fingerspitzen zu beiden Seiten des Kinns den Bart klopfend, „die sich der Bühne widmen will?"

Angelika knixte tief und nannte ihren Namen.

„Richtig. Herr Roller hat mir gesagt, daß Sie . . ." Er hob das Lorgnon mit Goldeinfassung vor die Augen und musterte sie scharf. — „Hm —! noble Erscheinung interessanter Kopf, einmal ganz was anders . . . Herr Roller hat mir gesagt, daß Sie . . ." noch ein Blick durch die Lorgnette — „daß Sie ein schönes Talent besitzen, aber zu arm sind, es angemessen zu verwerthen. Ist dem so?"

„Herr Graf," antwortete sie, „ich fühle in mir den Beruf, eine Künstlerin zu werden. Ob ich ausreichend Talent besitze, kann sich erst auf der Bühne zeigen — ich hoffe es. Leider hindert mich meine gänzliche Mittellosigkeit, die Probe herbeizuführen. Ich hatte mir's leichter gedacht, den Fuß über die Schwelle des Kunsttempels zu setzen. Nun stehe ich überall vor verschlossenen Thüren, und die sie bewachen, weigern mir den Eintritt, weil ich nichts mitbringe, als meine Begeisterung für die Kunst und den guten Willen, ihr mit meiner ganzen Lebenskraft zu dienen. O, wenn Sie ein ernstes Streben nach den höchsten Zielen einer Unterstützung für werth erachten, Herr Graf —"

„Macht mir ein besonderes Vergnügen," unterbrach er, „talentvollen jungen Damen die Wege ebnen zu helfen. Bin allerdings oft genug mit Undank belohnt worden, könnte durch Schaden klug geworden sein. Ist man erst mit der nöthigen Garderobe versorgt, entzückt man das Publikum, steht man fest bei der Direktion, so ist die Hilfe des Freundes bald vergessen."

„O, Herr Graf," rief sie, „ich habe ein dankbares Herz. Mein ganzes Leben lang —"

Er zog die Schulter. „Ja, das habe ich schon oft gehört, dergleichen Betheuerungen sind nicht ernst gemeint."

Angelika sah traurig zur Erde. „Es kränkt mich
9 *

Herr Graf, daß Sie mir nicht Glauben schenken. Es mag wohl viele leichtsinnige Menschen geben, die empfangene Wohlthaten vergessen — darunter leidet dann der am meisten, dem es heiligster Ernst ist, sich ihrer würdig zu zeigen."

Diese Tonart klang ihm ganz fremd. Der Agent hatte ihn allerdings auf etwas Ungewöhnliches vorbereitet, aber er hatte es nicht so erwartet. Dieses junge Mädchen nahm offenbar die Sache ganz ernst, hielt ihn für den opferwilligen Kunstfreund, zu dem Roller ihn gestempelt hatte, ahnte gar nicht, worüber er sich eigentlich beschwerte. Es schmeichelte seiner Eitelkeit, ihr so vertrauenswürdig erschienen zu sein. Machte er hier eine Eroberung, so durfte er darauf stolz sein. Und warum nicht? Er mußte nur das Spiel geschickt fortsetzen, sich Zeit lassen. Der Erfolg war der Mühe und Kosten werth. Wirklich ein schönes Mädchen! Diese prächtigen Locken, diese dunkeln, tiefen Augen, dieser feingeformte Mund! Angelika war eine Schönheit ganz anderer Art, als ihm bisher in den Vorhallen der theatralischen Kunst begegnet war. Sie hatte einen geistigen Zug, der ihm imponirte, etwas Aetherisches, das ihn fesselte. Er dachte sich für sie, während er sie so betrachtete, ein Kostüm aus, zu dem das Vorbild der alten niederländischen Schule entnommen sein konnte: breiter Hut mit wallender Feder, dunkles Sammetkleid mit Schlitzärmeln und Puffen von weißer Seide, langzackige Spitzen, Kette mit Medaillon;

und dann stellte er sie in ein Zimmer mit brauner
Holztäfelung und gepreßter Ledertapete. Auch ein mo-
dernes Reitkostüm konnte ihr gut stehen: eng anschlie-
ßendes Kleid von Wollenstoff, aufstehendes Krägelchen
mit Kravatte, schwarzer Herrenhut mit blauem Schleier,
gelbe Handschuhe mit Stulpen. Das stand ihm im
Moment lebhaft vor Augen; es reizte ihn, sich mit der
jungen Dame näher einzulassen. „Erlauben Sie, daß
ich mich setze," sagte er, „das Treppensteigen hat mich
ein wenig angegriffen. Das Logis müssen Sie unter
allen Umständen wechseln, liebes Fräulein."

Sie schob ihm einen alten Lehnstuhl mit geflicktem
Polster zu, auf dem früher die Tante zu sitzen pflegte,
und nahm auf seinen Wink ihm gegenüber am Tische
Platz. Er erkundigte sich nun eingehend nach ihren
Verhältnissen und erhielt ganz offene Auskunft. Eine
Weißstickerei, die auf dem Arbeitskörbchen lag, veranlaßte ihn zu der Frage, für wen sie arbeite. Sie
nannte das Geschäft. Was man ihr dafür zahle? Sie
gab die Summe an. „Das ist eine schändliche Aus-
beutung der Armuth," rief er sehr entrüstet, „den Ab-
nehmern rechnet man das Vierfache an — besonders
bei so geschickter Arbeit. Wer hat denn das höchst
originelle Muster entworfen?"

Angelika erröthete ein wenig. „Ein Maler," antwortete sie, „der früher hier verkehrte."

„Sehr hübsch, sehr originell ... Hm, hm! früher,
sagen Sie?"

Sie lächelte wehmüthig. „Er kommt nicht mehr —
ich sage in allem die Wahrheit."

„Es würde sich für ein junges Mädchen auch nicht
schicken, Herrenbesuche zu empfangen," bemerkte er mit
einigem Eifer, „und wenn ich mich Ihrer freundschaftlich annehmen soll —"

„O, Herr Graf," fiel sie ein, „Sie haben nichts zu
besorgen. Ich weiß, was ich mir schuldig bin."

Er spielte mit dem Lorgnon. „Und wenn man
sich nun für Sie interessirte, mein Fräulein — in welcher
Rolle möchten Sie am liebsten zuerst auftreten?"

Ihr Gesicht erheiterte sich. „Am liebsten als
Iphigenia," entgegnete sie.

Er drückte die Lippen zusammen und legte den
Kopf schief gegen die linke Schulter. „Hm — Iphi-
genia . . . Sie meinen die von . . ." Ein leichtes
Räuspern.

„Von Goethe, Herr Graf. Auf Euripides zurück-
zugehen würde doch bedenklich erscheinen."

„Ja wohl . . . man muß überhaupt nicht zurück-
gehen. Immer vorwärts, immer vorwärts."

„Diese antiken Stoffe haben doch viel Anziehendes,
besonders bei so meisterhafter Behandlung."

„Hm — es ist so eine eigene Sache damit. Ueber
die Form ist man so ziemlich im Klaren, aber gerade
was die Stoffe anbetrifft . . ."

„Ich gebe zu, Herr Graf, daß sie im allgemeinen
unserem Anschauungskreise zu entlegen sind. Goethe

hat aber die richtige Wahl getroffen, und wenn man ihm sehr unverständig den Vorwurf machte, daß er modernisirte —"

„Ganz recht! Modernisiren muß man durchaus. Es schadet auch nichts, wenn nur der antike Charakter im ganzen erhalten bleibt. Ob nicht aber Ihre Figur etwas zu schwächlich ist für die langen, schleppenden Gewänder —!" Er legte den Kopf auf die andere Seite.

„Ich würde Haltung und Gang sorgsam studiren müssen, Herr Graf."

„Ja, und man dürfte den Stoff nicht zu weich nehmen. Lieber breitere und festere Falten. Die weiße Farbe könnte zu Ihrem zarten Teint wohl passen, nur darf man sie nicht kreidig wählen, eher mit einem leisen Hauch ins Gelbliche. Das dunkle Lockenhaar dazu, von einem schmalen Goldreif gehalten — ah! superbe!"

„Ich habe daran noch wenig gedacht. Aber mit der Rolle bin ich ganz fertig. Erlauben Sie, Herr Graf, daß ich probeweise eine Stelle spreche? Zum Beispiel jene berühmte: Es fürchte die Götter das Menschengeschlecht."

„Bitte, bitte —" sagte er, sich in den Stuhl zurücklehnend, „sehr angenehm."

Angelika stand auf, warf ein Tuch über Brust und Schultern, so daß es sie wie ein faltiges Gewand deckte, und deklamirte mit tiefer Stimme und wuchtigem

Pathos das Lied der Parzen. Ihr Zuhörer horchte mit allen Zeichen des Staunens. Nach dem Schluß klatschte er in die Hände und rief: „Bravo!"

Der „Alte," der Kinder und Enkel denkt und das Haupt schüttelt, war ihm noch nicht vorgekommen, aber er fing an zu merken, daß er sich hier eine Blöße geben könne und fragte lieber nicht. „Mit dieser Iphigenia," äußerte er sich diplomatisch, „lohnte es wahrlich schon, die Probe zu machen. Aber wissen Sie, liebes Fräulein . . . . es giebt heut im Theater auf den besten Plätzen so viel Leute, die das nicht verstehen. Man will sich nicht den Kopf zerbrechen, ist zu zerstreut, überhört das Wichtigste. Die wenigen Kenner kommen nicht in Betracht."

„Und doch möchte ich gerade für sie spielen, nur für sie. Aber Sie mögen wohl recht haben, Herr Graf, es ist vielleicht nicht die richtige Antrittsrolle. Ich habe früher an die Luise Millerin gedacht — lachen Sie nicht, auch aus dem Grunde, weil sie nur ein weißes Kleidchen braucht, das nicht kostbar zu be- schaffen wäre; ich fürchte nur, die Sentimentalität —"

„Und der Kleiderschnitt von Kabale und Liebe ist sehr bedenklich." Er fühlte sich hier auf sicherem Boden, da er das Stück wiederholt gesehen hatte. „Die Damen nehmen sich freilich, um diese Klippe zu um- gehen, die ärgsten Verstöße gegen das historische Kostüm nicht übel; sie putzen sich meist aus, als ob sie eben auf den Bürgerball gehen wollen. Aber eine denkende

Künstlerin, wie Sie . . ." das war ein Ausdruck, den
Dr. Stichel mit Vorliebe brauchte.

Angelika dankte ihm mit einem warmen Blick, der
ihm zu Herzen ging.

„Sie würden die kurze Taille und die Puffärmel
wagen müssen. Es kann sein, daß Ihr Spiel die Wun-
derlichkeit der Tracht vergessen läßt, aber ich sage, bedenklich bleibt's immer. Uebrigens auf die Kosten
kommts gar nicht an, wenn ich mich für Sie interessire.
Das ein für allemal." Er erhob sich und knöpfte den
Ueberrock zu. „Erwägen Sie die Sache noch reiflicher.
Sie müssen mir noch mehr vortragen. — Das da von
dem Alten war sehr hübsch. Hat mich recht begierig
auf weitere Proben Ihrer Kunst gemacht. Darf ich
wiederkommen?"

„So oft es Ihre Zeit erlaubt, Herr Graf," versicherte sie eifrig. „Es wird mir die größte Ehre sein,
vor einem so gewiegten Kunstkenner zu sprechen."

„Sie müssen mir aber erlauben," sagte er mit
feinem Lächeln, „gleichsam meinen Platz zu bezahlen
— ha, ha, ha! Ich bin nicht gewohnt, etwas umsonst
anzunehmen." Er legte ein Goldstück auf den Tisch.

Angelika machte eine abwehrende Bewegung. „O
Herr Graf —"

„Ohne Redensarten, ohne Redensarten, mein
bestes Fräulein. Ich bin vorläufig Ihr Direktor und
zahle Ihnen die Gage — ha, ha, ha! Oder, wenn
Sie lieber wollen, Ihr Publikum, das sein Entree ent-

richtet. So oder so —" er küßte ihr die Hand. „Lassen
Sie mir die Freude, mich dankbar bezeigen zu können.
Wenn unsere Verbindung, wie ich hoffe, intimer wird,
werden wir uns künftig anders arrangiren können."

Er ging, um schon am andern Tage und dann
an jedem Tage wiederzukommen. Angelika deklamirte
und las vor; sein Beifall wurde immer enthusiastischer.
Eine Kunstübung dieser Art war ihm etwas ganz
Neues; sie erhöhte seine Stimmung außerordentlich.
Er hatte keine Mühe sich einzubilden, daß er wirklich
ein tiefes Verständniß für die Geheimnisse der drama-
tischen Kunst besitze, daß er berufen sei, diesem schönen
Talent zur Anerkennung zu verhelfen. Wenn er entzückt seine Bewunderung über ihre Leistungen aussprach
— sie hatte ja bis dahin ein recht warmes, unumwun-
denes Lob noch gar nicht vernommen — überließ sie
ihm gern ihre Hand, die er nicht müde wurde mit
Grazie zu küssen. Und beim Abschied schien sich auch
ein väterlicher Kuß auf die Stirn nur von selbst zu
verstehen. Unbescheidener waren seine Ansprüche nicht.

„Ich habe die erforderlichen Einleitungen getroffen," sagte er ihr eines Tages, „Ihrem Debüt auf
der Hauptbühne steht nichts weiter im Wege. Sie
dürfen die Rolle wählen. Herr Oberregisseur Walter
hat sich auf meine nachdrückliche Fürsprache" — er betonte das Wort nachdrücklich besonders scharf — „bereit finden lassen, die Sache bei dem Herrn Intendanten
durchzusetzen. Betrachten Sie das als abgemacht. Ich

hoffe Ihnen auch eine warme Empfehlung in der
Presse zusichern zu können. Versäumen Sie jedoch
nicht, Herrn Doktor Stichel einen Besuch zu machen.
Er schreibt nicht die Kritiken, die ja übrigens meist zu
spät kommen und von den wenigsten gelesen werden,
wohl aber die wichtigen Theaternotizen vorher und
nachher. Unter uns gesagt: er ist ein bischen eitel.
Sagen Sie ihm, daß Sie Ihr Schicksal ganz in seine
Hand legen, und er wird über Sie schreiben, was ich
ihm einflüstere. Der Agent Roller, der närrische Mensch,
befürchtet, Ihre Stimme könnte für das weite Haus
nicht ausreichen. Dummes Zeug! Bitten Sie Stichel,
ihm etwas vordeklamiren zu dürfen, und er wird
schreiben: Diese junge Dame hat eine erstaunlich große
Stimme. Wenn er das schreibt, so wird vielleicht
mancher im stillen anderer Meinung sein, niemand aber
laut das Gegentheil zu behaupten wagen."

Angelika fühlte sich bei der Aussicht, auftreten zu
dürfen, so glücklich, daß sie kaum auf seine einzelnen
Reden genau acht gab. Sie wollte ihrem gütigen
Wohlthäter die Hand küssen, was er aber durchaus
nicht zuließ. „Mein gutes Kind," sagte er und streichelte
ihr die Wange, „vergessen Sie nicht, daß Sie eine
gottbegnadete Künstlerin sind, zu der ich mit Verehrung
aufblicke. Wenn mir im Leben noch Freude zu theil
werden soll, so kann es nur durch Sie geschehen. Sie
machen mir die Erde zum Paradies, theuerste Angelika.
Alles was ich habe, stelle ich Ihnen zur Verfügung,

um Sie groß und berühmt zu machen. Nur müssen Sie mir vollkommenes Vertrauen schenken."

„O, Herr Graf," rief sie, „daran soll's gewiß nicht fehlen! Wem vertraute ich lieber, als Ihnen! Sie lieben die Kunst. Sie haben ein gutes Herz für alles Gute und Schöne. Führen Sie mich, ich folge Ihnen!"

Zur Bekräftigung Ihrer Worte wollte sie sich ihm zu Füßen werfen, aber er fing sie in seinen Armen auf und küßte sie auf die Stirn. „Ich glaube Ihnen," sagte er. „Hören Sie denn, was ich zunächst von Ihnen fordere, Angelika. Sie können in dieser elenden Wohnung keinen Tag länger bleiben. Ich habe für Sie ein hübsches kleines Quartier besorgt, Salon und zwei Stübchen, recht ansprechend möblirt."

„Das ist über den Bedarf, Herr Graf:"

„Ich will, daß Sie sich recht behaglich und zugleich so nobel einrichten, wie es einer Künstlerin von Rang gebührt. Betrachten Sie sich in allem als meinen lieben Gast. Ich habe auch für Ihre Bedienung gesorgt. Eine ältere Dame, die mir treu ergeben ist, wird Ihren kleinen Haushalt führen und Ihrer Person jeden gewünschten Dienst leisten. Sie werden sich ganz ungestört Ihren Studien widmen können."

„Ihre Güte beschämt mich, Herr Graf —"

„Kleinigkeit, Kleinigkeit! Hier haben Sie Anweisungen an einige der ersten Magazine der Stadt. Sie dürfen die Briefe nur abgeben, um der promptesten

Aufwartung sicher zu sein. Ueberlassen Sie sich ganz
den Händen der Vorsteherinnen, die darin ausreichend
instruirt sind und erschweren Sie denselben nicht ihre
Aufgabe durch Bescheidenheit. Sie wäre durchaus am
unrechten Orte. Es ist nothwendig, daß Ihre Toilette
hinter den anderen Damen vom Theater nicht zurück-
steht; ich wünsche im Gegentheil, daß Sie sich auch in
dieser Hinsicht sofort als ein Stern erster Größe ein-
führen."

„Aber wie verdiene ich . . .?" Thränen der Rüh-
rung feuchteten ihr Auge. „Und ich kenne noch nicht
einmal den Namen meines Wohlthäters."

Er klopfte mit den Fingerspitzen den Backenbart
rechts und links und blinzelte listig. „Der Name, denke
ich, thut nichts zur Sache", sagte er, „es wäre mir lieb,
wenn Sie sich danach jetzt und künftig nicht erkundigten.
Unser Verhältniß ist ein ganz ideales und soll so bleiben.
Sie beabsichtigen, sich einen Theaternamen von gutem
Klang zu geben — ich finde das ganz in der Ordnung.
Für mich heißen Sie so. Lassen Sie Ihren besten Freund
noch einen Schritt weiter gehen und seine sehr wohl-
thätige Anonymität bewahren. Ich habe Rücksichten zu
nehmen. Die Welt . . . Ah! huldigen wir dem Idealen!
Sie kennen die Geschichte von Lohengrin und der
schönen Else von Brabant — wie? Nun, so ähnlich."
Und er intonirte mit dünner Fistelstimme: „Nie sollst
du mich befragen, noch Wissens Sorge tragen, woher
ich kam —" und so weiter.

„Mein Ritter!" rief Angelika mit überschwänglichem
Pathos. „Ja kein Geringerer als der heilige Gral
sendete dich zu meiner Rettung. Ich werde gewissen-
hafter als Elsa mein Wort halten: nie soll Neugierde
mich um mein Glück betrügen!"

Er küßte ihre Hand. „Mein gutes Kind — "

„Ich nenne Sie nun den Grafen Lohengrin, wenn
ich an Sie denke," fuhr sie fort, „das ist ein schöner
Name, und einen andern brauche ich nicht."

„Gut," sagte er schmunzelnd, „was mir sonst zum
Schwanenritter fehlt, wird Ihre Phantasie freundlich
ergänzen. Daß ich's nicht vergesse: nehmen Sie auch
diesen Brief an den Photographen Kastenmeyer, schöne
Elsa, und sitzen Sie ihm zu einigen Bildern verschiedenen Formats. Er wird sich bei den Aufnahmen alle
Mühe geben, verlassen Sie sich darauf. Man muß
auf Ihre Bühnenerscheinung vorbereitet werden. Später
können wir Kostümbilder folgen lassen. Drapiren Sie
sich ein wenig mit einem faltigen Tuch, das genügt
vorläufig. Machen wir gleich eine Probe."

Er zog aus seinem Paletot ein Päckchen und überreichte es ihr. Es enthielt einen prächtigen Shawl
von feinster Wolle mit eingewirkten Seidenstreifen. Er
legte ihn ihr selbst um die Schultern und zupfte die
Falten zurecht. „Nun werfen Sie einmal einen Blick in
den Spiegel, und merken Sie sich die Hauptlinien. Für
die Photographie ist das von Wichtigkeit. Die Tracht
weicht nicht wesentlich von der gebräuchlichen ab, und

doch ist ein leichtes phantastisches Element hineingebracht, das die Künstlerin kennzeichnet."

Angelika konnte nur wieder und wieder danken. Sie erlebte so viel Wunderbares, daß sie sich gar nicht mehr mit Gedanken darüber beschwerte, wie sie zu diesem kostbaren Geschenk käme. Der Graf behandelte es wie ein nichts; und was war's denn auch gegen- über alledem, was seine Freigebigkeit in Aussicht ge- stellt hatte?

Die Umwandlung ihrer äußeren Verhältnisse voll- zog sich ganz programmmäßig. Die neue Wohnung war wirklich reizend, jeder Raum seiner Bestimmung entsprechend mit geschmackvollem Luxus dekorirt, der Salon mit großen Spiegeln und Bildern fast überreich ausgestattet. Angelika kam sich in all dieser Herrlich- keit wie ein Feenkind vor. Die Gesellschafterin, die ihr der Graf gegeben hatte, gefiel ihr zwar anfangs nicht sonderlich, aber sie nöthigte sich, aus Erkenntlich- keit gegen ihren Wohlthäter ihren Umgang erträglich und sogar angenehm zu finden. Die Dame mochte einmal für eine Schönheit gegolten haben und schien das nicht vergessen zu können, obschon ihre Reize längst verblüht waren. Sie hatte die Schminke hoch aufge- tragen, die Augenbrauen geschwärzt, das Haar über der gefurchten Stirn in Ringellöckchen gelegt, das Ohr mit langem Geschmeide behängt und die Hand mit Ringen besteckt. Die Figur war noch jetzt recht zierlich, aber von wunderlicher Beweglichkeit, der Gang hüpfend,

oder, wie sie vielleicht selbst darüber urtheilte, schwebend.
Sie lächelte fortwährend, sprach lispelnd und stets in
den gewähltesten Ausdrücken, kokettirte auch dabei mit
den Augen, wohl aus langer Gewohnheit. Sie konnte
sehr sentimental sein und gleich darauf wieder recht
unzarte Bemerkungen aus dem Schatz ihrer Erfahrung
zum besten geben. Madame Godard schien viel erlebt
zu haben. Nach und nach brachte sie etwas davon
zum Vorschein. Sie hatte einmal dem Corps de Ballet
angehört und unterhielt noch jetzt Verbindungen mit
dem Theater. Ein Attaché der französischen Gesandtschaft hatte sie „nach Paris entführt" und dort sitzen
lassen. Sie behauptete, dann mit Herrn Godard verheirathet gewesen zu sein, den sie lächelnd „ein Ungeheuer von Eifersucht" und einen „Tyrannen" nannte,
der ihr die schönsten Jahre ihres Lebens verkümmerte.
Zuletzt habe er „die Brutalität so weit getrieben"
bankrott zu machen und bei Nacht und Nebel davon-
zugehen. Man habe ihr alles genommen: Möbel,
Teppiche, Equipage, Juwelen und Kostbarkeiten aller
Art, sie völlig ausgeplündert auf die Straße gestoßen.
Nur die Schönheit habe man ihr nicht nehmen können!
Dabei wurden die Augen verschämt niedergeschlagen.
Leider sei sie ein Capital, das sich abnutze. Diese
„schmerzliche Erfahrung" sei ihr nicht erspart worden.
Sie habe aber noch einige treue Freunde, die ihren
Werth zu schätzen wüßten; ihnen leiste sie gern mit
Aufopferung Dienste — „ohne Eifersucht", wie sie hin-

zufügte. Angelika hörte nur, was sie verstand; ihr
mitleidiges Herz suchte einen Halt für die Theilnahme,
die sie Madame Godard des Grafen wegen schuldig
zu sein glaubte und fand ihn in deren wechselvollem
Schicksal. Wie war sie selbst plötzlich so reich geworden, aller Sorge ums Leben enthoben. Und nun um-
gekehrt ein Fall von der Höhe herab in alle ungewohnten Kümmernisse des ärmlichen Daseins —! Sie
gelobte sich im Innersten, ihre Armuth nicht zu vergessen,
um immer dankbar für unverdiente Wohlthat zu sein.

Die köstlichen Toiletten langten aus den Maga-
zinen an; Kostüme zu mehreren großen Rollen wurden
probirt. Dem Grafen schien kein größeres Vergnügen
denkbar, als die Anordnungen dafür zu treffen und
das Gelieferte zu kritisiren, endlich seine Schöpfung zu
bewundern. Madame Godard verrichtete dabei die
Dienste einer Kammerzofe oder Theatermutter; auch
verstand sie zu frisiren. Angelika pflegte bei solchen
Kostümproben zugleich einen Theil der Rolle zu sprechen,
natürlich zum Entzücken ihres einzigen Zuschauers, der
sich in enthusiastischen Beifallsäußerungen nie genug
thun konnte.

Und nun wurde auch der Feldzug in den Zeitungen
eröffnet, zuerst mit der Klage, daß das tragische Fach
mehr und mehr verwaise, dann mit der Anzeige, daß
ganz unerwartet auf glänzenden Ersatz zu rechnen sei.
Dann wurde jeder Schritt, den Angelika der Bühne
näher trat, mit einer Notiz vorbereitet, mit einer zweiten

10

Notiz als glücklich geschehen angezeigt. Referent
hatte erfahren, in welcher Rolle sie debütiren werde.
Es folgte ein Dementi. Auch eine zweite Nachricht
war trüglich gewesen. Endlich stand fest, daß die
Jungfrau von Orleans gewählt sei. Das Kostüm
wurde besprochen. Man habe diesmal auf historische
Treue zu rechnen, namentlich auch bei der Rüstung,
die einem alten Bilde des tapferen Mädchens nachge-
arbeitet sei. Nichts von der conventionellen Repräsen-
tation, wie ja auch bei einer „denkenden Schauspielerin“
selbstverständlich. Die Erscheinung werde anfangs etwas
sonderbar anmuthen, bald aber durchaus überzeugend
wirken. Nun war der Tag bestimmt. Berichtigung:
Der Tag steht noch nicht fest, aber die Proben sind
im Gange. Endlich konnte mit Genugthuung auf den
Theaterzettel verwiesen werden.

Regisseur Walter, der von dem vornehmen Gönner
nicht vergessen wurde, meinte: „Sie haben fast zu gute
Freunde, Fräulein. Die Erwartungen werden zu hoch
gespannt. Bleibt die Leistung dagegen zurück, so er-
folgt ein Rückschlag von der übelsten Wirkung. Sie
sprechen recht hübsch, aber das Spiel läßt noch zu
wünschen, und ob die Stimme mächtig genug sein
wird . . .“

„Ich schone sie auf der Probe,“ versicherte Angelika. Sie wußte selbst am besten, daß das nicht geschah und Madame Godard an jedem Abend ein Tränk-
chen kochte, das lästige Räuspern der Kehle zu besei-

tigen; aber sie wollte sich nicht entmuthigen lassen und rechnete auf den zwingenden Einfluß des Moments.

Ihre kühnsten Hoffnungen schienen sich erfüllen zu wollen. Das Theater war fast vollständig besetzt, ihr Auftreten im Vorspiel machte den günstigsten Eindruck. Nach ihrem ersten Abgang erfolgte lebhaftes Beifall-klatschen, es verstärkte sich nach jeder Scene; nach den Aktschlüssen fehlte es nicht an wiederholtem Hervorruf. Zuletzt wurden Blumen und Kränze geworfen. Diese Ovationen schienen einem Theil des Parterre das Maß zu überschreiten; Zischlaute machten sich vernehmlich. Aber eine Schaar wüthender Enthusiasten donnerte die Skeptiker nieder Johanna mußte wieder und wieder danken. Der Intendant sagte ihr hinter den Coulissen einige freundliche Worte. Der Regisseur rief: „Gott sei Dank! Die Schlacht ist geschlagen. Glimpflich ge-nug ist's noch abgegangen.“

Angelika glaubte an Sieg. Ihre Nerven waren nach der Vorstellung überreizt, sie lachte und weinte, drückte jedem die Hand, der an sie herantrat, um in einigen schönen Redensarten seiner Kunstkennerschaft ohne Verantwortlichkeit ein Genüge zu thun, und be-rauschte sich förmlich an den Lobspenden ihrer Verehrer. Sie wußte nicht, daß die Hauptklatscher bezahlt waren, daß ihr Graf selbst von seiner Loge aus den Beifall dirigirte, daß die Blumen und Kränze sämmtlich auf seine Rechnung zu stellen waren, von wo sie auch ge-worfen sein mochten.

Als sie zu Hause anlangte, brach sie ohnmächtig zusammen, zu nicht geringem Schrecken ihres hohen Gönners, der ein niedliches Souper bereit gestellt hatte. Nachdem sie zu sich selbst gebracht war, zeigte sich doch ihre Stimme noch lange keines Tones mächtig. Hatte sie ihr doch zu viel zugemuthet? —

Neuntes Kapitel.

Ein Künstler, der viel Geld verdient und doch nicht lustig ist.
Es huscht ein Schatten vorüber.

Das Atelier des Malers Roland war eine
Sehenswürdigkeit.

Herr Marotti hatte, nachdem es so gut
geglückt war, „ihn zu machen," keine Kosten
gescheut, die Werkstätte des berühmten Künstlers mit
raffinirtestem Luxus auszustatten. Er zweifelte nicht,
daß sie sich bequem einbringen würden — um so leich'
ter, je größer der erste Aufwand. Roland sollte nur
für die Aristokratie und haute finance malen, seine
Specialität sollte das weibliche Porträt bleiben. Herr
Marotti betrachtete sein eigenes Atelier gleichsam als
den Vorraum, den jede Dame passirt haben mußte, um
im Salon des Künstlers den ersehnten Eintritt zu erhalten. Er leistete seine unentbehrlichen Dienste nur

denen, die sich an den Maler Roland empfehlen ließen,
und er verpflichtete Roland, keine Bestellung anzunehmen, die er nicht autorisirt hätte. So erschien es ganz
selbstverständlich, daß der Maler darauf eingerichtet
sein mußte, Damen der feinsten Gesellschaftskreise empfangen zu können.

Er verfügte über einen kleinen Saal mit breitem
Fenster, in dem er arbeitete, ein Vorzimmer, das als
Wartesalon gedacht war, und ein Kabinet, in das er
sich jederzeit zurückziehen konnte, wenn er von neugie-
rigen Besuchern nicht gesehen sein wollte. Schon im
Treppenflur wurde man durch Büsten, Statuetten und
Cartons auf die künstlerische Nähe vorbereitet und in
Stimmung versetzt. Ein grauhaariger Diener in langem
schwarzem Rock und weißer Binde öffnete die Thür
nach vorläufiger Prüfung der Legitimation und trug
dann die Karten ins Atelier. Man befand sich in
einem äußerst behaglichen, mit Teppichen ausgelegten,
mit kleinen Divans und zierlichen Sesseln bestellten
Raum, dessen tiefe Fensternische mit den herrlichsten
Exemplaren seltener Blattgewächse und mit einem Flor
blühender Blumen reich geschmückt war. Das Licht
fiel durch Scheiben von gemaltem Glas. Auf den
Tischen mit Platten von Florentiner Mosaik lagen
Prachtwerke aller Art in den köstlichsten Mappen und
Einbänden, standen Broncen, Kristallschalen und andere
kleine Kunstwerke. An einer vergoldeten Stange, die
in dreiviertel Höhe von Wand zu Wand quer über

das Zimmer lief, hingen an Ringen verschiebbare Gobelins mit mythologischen Figuren. Sie markirten von
einem zweiten, schmäleren Fenster ein Lesekabinet, das
zugleich als Toilettenraum verwendbar war und nach
Bedürfnis völlig geschlossen werden konnte. Zu diesem
Zweck standen darin zwei große bewegliche Spiegel.
Auf dem Tisch lagen stets die neuesten Unterhaltungs-
blätter und Modejournale. Ein Kästchen von niedlicher
Elfenbeinschnitzerei war zur Aufnahme von Stecknadeln
bestimmt. Es fehlte auch nicht ein kleiner Schreibtisch
mit Briefbogen zierlichen Formats in allen Farben des
Regenbogens, passenden Couverten und Correspondenz-
karten. Die Ecken des Zimmers gegenüber der Licht-
wand wurden durch gemalte Porzellanvasen auf Marmor-
postamenten für das Auge ausgerundet. Zwischen
ihnen trug ein Gestell von Holzschnitzwerk venetianische
Gläser und Nippsachen von Porzellan und Glas, der
Besichtigung nicht unwerth. Das Atelier selbst war
streng im Stil der Renaissance gehalten und entsprechend
mit hochlehnigen Stühlen und Sofas möblirt. An den
Wänden hingen Studien, Waffenstücke, Reliefabgüsse
von Gips in künstlicher Unordnung. Eine Gliederpuppe war mit einem Stück goldurchwirkten rothen
Seidenstoffs drapirt und trug einen Hut mit langen
Federn. In der Nähe lagen Rollen anderen Stoffs
in verschiedenen Farben, Spitzen, Federn aller Art, Pelz-
werk. Die zum Sitzplatz bestimmte Erhöhung gegenüber dem Fenster war mit einem kostbaren Teppich be-

legt und ließ sich durch Vorhänge abschließen. Die
Leisten und Streben der Staffelei liefen in Schnitzerei
aus. An der Wand unter dem Fenster oder auf
anderen Staffeleien in den Ecken standen fertige und
halbfertige Porträte in prächtigen Goldrahmen, Zeugen
der Thätigkeit des vielbeschäftigten Malers.

Der glückliche Inhaber dieser Herrlichkeiten, die
das verwöhnteste Auge befriedigen konnten, sah doch
keineswegs so aus, als ob er sich darin besonders wohl
fühlte. Es war ihm das alles so hingestellt worden,
er hatte sich's nicht gegeben, nach und nach zusammen-
getragen. Marotti speculirte auf den Geschmack der
vornehmen und reichen Damen, die sich in diesen Räumen
aufhalten sollten; für sie war das ganze Arrangement
getroffen, gleichsam ein Musteratelier hergestellt, von
dem sich in den Salons sprechen ließ. Man wisse sich
da und nur da in angemessener Umgebung, sollte es
heißen; man merke sogleich, daß man es mit einem
Kunstaristokraten zu thun habe, fühle sich bei ihm nicht
genirt. Man sollte auf den ersten Blick begreiflich finden, daß es eine Auszeichnung sei, hier gemalt zu
werden, deren sich nur die Spitzen der Gesellschaft zu
erfreuen hätten, und daß der Preis für das Bild entsprechend hoch gestellt werden mußte. Auf den Preis
durfte es den Damen, die hier ihre Eitelkeit befriedigt
sahen, überhaupt nicht ankommen. Je höher er sich
normirte, um so exclusiver erschien das Vergnügen,
seinen Salon mit einem Porträt dieses Malers schmücken

zu können. Ihm selbst hatte es eine Weile Spaß genug bereitet, in diesen Räumen den Herrn zu spielen
und allerhand Vornehmheiten die Honneurs zu machen.
Der Abstand von der Dachkammer war zu groß. Aber
das hielt nicht lange an. Dann wurde das Unbehagen
größer, seine Kunst stets parademäßig üben, sich selbst
geschniegelt und gebügelt zur Schau stellen, sich in ge-
drechselten Redensarten ergehen zu müssen. Sie waren
einander gar zu ähnlich, diese Comtessen und Baronessen
und Frauen von Soundso mit ellenlangen Titeln, in
ihren Prätensionen und ihrer hochmüthigen Herab-
lassung; sie langweilten ihn oft entsetzlich. Und es gab
noch Unleidlicheres zu überwinden.

Wenn er ganz ehrlich gegen sich sein wollte —
und er hatte mitunter die größte Neigung dazu —
mußte er sich doch bekennen, daß er nichts als der
Sklave eines kleinen Herrn sei, der ihn für seine Zwecke
ausbeutete. Nicht er selbst bestimmte sich seine künstlerischen Aufgaben, Marotti wies sie ihm zu, und er
durfte nicht einmal widersprechen oder selbstständig die
geringste abweichende Anordnung treffen. Und welche
Aufgaben waren das! Er hatte die Puppen zu malen,
die Marotti angekleidet hatte, genau so zu malen, wie
er sie angekleidet hatte. Da Silvia jetzt nicht immer
zur Hand war, ihm die Geheimnisse eines complicirten
Toilettenstücks zu verrathen, machte er oft kleine Fehler, die das Auge des Kenners sofort entdeckte. Von
Zeit zu Zeit fand sich Herr Marotti zur Besichtigung

eines halbfertigen Bildes ein und ließ es dann an strengster
Kritik nicht fehlen. Er hielt lange Vorlesungen über
Details des weiblichen Putzes und machte auf einen
aufmerksamen Zuhörer Anspruch. „Vergessen Sie nicht,
lieber Freund, durch wen Sie etwas geworden sind,"
war immer das dritte Wort, oder auch: „Sorgen Sie
dafür, daß ich Ehre mit Ihnen einlege." Bis dahin
war er mehr oder minder vom Maler abhängig gewesen, jetzt fühlte er sich durchaus in seiner dominiren-
den Stellung: Roland war sein Geschöpf. Er verlangte
allen Ernstes, daß der junge Künstler sich mit nichts
beschäftige, als was ihm in seiner Specialität zur un-
bestrittenen Meisterschaft verhelfen könne. Fast mit Verächtlichkeit sprach er von Bildwerken anderer Art. „Ueberlassen Sie's doch den kleinen Talenten," sagte er, „ein
Stück Leinewand mit beliebigen Farben zu beklecksen,
um etwas wie eine Landschaft, eine Straße, ein Schiff,
oder meinetwegen auch ein menschliches Wesen herauszubringen. Dazu gehört am Ende nicht viel, wenn
man durch die Schule gelaufen ist. Sehen Sie sich
eine Ausstellung an, da hängen so und so viel hundert
Bilder solcher Art, und viele sind so gut gemacht, daß
es schwer halten möchte sie zu übertreffen. Wer kaufen will, hat die Auswahl. Zimmerschmuck, lieber Freund,
Zimmerschmuck! wird auch danach bezahlt. Eine besondere
Ehre ist's schon, für ein Museum angekauft zu werden,
und da hat jeder Lump es umsonst, im Vorübergehen
einen Blick darauf zu werfen. Machen Sie's so gut

Sie wollen, was nebenan hängt, ist ebenso gut, vielleicht besser. Zeitverschwendung, sich mit solcher Concurrenz zu plagen, wenn man in seinem Specialfache etwas Unübertreffliches, Einziges zu leisten vermag. Das vermögen Sie durch meinen Beistand. Kein zweiter Maler ist in gleich günstiger Lage. Ein weibliches Porträt nach dem Arrangement von Marotti ist alle- mal ein Unicum, wie der Lateiner sagt. Nie copire ich mich selbst, meine Schöpfungen sind immer Original. Was Ihr Pinsel verewigt, ist nie vorher dagewesen und wird nie zum zweitenmale da sein. Ihre Aufgabe muß es sein, das Specifische meiner Anordnung zu tref- fen, ihm den ganz eigenen Schwung abzulauschen, den graziösen Hauch, der über dem Ganzen liegt, festzuzau- bern. Sie leisten schon recht Tüchtiges, ich erkenne es gern an; aber Sie sind noch nicht gewissenhaft genug in der Beobachtung subtilster Feinheiten; Sie müssen Ihr Auge noch mehr darauf üben, meine Intentionen herauszuspüren. Sprechen Sie mir von keinen anderen Studien, als die den Zweck haben, Sie in dieser Rich- tung zu vervollkommnen. Ich will Ihnen die neuesten Pariser Modellroben und Hüte kommen lassen, bekleiden Sie Ihre Gliederpuppe damit, und bemühen Sie sich in allen Freistunden, sie gleichsam Stich für Stich auf Ihrer Leinewand nachzuarbeiten. Die Sachen sind noch lange nicht mustergültig, aber man kann da viel lernen.“

Der Mann war so erfüllt von seiner Wichtigkeit, daß es vergeblich gewesen wäre, ihn auf andere Ge-

danken bringen zu wollen. Nur auf eine Weise konnte es
dem Maler gelingen, ihm Respect vor seiner Kunst und
mittelbar vor seiner Person einzuflößen: wenn er streng
seiner Weisung folgte und etwas zu stande brachte, was
jener als ebenbürtig seiner eigenen Kunst anzuerkennen
gezwungen war. Zu einem geschickten Handwerker
sollte er sich degradiren. Dagegen empörte sich lauter
und lauter sein Genius.

Er suchte sich damit zu helfen, daß er bei allem
auf das Kostüm gewendeten Fleiß doch auch den Köpfen
ein eigenartiges Leben zu geben bemüht blieb. Aber
selten genug bot sich hier ein lohnender Vorwurf, und
nur zu bald mußte er die Erfahrung machen, daß es
den Damen, die meist schon die erste Jugendblüthe hinter sich hatten oder in der Stickluft der Salons früh
verwelkt waren und nun in allerhand Toilettenkünsten
excellirten, gar wenig darum zu thun war, naturgetreu
und charakteristisch dargestellt zu werden. So eifrig sie
sich schmückten, Augenbrauen und Lippen färbten, so
lebhaft wünschten sie auch so gemalt zu werden, als
ob dies Natur sei. Je mehr ihnen der Maler schmeichelte, um so zufriedener waren sie mit seiner Leistung.
Die flüchtigste Aehnlichkeit hätte genügt. Frauen mit
erwachsenen Töchtern nahmen es ihm durchaus nicht
übel, wenn er sie in junge Mädchen umwandelte, und
Matronen mit weißen Haaren legten ihm Photogra-
phien zur freundlichen Berücksichtigung vor, die vor
zwanzig Jahren angefertigt waren. Er sollte nicht

nur ausgeputzte Puppenrümpfe, er sollte auch Puppen-
gesichter malen.

Das war die Kehrseite der Medaille. Oft war
er in stiller Verzweiflung, durchmaß mit dröhnenden
Schritten, die Hände in den Taschen, sein prächtiges
Atelier und pfiff einen Gassenhauer der schlimmsten
Sorte, um sich durch eine recht plebejische Aufführung
zu rehabilitiren. Er riß die Fenster auf, um durch
einen frischen Luftzug den unerträglichen Patschuliduft
verflüchtigen zu lassen. Der einzige, dem er sich in
seiner mißmuthigen Stimmung zeigen durfte, war der
Baron Pleutenburg.

Seine Gastfreundlichkeit in schwerer Zeit hatte er
ihm längst heimgezahlt. Manche Flasche Sekt war in
dem Restaurant ausgetrunken, in dem er in die Geheimnisse der Lebenskunst eingeweiht worden war. Die
Börse des Malers war jetzt immer gefüllt, er konnte
selbst aus augenblicklicher Verlegenheit helfen, in der
sich der Assessor oft genug befand. Sein Vorschlag,
bei der Tasse Kaffee „ein Spielchen zu machen“, wurde
selten abgelehnt. Roland verlor immer und wollte
verlieren — seine Forderung war dann auf die einfachste Weise beglichen. Er achtete das Geld wenig,
das, wie er sich ausdrückte, „sündhaft“ verdient war.
Der Assessor verkehrte auch nach wie vor im Hause
Marottis und war Silvia ein angenehmer Gesellschafter.
Er nahm nichts übel und plänkelte höchst amüsant beständig an der Grenze des Unsaglichen herum, sie doch

niemals überschreitend, auch wenn die Lockung groß
war. Aus tausend Nichtigkeiten baute er seine Unterhaltung auf, und jede wußte er so hübsch auszuputzen,
daß sie ein reizendes Aussehen erhielt. Diese Spielerei
mit Worten bereitete ihr das größte Vergnügen. Sie
naschte wie aus einer Düte voll Süßigkeiten buntester
Art; manchmal griff sie auch nur mit der Hand hinein,
um die Bonbons und Zuckerplättchen wieder zwischen den
Fingern durchfallen zu lassen, von denen nichts nach
ihrem Geschmack war. Er schüttelte dann den Vorrath
um und präsentirte mit lächelndem Gesicht seine Düte
von neuem. Sie nannte ihn gelegentlich einen „furchtbar faden Patron," beschäftigte sich doch aber vorwie-
gend mit ihm, auch wenn ihr Bräutigam zugegen war.
Roland hatte die Gewohnheit, stiller und stiller zu werden, je mehr jener sich aufspielte. Dann hieß es nachher: „Der Baron ist doch recht kurzweilig — du könntest von ihm lernen."

Der Assessor kam auch zu Besuch ins Atelier, wenn
gerade nicht Sitzung war und die mit dem neuesten
Kunstwerk Marottis behängte Gliederpuppe nicht genirt wurde. Er streckte sich dann hinter dem Maler
auf ein Sofa hin und machte seine Glossen. Zwar
fand er es „schändlich albern," daß nicht einmal eine
Cigarette geraucht werden dürfte — der Papa hatte
es aufs strengste verboten und bereits Beweise von der
Feinheit seiner Geruchsnerven gegeben — ließ sich aber
auch mit einem Glase Wein bewirthen. „Das wird

anders werden, wenn Sie erst verheirathet sind," sagte
er; „jetzt fühlen Sie sich noch als den Künstler von
Marottis Gnaden —"

Der Maler seufzte.

„Ein mitunter etwas drückendes Gefühl," com-
mentirte der Baron, „aber thut nichts, muß durchge-
halten werden. Der Herr Schwiegersohn wird fester
auftreten können — eine Verlobung läßt sich leicht rück-
gängig machen, eine Heirath schwer. Ein Genie kann
ich mir ohne eine starke Neigung für gute Havanna-
Cigarren eigentlich gar nicht denken. Und gerade Sie
brauchen bei ihrer überzarten Beschäftigung von Zeit
zu Zeit eine Erfrischung der Nerven durch einen kräftigen Tabak. Zur Scheidung kommt's deshalb nicht.
Die Damen werden sich an die Ihnen zusagende Atmosphäre im Atelier gewöhnen. Und wenn nicht, nicht.
Sie können Ihre Bedingungen stellen. Mich wundert's
übrigens, daß der Alte nicht verlangt, Sie sollen in
Glacéhandschuhen malen — etwas so Vornehmes
wäre noch gar nicht dagewesen. Will ihm nächstens
einmal den köstlichen Gedanken einblasen."

„Das lassen Sie nur bleiben", bat Roland grim-
mig lachend, „er könnte Ihren Vorschlag ernst nehmen.
In seinem Kopf ist so viel Zunder von dieser Sorte
aufgehäuft, daß auch einmal ein Witzfunke Feuer fangen kann."

Dem Baron schien sein Einfall viel Spaß zu machen;
er kehrte ihn wohlgefällig nach allen Seiten. „Die

Sache ist ernstlich zu überlegen, bester Freund," sagte
er. „Was kostet ein Porträt von dem berühmten
Maler Roland? Sicher schon ein hübsches Sümmchen.
Nun aber ein Porträt mit Glacéhandschuhen gemalt —!
Tausend Mark mehr. Eine Weile kann man sich's ge-
fallen lassen — ha, ha, ha!"

„Wenn's nur aufs Geld ankäme . . . ."

„Kommt's nicht aufs Geld an? Ich versichere
Sie, es kommt alles aufs Geld an — am meisten
freilich für den, der's braucht und nicht hat. Sie
brauchen es nicht und haben es, deshalb urtheilen Sie
so leichtsinnig. Beneidenswerthe Situation! Die reizende Silvia heirathen und nicht einmal vom Schwiegerpapa abhängig bleiben zu dürfen! Könnte mir
nicht passiren, wissen Sie. Ich würde immer Geld
brauchen, besonders wenn eine so allerliebste Frau es
mir durchbringen hälfe. Da würde es dann oft genug
heißen: pater peccavi. Die Absolution pflegt in solchen
Fällen mehr und mehr verclausulirt zu werden. Sie hat
er in den Sattel gehoben, aber reiten werden Sie,
wie's Ihnen gefällt. Traue Ihnen wenigstens die
Dummheit nicht zu, sich am Zügel führen zu lassen,
sobald Sie festsitzen. Heirathen, Freundchen, nur rasch
heirathen! Ich freue mich schon unbändig darauf, bei
Ihnen Hausfreund zu werden."

Dem Maler war diese Aussicht weniger lockend.
Aber der Rath schien gut. Jetzt hatte Marotti ihn noch
in der Hand, Silvia war unzuverlässig. Die Heirath

machte ihn selbstständig, konnte ihn wenigstens selbstständig machen. Freilich nur dadurch, daß er sich für's
Leben fesselte. Wie stand's dann mit der Freiheit?
Ließ sich die künstlerische zurückerlangen, wenn die persönliche fehlte? Der Trost hatte seine Bedenken, wenn
man ihm auf den Grund ging.

Ein andermal fragte Herr von Pleutenburg beiläufig: „Haben Sie denn schon Fräulein Römer gesehen?"

„Wer ist das?"

„Ah! Sie lesen, wie es scheint, die Zeitungen nicht,
die in ihrem Vorzimmer ausliegen!"

„In der That! Ich ärgere mich nur, wenn ich
darin etwas auf mich Bezügliches finde. Ich weiß ja
doch, wie es hineingekommen ist und was ich davon
zu denken habe. „Wenn ich gelobt werde, schäme ich
mich wie ein nasser Pudel."

Der Baron lachte. „Auch ein Standpunkt! Zwar
etwas kindlich, aber sehr moralisch. Von Ihnen jetzt
übrigens selten die Rede — wozu auch? Sie sind gemacht — desto mehr von Fräulein Angela Römer."

„Angela —?"

„Ein Theatername vermuthlich. Angela Römer,
das klingt recht voll, was? Unsere neue Tragödin —
Stern erster Größe — ob Firstern mit eigenem Licht,
oder nur Wandelstern mit langem Schweif, vorläufig
noch unentschieden. Jedenfalls recht brillante Erscheinung, macht Aufsehen."

11

„Woher kommt sie?"

„Wenn ich nicht irre, aus Wien. Kann auch München sein. Der Theateragent Schufterle oder Spiegelberg — habe vergessen, wie der Kerl heißt, kommt aber in den Räubern vor — hat sie entdeckt. So etwas muß entdeckt werden, wissen Sie, sonst glaubt man nicht daran. Der Entdecker muß natürlich ein gewisses Renommé haben, sonst glaubt man auch nicht daran. Die Hauptsache ist das Spektakelmachen hinter-her. Das Publikum muß wild werden. Ist es erst wild, so geht es mit seinem eigenen Verstand durch und galoppirt sich in einen Enthusiasmus hinein, dem man nicht mehr die Sporen zu geben braucht. Macht mir allemal Spaß, diesen Proceß zu beobachten. Augen-blicklich sind wir noch im Stadium des künstlichen Lärms; aber er ist vortrefflich organisirt, und die Wirkung fängt an sich zu zeigen. Das Publikum im ganzen ist noch nicht wild, aber einige Ausreißer zogen schon aus der Linie vor — hier, dort, allein, paarweise, in kleinen Haufen. Die sogenannten Kunstverständigen streiten noch. Die Wahrheit zu sagen: der jungen Dame fehlt's an Lunge, die Böswilligen behaupten, sie piepse wie ein Sperling. Da hat man denn ein neues Schlagwort erfunden und ausgeworfen: man spricht von geistigen Stimmmitteln. Merken Sie? Doktor Stichel erklärt jeden für ein Rhinoceros, der dafür kein Ohr hat. Und für ein Rhinoceros will man doch nicht gelten. Ich wundere mich, daß Sie von der Sache noch nichts wissen, lieber Freund. Sie gehen ja doch mitunter in's Theater."

„Aber nie, wenn man ein Trauerspiel gibt," antwortete der Maler. „Silvia hat eine principielle Aversion gegen alles, was Trauerspiel heißt oder klassisches Drama. Im Theater will sie sich amüsiren. Wir besuchen daher eigentlich nur die Operette und Posse, allenfalls eine Ausstattungsoper. Selbst das Lustspiel langweilt sie, wenn es nicht viel zu lachen gibt."

Der Assessor brachte auf dem Sopha seine langen Beine in eine andere Lage. „Ein süperber Geschmack — harmonire vollkommen. Habe nur nicht die Courage, in so grandioser Weise aufrichtig zu sein. Ah? es gibt einen ästhetischen Aberglauben, von dem man sich schwer loswinden kann; man wächst mit gewissen Vorurtheilen aus der Schule heraus, die dann noch lange ihren Spuk treiben, und genirt sich gewissermaßen seine klassische Bildung zu verleugnen. Man macht dem höheren Drama hin und her eine Concession, wie man ja auch einmal ohne tieferes Bedürfniß in die Kirche geht, und paßt die Gelegenheit ab, wo es zugleich eine interessante Schauspielerin oder einen Modeprediger kennen zu lernen gilt. Man muß doch mitsprechen können. Fräulein Silvia ist die Ehrlichkeit selbst. Grandios: das gefällt mir, und das gefällt mir nicht Was? Ich verehre sie deshalb um so höher. Was übrigens diese Angela Römer anbetrifft — hi, hi, hi . . .!"

Er lachte recht spitz und blinzelte dazu mit den Augen. „Hi — hi — hi!"

„Nun? Was wissen Sie von ihr so Komisches?".

„Wenn Sie schweigen können . . . Aber es ist hinter den Coulissen eigentlich gar kein Geheimniß mehr. Rathen Sie einmal, wer sie poussirt!"

„Wie kann ich das rathen?"

„Ihr Papa — hi, hi, hi!"

„Marotti —?"

„Der Graf. Ich glaube, sie kostet ihn ein Heiden-geld. Kenner wollen wenigstens behaupten, daß ihre Costüme sämmtlich aus seinem Atelier hervorgegangen sind. Eine königliche Garderobe! Was geht's uns an? Der Mann hat's ja dazu, sich amüsiren zu können. Er wird deshalb seine Tochter nicht knapper ausstatten."

Roland mischte auf seiner Palette die Farben wüst ineinander. „Wenn er sich nur nicht blamirt!"

„Das ist seine Sache."

„Doch nicht ganz, denke ich. Wenn ich seine Tochter . . ."

„Was wollen Sie? Alter schützt vor Thorheit nicht. Wer macht Sie für ihn verantwortlich? Uebrigens rechnet eine tragische Geliebte schon zu den Passionen im eigentlichsten Wortverstande. Sie haben dahinter nichts mehr zu befürchten, das hat auch sein Gutes."

Er zog sein Etui heraus und wählte eine kleine dunkle Cigarre. „Ich stecke sie erst draußen an," be-ruhigte er. „Echt — 340 — durch Connexion. Kommen

Sie mit? Es ist noch eine für Sie da. — Nicht? Wie Sie wollen. Apropos, sind Sie bei Kasse auf acht Tage? Bin eben dabei, mein Leben zu versichern und dann für Rechnung meiner Erben ein Capital aufzunehmen, das alle die Kleinigkeiten deckt. Von seinem eigenen Nachlaß zehren — eigentlich eine sublime Idee. Aber nicht mehr originell."

Roland reichte ihm seine Brieftasche hin, ohne ein Wort zu sagen. Der Baron nahm heraus, was er brauchte. „Man muß bescheiden sein. Also Sie kommen wirklich nicht mit? Adieu dann!"

Er ging. Roland war verstimmt, er wußte selbst nicht recht, worüber. Er gab der Staffelei einen Stoß mit dem Fuß, daß das Bild darauf ins Schwanken kam und warf die Palette auf den Tisch. Es war ihm heut nicht möglich weiter zu malen. Zu seiner Braut pflegte er erst später zu gehen, sie hatte selbst die Stunde bestimmt und konnte ebenso empfindlich sein, wenn er ihr vorauseilte, als wenn er sie versäumte. So warf er nun den Mantel über und machte noch einen Gang durch die Stadt. Er suchte deren elendeste Quartiere auf, enge Gassen und Gäßchen, den Trödelmarkt. Nur andere Bilder für's Auge! Kein Bettelkind bat ihn umsonst um eine Gabe. Wer diese Lumpen wieder malen könnte, diese naturwüchsigen Lumpen!

Das Verhältniß zwischen den Brautleuten hatte sich ziemlich sonderbar gestaltet. Bei Silvia schien der leidenschaftliche Eifer, sich die Neigung des hübschen

Malers zu erobern, rasch erkaltet zu sein. Vielleicht
hatte er ihr den Sieg zu leicht gemacht. Nun er so
bald zu ihren Füssen lag, schien sie diesen Platz für
einen Bräutigam ganz angemessen zu finden, der durch
sie etwas geworden war. Er gefiel ihr noch immer,
aber sie bemühte sich nicht mehr sonderlich ihm zu gefallen. Sie mußte ihm gefallen, wie sie auch gelaunt
war. Sie wußte, daß sie sein Auge beschäftigte, rechnete
mit seiner Verliebtheit. Wie wenig Mühe kostete es
sie, ihn ganz toll in sich vernarrt zu machen! Sie brauchte
ihm nur ihre kleine Hand, ihre weichen Lippen zu überlassen, einen ermuthigenden Blick zu gönnen. Und manchmal that sie mehr. Dann schien es plötzlich in ihr zu
stürmen; sie griff mit beiden Händen in sein krauses
Haar, bedeckte seinen Mund mit heißen Küssen, drückte
sein Gesicht an die wogende Brust, schwur ihm mit
feurigen Worten, daß sie in seiner Liebe glücklich sei!
Sie erschöpfte sich in Liebkosungen und gab ihm die
wunderlichsten Schmeichelnamen. Ein andermal wieder,
wenn seine eigene Leidenschaft aufkochte und über-
schäumte, gefiel es ihr, zum gefühllosen Marmor zu
erstarren. Recht spöttisch konnte sie ihm dann seine
„Kindereien" verweisen, oder wegen einer zerdrückten
Manschette philiströse Vorwürfe machen, die nicht einmal scherzhaft beantwortet sein wollten. Er sollte
„hübsch vernünftig" sein und sich damit begnügen, ihr
gegenüber zu sitzen und sie allenfalls von Zeit zu Zeit
anzusehen — aber nicht mit so verliebten Augen, sonst

müsse sie ihn auslachen. Wenn er schmollte, schickte sie ihn fort. Das sei ihr langweilig. Wollte er trotzig gehen, so spielte sie ihm eine aufregende Scene. Blieb er, so schmollte sie nun, „um ihm zu zeigen, wie albern das sei."

Er litt nicht wenig unter dieser Ungleichheit ihres Wesens. Bald fühlte er sich zu ihr hingerissen, bald weit abgestoßen. Einen Zustand ruhigen Beglücktseins gab es gar nicht. Er kam sich vor wie ein Pendel, das beständig zwischen Siedehitze und Eis hin und her getrieben wurde, unregelmäßig, stoßweise, in schnellerem oder lahmerem Fluge. Die Kraft, die es in Bewegung erhielt, wäre weitaus nicht genügend gewesen, es in Bewegung zu setzen. Nun leistete er nicht einmal so viel Widerstand von innen heraus, daß es zum Still-stehen kam. Manchmal glaubte er sein Herz betheiligt; dann wurde ihm sehr wehe zu Muth nach solchem Rückschlage in die Eisregion hinein. Meist aber spielte nur seine Phantasie mit den reizenden Formen ihrer Erscheinung, und der Besitz wurde eine leidenschaftliche Errungenschaft.

Er hätte sie immer wieder malen mögen, in anderer Stellung, anderem Costüm. Aber sie weigerte sich be-harrlich ihm ein zweites Mal zu sitzen. Es sei gar zu langweilig. An seinen künstlerischen Bestrebungen nahm sie weniger und weniger Antheil: er porträtirte, wie Kastenmeyer photographirte. Die Anschauungs-weise ihres Papas schien ihr die ganz natürliche.

Eigentlich interessirte sie bei seinen Bildwerken nur die Person, die sich malen ließ, nicht die Malerei. Wenn er etwas recht Curioses aus seinem Atelier zu erzählen wußte, war sie eine dankbare Zuhörerin. Es machte ihr auch Spaß, wenn er Abends unter ihren Augen zeichnete, aber sie bestellte sich nur Carricaturen. Je toller er's dabei trieb, desto herzlicher konnte sie lachen. Auf besonderen Dank hatte er immer zu rechnen, wenn er die Schilderung der Dame, die ihm eben gesessen hatte, auf solche Art illustrirte. Das nannte sie dann eine „geniale Leistung".

Mitunter besuchte sie ihn auch in seiner Werkstätte, immer, wenn gerade Sitzung war und besonders wenn Papa Marotti von einer Schönheit gesprochen hatte oder von etwas, das dafür gelten wollte. Auf die Staffelei warf sie dann kaum einen flüchtigen Blick, nur eben ausreichend, um sich zu überzeugen, ob er geschmeichelt hatte. Das gab ihr dann Anlaß zu kleinen Sticheleien, die ihm beweisen sollten, daß er genau beobachtet war. Sie hatte das Privileg, nicht angemeldet zu werden; er mußte wissen, daß er vor einer Ueberraschung niemals sicher sei, das war ihr offenbar das Wichtigste. Es blieb ihm nicht unbemerkt.

„Bist du eifersüchtig?" fragte sie ihn einmal.

„Ich hoffe, dazu keinen Grund zu haben," antwortete er ausweichend.

„Ah! ich meine, ob du Neigung zur Eifersucht hast?"

„Nein," versicherte er dreist.

Sie sah ihn mit einem ganz eigen spöttischen
Lächeln an. „Es ist auch gut," sagte sie nach kurzem
Bedenken, „du könntest dir sonst unnütz viel Leiden
schaffen. Ich hab's so in meiner Art, mich lebhaft mit
dem zu beschäftigen, was mir im Augenblick aus irgend
einem Grunde gefällt, und es gibt viel interessantere
Männer, als du bist, lieber Schatz — das wirst du
selbst nicht bestreiten. Macht man mir den Hof, warum
soll ich unhöflich sein? Es ist sehr amüsant, Fliegen
zu fangen, die nur darauf lauern, daß ihnen Netze gestellt werden. Wie drollig sie zappeln und an den
Fäden zupfen!"

„Ein sehr grausames Vergnügen."

„Sie wollen es doch nicht anders. Es ist die ge-
rechte Strafe dafür, daß sie mich für leichtfertig halten.
Ich bin nun einmal wie ich bin, und ich mag deshalb,
weil ich verlobt oder verheirathet bin, nicht unliebenswürdig scheinen. Häßlich kann ich mich ja doch auch
nicht machen."

„Wenn du mir nur dieselbe Freiheit gönnst," scherzte
er, „von Blume zu Blume zu flattern."

„Ja, wenn du ein Schmetterling wärst — vielleicht," entgegnete sie. „Aber du hast nicht die richtige
Schmetterlingsnatur, obschon es manchmal so aussieht.
Bilde dir das um Himmelswillen nicht ein. Du bist
gar nicht so ein leichtes Ding, das sich lustig in der
Luft schaukelt, hier und dort einen Augenblick Station
macht und weiter flattert. Du hast eher etwas Schwer-

fälliges, Beharrliches in deinem Wesen. Entweder
irgend eine Sache geht dich gar nichts an, oder sie
geht dir gleich tief. Zum Spielkameraden taugst du
recht wenig. Lasse dich aufs Spielen nicht ein, du be-
trügst dich selbst."

Wie sie ihn klug durchschaute! Nur darin nicht,
daß er schon eine solche Erfahrung gemacht hatte. Das
hinderte die Eitelkeit.

„Ich bin furchtbar eifersüchtig," fuhr sie fort,
„nimm dich vor mir in acht. Ich kann eine rechte
Furie sein, glaube ich." Sie sagte das lachend, aber
so, daß sie die beiden scharfen Zahnreihen zeigte.

„Du stellst unsere Partie sehr ungleich," meinte er.

Das bestritt sie. „Wir sind eben grundverschieden,
daran liegt's. Unter solchen Umständen gibt's keine
größere Unbilligkeit, als die Gleichstellung. Und nebenher —: eine Frau, die nicht eifersüchtig ist, liebt auch
nicht. Ich denke, du willst geliebt sein?"

Dagegen konnte er nichts einwenden. Er wollte
mit stürmischen Küssen die Antwort geben, aber sie ent-
schlüpfte ihm. „Ich mag nicht wieder einen rothen
Fleck auf der Backe haben," sagte sie, „wie neulich, als
der Baron kam und sich darüber lustig machte. Da
hast du allenfalls meine Hand. Herr von Rechenberg
war vorgestern ganz außer sich, als er sie — auf
deinem Bilde sah. Seine Begriffe verwirrten sich so
sehr, daß er sein halbes Vermögen bot, wenn er einen
einzigen Kuß darauf drücken dürfe. Er meinte das

Original. Es war gar zu unartig, daß er es jetzt erst entdeckte. Bitten Sie ab, sagte ich, und hielt ihm gnädigst die Hand hin — ungefähr so. Er mußte sie mir nun zur Strafe küssen."

„Und behielt sein halbes Vermögen."

„Was genau so viel werth ist, wie sein ganzes. Eine Null läßt sich beliebig oft halbiren."

Silvia stellte seine Versicherung, daß er nicht eifersüchtig sei, manchmal auf recht schwere Proben. Die Concordia wurde auch ferner an Tanzabenden besucht, und die alten Freunde hatten sich nicht darüber zu beschweren, daß eine Braut eine langweilige Tänzerin sei. Auch neue Freunde nicht. Sie blieb der Magnet, der alles anzog, was sich in seinen Bereich wagte. Sie plauderte allerliebst — mit ihren Anbetern. Sie verstanden sich aber darauf auch viel besser als Roland. Er mußte immer einen Gegenstand haben, dann wußte er gut und geläufig zu sprechen. Silvia kam es gerade darauf an, unendlich viel Nichts zu sagen und zu hören. So war er denn im Beisein anderer meist still und stumm. Das ärgerte sie wieder. „Sie müssen dich ja für dumm halten," bemerkte sie.

Eine der angenehmsten Beschäftigungen war ihr's, von Laden zu Laden zu gehen und Gegenstände für ihre Ausstattung auszuwählen. Stunden und Stunden konnte sie damit verbringen, ohne zu ermüden. Ihr Bräutigam mußte sie möglichst oft auf diesen Gängen begleiten. Sie fragte ihn bei jedem Stück um Rath,

den sie doch nie befolgte. Eines Vormittags, als sie
Arm in Arm über die Straße gingen, um in der Nähe
des Theaters ein neues Geschäft zu besichtigen, be-
gegnete ihnen eine Equipage. Es saß darin eine junge
Dame, deren bleiches Gesicht von einer Fülle dunkler
Locken umrahmt wurde. Sie hielt in der Hand ein
kleines Heft von weißem Papier oder eine Rolle. Roland blickte auf und machte hastig eine Bewegung, als
ob er nach dem Hut greifen wollte. In demselben
Augenblick schien die Dame zu erschrecken; sie rückte
in die Wagenecke hinein und ließ die Papiere fallen.
Im Moment war auch die Equipage schon vorüber.

Silvia sah ihr nach. „Wer war die Dame?"
fragte sie.

„Die Dame —?"

„Die soeben vorüberfuhr. Du schienst sie zu kennen."

„Ich wüßte nicht . . ."

„Du wolltest doch grüßen."

„Ja, ich täuschte mich. Eine flüchtige Aehnlichkeit —"

„Mit wem?"

„Ich erinnere mich wirklich nicht mehr. Vielleicht
mit einem Bilde . . ."

Silvia wandte ihm das Gesicht zu und beobachtete
ihn mit einem prüfenden Blick. „Es kann ja sein,"
sagte sie langsam, offenbar ganz ungläubig.

Er ging schweigend einige Schritte weiter.

„Uebrigens eine recht auffallende Erscheinung,"
bemerkte Silvia, die von dem Gegenstande nicht los-

kam. „Der Hut schien eigens zu dem Lockenkopf gemacht zu sein."

„Ich sah nur flüchtig hin," versicherte er.

„Aber die Herren Maler haben doch sonst für
dergleichen Ungewöhnlichkeiten scharfe Augen. Eine
Schauspielerin vielleicht. Diese Damen lieben das Kostüm
auch auf der Straße. Recht unfein."

Er antwortete nicht.

„Sie schien übrigens auch eine flüchtige Aehnlichkeit zu bemerken," inquirirte Silvia weiter, „als sie
dich sah. Sie hatte so verwunderte Augen, und das
Röllchen fiel ihr wohl nicht ganz zufällig aus der Hand."

Roland war bemüht, sich unbefangen zu zeigen.
„Du wirst bald einen Roman zusammen haben," sagte
er lachend. „Ich bitte dich, sprich von etwas anderem,
Kind."

„Ich spreche, wovon ich will," entgegnete sie mit
scharfer Betonung. Und dann sprach sie eine Weile
gar nichts.

Zwei Herren gingen vorüber und grüßten. Der
eine war der Komiker eines Theaters dritten Ranges,
das sie mit Vorliebe besuchte, und kürzlich in der Concordia eingeführt. Sie dankte mit provocirender Freund-
lichkeit und wandte einige Schritte weiter den Kopf.
Auch die Herren blickten um. Sie lachte und nickte.

Im Laden beschäftigte sie drei Commis. Sie ver-
süßte ihnen die Mühewaltung des Aussuchens und Auf-
legens von allerhand Artikeln durch scherzhafte Ge-

spräche. Mit dem längsten besonders, einem zierlich frisirten, nach der feinsten Mode gekleideten, exemplarisch höflichen Menschen stand sie bald auf ganz vertrautem Fuße. Schließlich kaufte sie eine Kleinigkeit und versprach wiederzukommen. Die drei Commis begleiteten sie mit Kratzfüßen bis zur Thür.

„Eine sehr aufmerksame Bedienung," bemerkte sie. „Ein hübscher, feiner Mensch, der große — wie?"

Roland wußte recht gut, daß sie ihn hatte ärgern wollen. Seine Gedanken waren aber weiter gewesen.

Zehntes Kapitel.

Ein vornehmer Herr bestellt ein Bild. Im weiteren geschieht genau das, was man erwartet.

———

Seit Roland Angelika wiedergesehen, war in seinem Wesen eine sehr merkliche Veränderung vorgegangen. Er war nachdenklich, zerstreut, übellaunig und gefiel sich in einer bissigen Redeweise. Silvia hatte allen Grund, mit ihm unzufrieden zu sein und nannte ihn „aufsässig," gelegentlich auch „unausstehlich." „Was hast du denn?" fragte sie, „du bist ja ganz verwandelt."

„Ich lasse mich nicht tyrannisiren," antwortete er, um doch etwas zu antworten.

Sie streichelte ihm die Backe. „Närrchen! Ich denke, du bist eher unzufrieden, daß ich dich nicht genug tyrannisire. Aber warum bist du auch so unliebenswürdig?"

Sie legte es nun doch darauf an, ihn wieder

freundlicher zu stimmen. Sie kannte ihre Machtmittel zu gut und wußte sie zu gebrauchen. „Undank ist der Welt Lohn,“ sagte sie, „aber ich habe mir's nun einmal in den Kopf gesetzt, dich mit meiner kleinen Person zu beglücken und will mir Wort halten. Den großen Brummer, der sich im Netz so närrisch gebärdet, hoffe ich noch ganz zahm zu machen.“ Sie streichelte und tätschelte ihn. „Was, Brummerchen?“

Das klang so gemüthlich. Dieses Register hatte sie noch gar nicht aufgezogen gehabt. Sie sprach nun auch, was sie bisher stets vermieden hatte, vom Hochzeitstage, holte einen Kalender herbei und zählte die Wochen ab. „Vier — fünf — sechs. Das könnte dir gefallen.“ Die Namen der Heiligen waren da „gar nicht hübsch.“ Sie blätterte weiter. „Die Stickerei an meiner Schleppe wird nicht fertig. Papa hat ein neues sehr schwieriges Muster erfunden. Ich werde aussehen wie eine Prinzessin. Sieben — acht . . . Nun? ist's genug?“

„Du thust ja doch, was du willst,“ antwortete er mit einem unterdrückten Seufzer.

Heirathen! Heirathen! hatte der Baron gerufen. Jetzt fand Roland es nicht mehr so eilig. Er quälte sich mit Besorgnissen. Silvia seine Frau! Acht Wochen — sieben — sechs. Es mußte ein Tag kommen, an dem es heißen würde: morgen. Die Zeit lief so schnell. Man konnte gar nicht zur Besinnung kommen. Und es war ihm immer, als müßte er sich besinnen. Silvia

in der Kirche — neben ihm am Altar — vor Gott
ein Gelöbniß sprechend! Eine gar nicht faßliche Vorstellung. Was wußten ihre Herzen von der göttlichen,
Liebe? Selbst das irdische Heil war sehr zweifelhaft.

Angelika kam ihm nicht aus dem Sinn. Nicht
daß er Sehnsucht empfunden hätte, zu ihr zurückzukehren — zu weit war er abgetrieben und der Weg nicht
mehr aufzufinden. Aber sie war immer da, sie mahnte
ihn immer, an sein besseres Selbst zu denken; sie stellte
sich neben Silvia und sah so unbeschreiblich vornehm
auf sie nieder, wie die Himmelskönigin auf eine Mag-
dalena vor der Buße. Es reizte ihn, sich zu fragen,
ob er sie wohl würde malen können, nachdem er seine
Kunst an so viel Nichtigkeiten verschwendet? Er griff
zum Stift und fing an eine Vision zu skizziren. Aber
der geistige Ausdruck gelang nicht, wie er sollte, und
ärgerlich zog er allerhand Querlinien über das Blatt,
Bogen und Kreise. Zuletzt saß da eine Dame im Wagen, eine Papierrolle in der Hand haltend, einen breiten Hut mit langer Feder auf dem Kopf. Das war
die Wirklichkeit, die sich ihm in ein Bild umsetzte. Er
zerriß das Blatt in tausend kleine Fetzen.

War das Angelika? Es ängstigte ihn unsäglich,
daß er sie so gesehen hatte. Angelika in dem Dach-
stübchen, kümmerlich genährt, ärmlich gekleidet, um geringen Verdienst sich mühend bis in die Nacht hinein,
das war seine Erinnerung gewesen. Und nun diese
Dame in der Equipage, reich gekleidet, phantastisch aus-

12

staffirt! Wirklich Angelika? Welche Veränderung! Was
war aus der Idealistin geworden? Er blickte sich in
seinem Atelier um. Was war aus ihm selbst geworden in genau derselben Zeit? Sie hatte Talent wie
er. Vielleicht mißbrauchte sie es ebenso und mit dem
gleichen Erfolg. Ah! eine junge, schöne Dame — das
war noch gefährlicher. Er zerbrach sich den Kopf, ob
so etwas denkbar sei. Bei ihr?! Die nicht hatte in
den Tod gehen wollen mit einem Makel ihrer Ehre.
Unsinn! So ließ sich's nicht erklären. Wie aber, wie?

Es geht so nicht weiter! rief er sich zu, des Mor-
gens, wenn er nach einer schwer durchträumten Nacht
aufstand, des Abends, wenn er sich unbefriedigt von
des Tages Arbeit schlafen legte. Es geht so nicht weiter! Und es ging doch weiter. Was konnte auch im
kleinen geschehen, seine Lage zu ändern? Und im
großen . . .? Die goldenen Ketten rasselten wohl, aber
sie wurden nicht so leicht abgeworfen.

Eines Tages kam Marotti zu ihm ins Atelier.
Er war sehr freundlich, besah das Porträt von Excellenz Malwitz, das eben auf der Staffelei, lobte mit
ungewohnter Freigebigkeit das Spitzentuch und die
Aermelaufschläge von einem ganz neuen schillernden
Stoff mit eingewirkten Goldfäden. „Vortrefflich, vortrefflich!" rief er, „kann mich bereits völlig auf Sie
verlassen. Wenn Sie diese Puffen auf der Achsel noch
ein ganz klein wenig discreter einfalten wollten —!
Eine Kleinigkeit, kaum der Rede werth. Aber um dem

Ideal ganz nahe zu kommen . . . Hm, hm — wirklich
magnifique! Habe auch mit Excellenz Malwitz meine
Noth gehabt. Wollte durchaus decolletirt gemalt sein.
Ich bitte Sie — diese robusten Schultern! Hätte ich
nicht den neuen Stoff zu den Aufschlägen gehabt, wer
weiß, was Ihnen zugemuthet wäre!"

Roland versicherte, die Dame sei sehr unterhaltend.
Sie könne die ganze Rang- und Quartierliste auswendig und wisse von jeder Excellenz, was sie für eine ge-
borene sei. Er habe von ihr viel gelernt.

Marotti nahm ihn bei der Hand und führte ihn
zum Sofa. „Ich will Sie für die ausgestandenen
Strapazen entschädigen, lieber Sohn," sagte er wohl-
wollend, Sie sollen einmal ein Bild zu malen bekommen,
an dem Sie Ihre Freude haben werden — das Bild
einer sehr schönen jungen Dame, für die ich ein wunderbar passendes Costüm aus der Zeit der italienischen
Renaissance erfunden habe, das Bild einer berühmten
Künstlerin, die ich verehre. Sie werden unter solchen
Umständen, hoffe ich, allen Fleiß daran wenden, etwas
Vorzügliches zu leisten. Es ist wahrscheinlich, daß dieses
Bild öffentlich ausgestellt und von vielen Tausenden
mit dem Original verglichen werden wird. Sorgen
Sie dafür, lieber Freund, daß es ebenso dazu beiträgt,
die Zahl der Bewunderer dieser ausgezeichneten Künst-
lerin zu vermehren, als Ihren eigenen Ruhm wohlver-
dient zu vergrößern."

Er sprach diese Ermahnung mit der Würde eines
12*

Mannes, der von der Höhe herab zu urtheilen und die höchsten Anforderungen zu stellen gewohnt ist. „Sie werden sich auf ein Kniestück vorbereiten,“ fuhr er fort. „Wir müssen durchaus in die Tiefe gehen, da die Bordüre des kurzen Oberkleides nach der eigenthümlichen Anordnung des Kostüms sich besonders reich gerade an der unteren Kante entwickelt und gegen den Rock ganz eigenartig, auch in der Farbe, absetzt. Man braucht, um den Gegensatz für das Auge zu harmonischer Wirkung zu bringen, eine breitere Fläche, die sich nur hier darbietet. Von da aus wird dann ein sehr künstliches Netzwerk verständlich werden, das unter der Krause den Hals umschließt und sich mit einer spitzauslaufenden Schnibbe auf die Brust legt, übrigens auch auf den Achseln und in dem Bande, das den puffigen Aermel unter dem Ellenbogen straff zusammenfaßt, sowie in der Manschette wiederkehrt, die sich schnibbenartig auf die Hand legt.“ Er hüstelte. „Der Dame fehlt es an Körperfülle — sie ist noch sehr jung. So kam es wesentlich darauf an, die Conturen auszurunden, ohne den Charakter der Schlankheit zu schädigen. Das Wichtigste ist und bleibt der geistige Ausdruck, ein gewisser idealistischer Hauch, ich möchte sagen Parfüm: Es wird sich zeigen müssen, ob Ihr Pinsel die erforderliche — Nervosität besitzt, die Gesammtempfindung dieser ätherischen Erscheinung treu wiederzugeben.“

Roland zeichnete mit dem Malstock, den er in der Hand behalten hatte, Gedankenfiguren auf das Parkett.

Er glaubte zu errathen, um was es sich handelte — die Andeutungen des Barons erhielten greifbare Gestalt — und schien über sein Verhalten dazu nicht sofort schlüssig werden zu können. „Für wen ist das Bild bestimmt?" fragte er, um Sicherheit zu erhalten.

„Ich behalte es," antwortete Marotti, sich hoch aufrichtend, „und ich leiste Ihnen Zahlung — den Preis mögen Sie selbst bestimmen. Das Weitere kann Ihnen, denke ich, gleichgültig sein."

„Doch nicht so ganz," meinte der Maler. „Ich habe ein Interesse zu wissen, für welchen Raum mein Bild bestimmt ist. Wenn ich denselben ungeeignet fände . . ."

Marotti schien den kleinen Kopf aus der Binde herausdrehen zu wollen. „Junger Mann, Sie erlauben sich Zweifel . . . Was wollen Sie? Das Bild malen Sie für mich, und es wird im Salon der Künstlerin hängen, bis ich es für angemessen finde, ihm einen Platz in meinen eigenen Wohnräumen anzuweisen. Genügt Ihnen das?"

„Und der Name der Künstlerin — ?"

„Sie sind heut erstaunlich neugierig, lieber Freund. Aber es versteht sich ja von selbst, daß Sie ihn erfahren. Ich habe nicht die mindeste Veranlassung — hm, hm . . . Die Künstlerin, von der ich spreche, ist Fräulein Angela Römer."

„Die Schauspielerin? Also wirklich!"

„Also wirklich! Was heißt das? Ich finde Ihr Benehmen sehr sonderbar."

Der Maler stand auf. „Lieber Papa — Sie stellen eine sehr eigenthümliche Zumuthung ... an den Bräutigam Ihrer Tochter."

Marotti schob wieder den Kopf heraus. „Ah — ah! Was da? Den Bräutigam meiner Tochter! Ich spreche mit dem Porträtmaler Roland — ich bestelle ein Bild. Was hat meine Tochter ...?"

Der Maler zuckte leicht die Achseln. „Man sagt —"

„Wer sagt?"

„Das ist gleichgültig. Leute, die hinter den Coulissen —"

„Was sagt man?"

„Lieber Papa, ereifern Sie sich nicht. Ihre — Kunstliebhabereien gehen mich sonst nicht das mindeste an —"

„Ganz meine Meinung."

„Aber wenn ich eine Schauspielerin male, die mein künftiger Schwiegerpapa verehrt —"

„Ich verehre sie — in der That, ich verehre sie. Sehr begreiflich! Ich darf sagen: sie ist mein Werk, mit gerechtem Stolz darf ich es sagen."

„Ihr Werk?"

„Durch mich ist sie eine berühmte Künstlerin geworden. Ich habe sie dazu gemacht, wie ich Sie zu einem berühmten Künstler machte, mein Bester."

„Erlauben Sie, Herr Marotti —"

„Ich erlaube nichts, ich sage die Wahrheit. Sie haben sich den väterlichen Freund sehr willig gefallen lassen, als er Sie aus Ihrer Dachkammer herauszog. Gönnen Sie den väterlichen Freund auch der jungen Dame, deren Talent die gütigste Unterstützung verdiente, und kümmern Sie sich nicht um das Geschwätz mißgünstiger Narren."

Roland lächelte verdrießlich. „Der väterliche Freund einer schönen Schauspielerin —"

„Ja, ja, ja!" rief Marotti, „der väterliche Freund. Was wissen Sie, welche Absichten ich habe? Präsumtiv die edelsten. Wie? Ist daran ein Zweifel? Ich bin reich — ich kann etwas für die Kunst thun — es macht mir Spaß. Ist das genug?"

„Lassen Sie mich aussprechen," bat der Maler. „Der Salon einer schönen Schauspielerin, die einen väterlichen Freund hat —"

„Warum sagen Sie das so spitz?"

„Sie wollen mich nicht verstehen. Mit einem Wort: mein Bild hängt da schlecht."

„Ihr Bild hängt da gut. Es ist ihm eine Ehre da zu hängen, und es wird ihm eine noch größere Ehre sein, künftig die Wand über meinem Schreibtisch zu schmücken."

„Silvia darf also wissen —?"

„Silvia . . . hm, hm!" Er klopfte verlegen die beiden Kinnpolster seines Backenbarts. „Warum Silvia? Das Kind macht sich Gedanken . . . Sie sind wirklich

komisch, lieber Freund. So viel Welterfahrenheit sollten
Sie doch besitzen — hm, hm! Was soll man darauf
antworten? Ich will es nicht für unmöglich erklären,
daß künftig Ereignisse . . . Pah! greifen wir nicht vor.
Silvia mag erfahren, daß Sie die Schauspielerin Angela
Römer malen — wenn Sie durchaus so gewissenhaft
sein müssen, warum nicht? Aber ich sehe durchaus
nicht ein, weshalb es nöthig sein sollte, dabei meinen
Namen zu nennen. Irgend ein Kunstenthusiast hat das
Bild bestellt — sagen Sie ein Graf — der Name muß
Geheimniß bleiben."

„Ein Graf, ganz recht."

„Warum lachen Sie?"

„Und wenn ich mich weigere, die Bestellung dieses
Herrn Grafen anzunehmen?"

Marotti stellte sich auf die Zehenspitzen. „So werde
ich das als eine Beleidigung meiner Person ansehen
und danach meine Maßregeln nehmen. Ein· für
allemal: ich leide eine solche Einmischung in meine in-
timsten Beziehungen zur Kunst nicht! Verstanden?" Er
klappte mit den hohen Absätzen auf den Boden auf,
ergriff den Arm des Malers und fuhr in gemüthlichem
Ton fort, indem er ihn durch das Zimmer führte:
„Seien Sie doch kein Kind, Roland. Was soll diese
närrische Opposition? Leben und leben lassen, liebster
Freund. Sie haben Ihr Theil und können, denke ich,
zufrieden sein. Heilige sind wir alle nicht — kleine
Schwächen hat jeder. Vernünftige Leute halten das

für selbstverständlich. Was wollen Sie? Ich bin noch
ein Mann in den besten Jahren. Wenn ich heirathen
wollte — ja: dann würde es ein häusliches Lamento
geben. Ich spreche mich ganz offen, ganz vertrauens-
voll gegen Sie aus. Betrachten Sie das als ein Zeichen
meiner wohlwollenden Gesinnung. Warum wollen Sie
Fräulein Angela Römer nicht für mich malen? Ich
habe ihr versprochen, daß ich sie malen lasse, und ich
halte mein Wort. Gerade von Ihnen soll sie gemalt
sein, das ist Ehrensache. Jeder andere verdirbt mir
das schöne Kostüm, den geistigen Ausdruck. Sie werden sich alle Mühe geben, nicht wahr? Das Bild
kommt auf die Nachwelt, glauben Sie mir. Und es
soll gräflich bezahlt werden."

Roland war für eine freundliche Zurede nicht un-
empfänglich. Das Gefühl der Ungehörigkeit dieses
Auftrags, das ihn anfangs so stark beherrscht hatte,
stumpfte sich rasch ab. „Was ist's am Ende," dachte
er, „ich hab's nicht zu verantworten. Hat man seinen
Pinsel einmal verkauft, so ist's eigentlich albern, so
philiströse Bedenken zu haben. Weiter! weiter! noch
einen Schritt weiter!" Er pfiff durch die Zähne.

„Gut denn!" rief er, „auch das noch! Aber unter
einer Bedingung."

Marotti umarmte und küßte ihn. „Sprechen Sie,
sprechen Sie."

„Ich nehme für das Bild keine Bezahlung. Ich
male es für Sie, um mich Ihnen durch einen Dienst,

der mich Ueberwindung kostet, dankbar zu beweisen und wir sind — quitt."

Der alte Herr drohte ihm mit dem Finger. „Sie machen ein gutes Geschäft! Wenn ich Ihnen aufrechne, was Sie durch mich geworden sind ... Aber ich rechne mit meinem Schwiegersohn nicht, und für das Bild ist mir kein Preis zu theuer. Es sei."

Er umarmte ihn nochmals sehr glücklich und ging.

Und dann, eines Vormittags noch ziemlich früh kam er und meldete Fräulein Römer an. Am Abend vorher hatte er einen prächtigen Rahmen geschickt. „Malen Sie das Bild im Rahmen," bat er, „die Bordüre, von der ich Ihnen sprach, braucht einen goldigen Ton."

Er blieb und horchte von Zeit zu Zeit im Vorzimmer zum Fenster hinaus, ob der Wagen noch nicht vorfahre. Roland amüsirte sich über seine drollige Unruhe. „Wenn die junge Dame wirklich schön und talentvoll ist," dachte er, „so begreife ich schwer ihren Geschmack. Armer Papa Marotti! Wie lange wird man dich liebenswürdig finden? Und wann wirst du selbst entdecken, daß du ein Narr gewesen bist?"

Die Equipage fuhr vor. Marotti schickte den Diener auf die Straße hinaus, „den Damen" beim Aussteigen zu helfen.

Den Damen! Aha! Also auch für eine Duenna ist gesorgt. Wie vorsichtig!

Marotti ging in den Flur entgegen, küßte der

Schauspielerin zärtlich die Hand, bot Madame Godard, die einen feuerrothen Hut trug, galant den Arm und bat, im Vorzimmer abzulegen. Madame fand die Einrichtung allerliebst. Man habe gleich das Gefühl, sich in der Nähe eines sehr bedeutenden Künstlers zu befinden, eines Mannes der Gesellschaft. Sie sprach unaufhörlich.

Die Thür nach dem Atelier war offen geblieben. Roland verließ dasselbe nicht, sondern blieb hinter seiner Staffelei stehen und erwartete dort die Vorstellung. Auch verdeckten die hinter der Estrade aufgehängten Gobelins den Eingang derart, daß er ein wenig zur Seite treten mußte, um gesehen zu werden. Er hörte das laute Parliren der Madame; dieselben entzückten Aeußerungen über das Arrangement seines Vorraumes hatte er schon so oft vernommen, daß sie ihn ganz gleichgültig ließen. Marotti warf mitunter ein paar Worte ein. Die beiden Stehspiegel wurden geschoben. „Hier, theuerste Angela, wenn Sie gütigst diesen Standpunkt einnehmen wollten . . . Die Locken möglichst genial.“ Einmal vernahm er noch eine dritte Stimme. „Aber ich bitte, Herr Graf, bemühen Sie sich doch nicht selbst.“ Er wurde aufmerksam. Ah! die Schauspielerin. Der Ton war so gedämpft, daß das Ohr die einzelnen Worte nur gerade noch aufnahm. Und doch . . . Sie hatten einen so bekannten Klang.

Nun rauschten die seidenen Gewänder über das Parkett. Marotti führte die beiden Damen hinein.

„Verehrter Meister," rief er schon von weitem, „ich habe die Ehre . . ."

Roland trat einen Schritt seitwärts von der Staffelei, um sich doch im nächsten Augenblick wieder hinter dieselbe zurückzuziehen. Er war kreidebleich geworden und stützte sich auf den kleinen Tisch, auf dem der geöffnete Malkasten stand. Die andere Hand drückte er gegen die Brust. „Angelika —" stöhnte er schmerzlich.

Auch bei den Eintretenden schien ein plötzliches Hemmniß nicht sogleich überwunden werden zu können. „Was ist das, theuerste Angela —" rief Marotti, „Sie schwanken — Sie fühlen sich nicht wohl . . ."

„Es wird vorüber gehen," antwortete eine leise Stimme.

„Ein Sessel, schnell ein Sessel!"

„Lassen Sie, Madame —"

Ein Duft von Eau de Cologne verbreitete sich durch das Atelier und stärkte auch die Nerven des Malers. Herr Marotti mußte die kleine Caraffe mit dieser Essenz aus dem Vorzimmer herbeigeholt und in seiner Sorge die verehrte Künstlerin damit förmlich übergossen haben.

„Aber wie konnte so plötzlich, theuerste Angela . . ." flötete er.

„Ich weiß nicht . . . Die Fahrt im geschlossenen Wagen . . . und ich hatte eine schlechte Nacht gehabt. Der Champagner gestern nach der Vorstellung — ich hätte mich besser kennen sollen, Herr Graf."

„Vielleicht ist auch die neue Robe zu enge. Sie erinnern sich, theuerste Angela, daß ich schon bei der Anprobe rieth —"

„Nein, nein!"

„Jedenfalls ist der Hals zu sehr eingeschnürt, der Charakter des Geschlossenen übertrieben. Die Rüsche wird ja förmlich unter das Kinn gedrückt. Wenn Sie gütigst erlauben wollen —"

„Ich versichere Ihnen, Herr Graf, mir ist wieder ganz wohl. Ihre Sorge um mich ist wirklich ganz überflüssig." Mit etwas lauterer Stimme fuhr sie fort: „Wenn ich einen Moment schwach war, so bitte ich mich selbst um Verzeihung; die Ursache war sicher nicht nennenswerth."

Roland hatte Zeit gehabt, sich von der Schreck-wirkung, die Angelika's unerwartete Erscheinung übte, ein wenig zu erholen. Im ersten Augenblick hatte er geglaubt, nicht einen Kohlenstrich auf die Leinwand zeichnen zu können. Er würde sich nach dem Cabinet hin entfernt haben, wenn er nicht bei seinem jämmer-lichen Zustande hätte fürchten müssen, auf dem Wege zusammenzusinken. Die Kniee zitterten ihm. Der Ein-druck des Wiedersehens mußte für Angelika noch pein-licher gewesen sein. Nun entnahm er aber zu seiner Verwunderung aus ihren Reden, daß sie rasch und mit Erfolg bemüht war, Fassung zu gewinnen. Es war offenbar nicht ihre Absicht, einen Vorwand zu suchen, um sich zurückziehen zu können. Sie wollte bleiben,

die Bekanntschaft verleugnen. Und ihre letzten Worte
waren ja gar nicht mißzuverstehen: sie richteten sich
gegen den Mann hinter der Staffelei und sollten ihn
zu dem beschämenden Bewußtsein bringen, daß er alle
Macht über sie verloren habe.

Das richtete ihn auf. Wenn Angelika vor dieser
Begegnung nicht zurückschreckte, warum sollte er weniger
muthig sein? Hatte er Grund sich zu verbergen, wenn
sie sich vor seinen Blicken nicht scheute? Trotzig trat
er vor und verbeugte sich. Marotti tänzelte heran.
„Ah! lieber Roland, sehr rücksichtsvoll, daß Sie der
Dame Zeit ließen . . . ein augenblickliches Unwohlsein
— schon wieder ganz beseitigt, nicht wahr, theuerstes
Fräulein? Ich habe die Ehre, Herrn Maler Roland
vorzustellen, meine Damen, den berühmten Porträtkünstler. Fräulein Angela Römer ist erwartet. Madame Godard, eine Freundin, Gesellschafterin der sehr
verehrten Schauspielerin — sie bittet um die Erlaubniß,
sich während der Sitzungen im Atelier aufhalten zu
dürfen, die Damen trennen sich ungern.“

Madame Godard nahm sogleich das Wort, bat
um Entschuldigung, versicherte, daß sie nicht stören
werde, rühmte das prächtige Atelier. Sie überhob auf
diese Weise die beiden der peinlichen Verlegenheit, ein
neutrales Gesprächsthema suchen zu müssen. Marotti
half dann weiter. Er vertiefte sich in die subtilsten
Bemerkungen über das Kostüm, indem er zugleich dem
Maler allerhand Fingerzeige gab. „Habe ich zuviel

gesagt?" fragte er glückstrahlend. „Beachten Sie genau diesen bronzefarbenen Stoff in der Verbindung mit
Gelb. Das Gold des Rahmens darf den Glanz nicht
zu stark dämpfen. Malen Sie immerhin eher ins Lichte
als ins Matte. Die Krause über dem Schnibbenstück
um Hals und Schultern ein klein wenig ins Bläuliche,
um die Wirkung voll herauszubringen — den Teint
ganz so zart, wie ihn die Natur gezaubert hat. Aber
das Gesichtchen nicht so bleich, wie in diesem Augenblick —" er küßte ihr die Hände — „o, Sie sind doch
noch angegriffen, theuerste Angela. Wie Sie mich erschreckt haben!" Und dann wieder zu dem Maler gewendet: „Die Locken recht dunkel, aber mit einem
Hauch ins Bräunliche. Sie dürfen von dem Bronzestoff
nicht hart absetzen. Haben Sie ein Auge dafür?"

„Ich erlaube mir zu bemerken, Herr Graf,"
sagte Roland mit deutlicher Betonung des letzten Wortes,
wofür ihm ein dankbarer Blick zugeworfen wurde, „daß
ich heut schwerlich dazu komme, auch nur die Palette
in die Hand zu nehmen. Ich werde glücklich sein,
wenn Fräulein Römer" — er betonte wieder — „mir
so viel Zeit gönnen will, die Umrißzeichnung zu voll-
enden, ich brauche dazu einige Stunden."

„Ganz recht, ganz recht," rief Marotti, „ich eile
im Eifer vor; ich sehe in Gedanken das Bild schon
fertig, auf das ich mich so sehr freue. Wenn Sie
gütigst Platz nehmen wollen — hier auf der Estrade.
Einen Fußschemel, Madame Godard — das Sitzen er-

müdet auf die Dauer. Vielleicht gegen die Lehne eine
Rolle, ein Kissen — ?"

„Ich danke, ich sitze ganz bequem," versicherte die
Schauspielerin. Sie wendete das Gesicht halb von der
Staffelei ab, so daß ihr Blick die Gestalt des Malers
kaum streifen durfte.

„Es ist gut so," sagte derselbe, und nahm die
Kohle zur Hand.

Marotti entschuldigte sich, daß er nicht bleiben
könne. Er habe wichtige Geschäfte gerade in diesen
Vormittagsstunden. „Ich muß auch gestehen," setzte er
hinzu, „daß ich nicht die Ruhe besitze, ein Bild langsam entstehen zu sehen. Ich würde nur stören." Madame Godard versicherte, daß seine Anwesenheit auch
durchaus nicht weiter erforderlich sei. Sie werde sich
alle Mühe geben, Fräulein Angela so gut zu unterhalten, daß sie sich über Langeweile nicht zu beklagen
habe.

Der Graf verabschiedete sich.

Madame Godard hatte in einem weichen Sessel
Platz genommen; die Stille schien ihr bald unerträglich zu werden. Sie fragte Roland über allerhand
Welt- und Stadtneuigkeiten aus. Der Stoff erschöpfte
sich rasch, da der Faden von der anderen Seite nicht
weitergesponnen wurde. Nun ließ sie von ihrem Sitz
aus die Gegenstände im Atelier Revue passiren, schloß
daran ihre Bemerkungen und enthusiasmirte sich für
einzelne Stücke, in der Hoffnung wahrscheinlich, den

den Maler zu erwärmen. Roland gab die nothwendigste Auskunft, fiel dann aber gleich wieder in sein
früheres Schweigen zurück. Angelika öffnete nicht den
Mund.

„Morgen bringe ich Ihre neue Rolle mit,“ rief
Madame Godard verzweifelt, „und lese sie Ihnen
fünfundzwanzigmal vor. So haben wir doch eine Beschäftigung. — Sie finden doch dagegen nichts zu erinnern?“ wendete sie sich an den Maler.

„O, nicht das mindeste,“ antwortete derselbe, ohne
den Blick von seiner Staffelei abzuwenden.

Madame Godard veränderte öfter und öfter ihre
Lage im Sessel. Endlich hielt sie's so nicht länger aus.
Sie stand auf und betrachtete die Bronzen auf den
Tischen, die Gliederpuppe, die kostbaren Stoffe, mit
denen sie behängt war, die Spitzen und Bordüren rund
umher auf den Stühlen, die Rückseite der Gobelins.
Sie setzte sich wieder, gähnte in ihr Taschentuch, machte
nochmals die Runde und schien noch schläfriger geworden. Einen so langweiligen Maler gab's aber
sicherlich auch auf der ganzen Welt nicht mehr!

Roland schien ihre Anwesenheit kaum noch zu bemerken. Einige Fragen überhörte er ganz. Er war
in seine Arbeit, mehr noch in das Anschauen des schönen
Modells vertieft. Jede Linie zog er so sorgsam aus,
als ob die geringste Abweichung das Bild entstellen
müßte und auf die Nacharbeit mit dem Pinsel nicht
gerechnet werden dürfte. — Und doch war er mit

18

seinen Gedanken nicht eigentlich bei der Zeichnung;
Auge und Hand verrichteten ihren Dienst mechanisch.
Er kam nicht los von der Frage: was war aus Angelika geworden? · Eine Schauspielerin, die mit Auszeichnung genannt wurde. Unzweifelhaft! Aber auf
welchem Wege, mit welchen Mitteln? Er wußte nur
zu gut, wie man eine Berühmtheit „macht." Und dieselben Kräfte, die ihn selbst gehoben hatten, waren auch
hier wirksam gewesen — mit nicht schlechterem Erfolg.
Und der Preis? Diese Protektion hatte ihren Preis.
Er hatte ihn gezahlt. Und Angelika —?

Er hatte den Preis gezahlt, und es gab Stunden
der Verzweiflung, in denen er sich verwünschte, ihn gezahlt zu haben. Ihr Einsatz aber war ein höherer —
nach seiner Schätzung ganz unvergleichlich dem seinigen.
Und der Fall mußte unvergleichlich tiefer sein. Dieses
stolze Herz, dieser hohe Sinn! Wenn sie sich ihm versagt hätte, den sie liebte, um sich in die Arme dieses
alten Gecken zu werfen, der sie ausputzte, mit Zucker-
brod fütterte, auf den bekannten Hintertreppen in den
Tempel der Kunst einführte! Ihn schauderte. Was
konnte das Ende sein?

Es war nicht möglich. Wie er Angelika kannte
— so konnte sie nicht gesunken sein. Sie hätte seinen
Anblick nicht ertragen, säße da nicht vor ihm, um sich
malen zu lassen. Die Scham hätte sie vertrieben. Wie
ruhig die Haltung, wie streng die Züge! Als wollte
sie ihm beweisen, daß sie keine Anklage zu fürchten

habe, daß sie sich selbst als Richter über ihn fühle.
So unglaublich es den äußeren Umständen nach schien,
sie mußte in eine schwere Täuschung verstrickt sein, keine
Ahnung von ihrer wahren Lage haben. Er glaubte
an sie.

Und er liebte sie! Jetzt war es ihm gewisser als
je: er liebte sie — sie allein! Er hatte nicht aufgehört sie zu lieben. Der Rausch, in den er sich versetzte,
um zu vergessen, war verflogen. Er sah wieder mit
klaren Augen, und was er sah, entsetzte ihn. Er dachte
nicht an sich, nur an sie. War sie noch zu retten? Er
liebte hoffnungslos — darüber kam ihm kein Zweifel.
Aber das Weib, das er liebte, sollte nicht zu Grunde
gehen, wenn er's hindern konnte. Und wenn sie schon
schuldig war, er vermochte ihr nicht zu zürnen. Nur
tiefes, aus dem Herzen strömendes Mitleid war seine
Empfindung. Aber der Schein mußte trügen: sie war
nicht schuldig.

Wer seinem Hirn so schwere Räthsel zu lösen auf-
gab, war in der That für Madame Godard der schlech-
teste Gesellschafter. Nun er zu überlegen anfing, wie
er's anstellen sollte, mit Angelika ohne diesen lästigen
Zeugen sprechen zu können, mußte seine Aufmerksamkeit
ganz von selbst auf sie gelenkt werden. Er beobachtete
sie, ohne sich's merken zu lassen, und glaubte bald ein
Mittel entdeckt zu haben, sie wenigstens für eine längere
Zeit und aus dem Atelier selbst entfernen zu können.

Er schlug vor, eine kleine Arbeitspause zu machen.

Die Schauspielerin behauptete zwar, nicht müde zu sein,
ließ sich aber von Madame überzeugen, daß sie sich eine
kurze Erholung schuldig sei. Während die beiden
Damen auf und ab gingen, zog der Maler sich in sein
Cabinet zurück.

Er blieb aber nicht dort, sondern trat durch den
zweiten Ausgang in den Flur hinaus und gab leise
dem alten Diener eine Instruction. Er sollte sich nach
einigen Minuten im Vorzimmer etwas zu schaffen machen
und dort so lange bleiben, bis er ihm einen Wink
geben würde.

Die List gelang ganz nach Wunsch. Kaum hatte
Angelika wieder Platz genommen und Madame Godard
sich gähnend in ihren Sessel gestreckt, als im Vorzimmer
der Schritt eines Menschen hörbar wurde. Es war
der gelangweilten Dame wahrlich nicht zu verdenken,
daß sie sofort den Blick dorthin richtete. Eine Weile
hielt sie sich, aber nicht lange. Dann stand sie auf,
machte nochmals einen Gang durch das Atelier, blieb
wie zufällig an der offenen Thüre stehen, sprach einige
Worte hinein, erhielt die höflichste Antwort, entfernte
sich ein paar Schritte, um gleich wieder zurückzukehren
und verschwand. Im Vorzimmer entstand sofort eine
sehr lebhafte Conversation. Madame hatte so viel zu
fragen, und der alte Diener, der sich geschmeichelt fühlte,
wußte über jeden Gegenstand so treffliche Auskunft zu
geben, daß sich annehmen ließ, sie würde an die Rückkehr ins Atelier sobald nicht denken.

Der Schauspielerin war dieser Vorgang nicht unbemerkt geblieben. Die Statue gab ihre starre Haltung
auf und zeigte wiederholt eine unruhige Bewegung;
einmal wandte sich rasch der Kopf, und die Lippen
zuckten unwillig. Das Schweigen wurde aber nicht
gebrochen.

Roland glaubte keine Zeit verlieren zu dürfen.
„Angelika" — sagte er leise und prüfend, ohne seine
Arbeit zu unterbrechen.

Sogleich stand sie auf und schien von dem Podium
hinabtreten zu wollen.

Er hinderte sie nicht, sondern blieb ruhig hinter
der Staffelei stehen. Ebenso leise fuhr er fort: „Angelika — ich bitte dich, höre mich nur eine Minute an.
Du wirst mir vielleicht dankbar sein."

Sie sah ihn von der Höhe herab mit einem stolzen
Blick an. „Mein Herr", sagte sie, „wenn ich bleiben
soll . . ."

„Nicht in diesem Ton, Angelika," bat er mit dem
mildesten Laut seiner Stimme. „Wir sind einander einst
viel gewesen — das ist vorbei, und ich will nicht daran
erinnern. Aber so fremd dürfen wir einander nicht geworden sein, daß nicht —"

„Daß Sie's wissen, mein Herr," unterbrach sie mit
Hast, „ich habe mir den Maler nicht gewählt, der mich
nach dem Wunsch des Herrn Grafen malen sollte, und
der Herr Graf selbst hätte sicher nicht diese Wahl getroffen,
wenn er von den Vorgängen Kenntniß gehabt hätte,

die — Sie allerdings hätten hindern sollen, diesen Auftrag anzunehmen."

„Ich zweifelte keinen Augenblick," antwortete er,
„daß Sie — ich werde mich an diese förmliche Anrede
gewöhnen müssen — daß Sie nicht ahnten, wem Sie
begegnen würden, als man Sie hierher führte. Glauben Sie denn auch meiner Versicherung, daß mir Fräulein Römer unbekannt war. Ich erwartete eine völlig
fremde. Ihr Vorwurf — dieser Vorwurf wenigstens
trifft mich nicht."

Der strenge Ausdruck des schönen Gesichts milderte
sich ein wenig. Sie schien zu überlegen, ob sie gehen
oder bleiben solle, um sich endlich zum Bleiben zu entschließen. Sie nahm wieder Platz. „Es war also ein
Zufall," sagte sie, „der uns hier zusammenführte. Lassen wir ihm sein trauriges Recht. Ich möchte den
Herrn Grafen, dem ich so vielen Dank schuldig bin,
nicht unnütz beunruhigen. Ich sitze Ihnen auf seinen
Wunsch, und Sie malen mich."

Sie richtete laut einige gleichgültige Worte an
Madame Godard und erhielt Antwort durch die Thür.
Die gute Dame schien sich jetzt sehr gut zu unterhalten
und wenig geneigt zu sein, ihren Gesellschafter aufzugeben.

„Angelika," nahm der Maler wieder das Gespräch
auf, „ich halte es für meine heiligste Pflicht, Sie zu
warnen."

„Sie, mein Herr —?"

„Ich. Mag ich auch Ihr Vertrauen nach Verdienst
verloren haben, mag ich Ihnen selbst verächtlich erscheinen, wenn Sie erfahren, wer ich bin — ich spreche nicht
für mich, ich will nichts für mich. Ich würde mich
auch in Ihre Angelegenheiten nicht mischen, wenn ich glauben könnte, daß Sie unabänderlich über sich beschlossen
haben. Aber das kann ich, das werde ich nicht glauben. So tief ich selbst hinabgestiegen bin, mir dieses
glänzende Elend zu verschaffen, Sie waren anderer
Art. Was uns getrennt hat, das gibt mir die Gewißheit, daß nur ein unseliger Irrthum Sie veranlassen
konnte, die abschüssige Bahn zu betreten, auf der Sie
nur zu bald jede Gewalt über sich verlieren müssen.
Noch darf ich Sie nicht verloren geben, Angelika, und
deshalb spreche ich. Mit welchen Folgen für mich
selbst, ist mir ganz klar. Aber — seit einer Stunde ist
mein Entschluß gefaßt."

Das klang so ernst und fast feierlich, daß Angelika
sich bewegt fühlen mußte. Sie gab ihre Zurückhaltung
auf. „Wovon sprechen Sie?" fragte sie. „Es war
Ihnen bekannt, daß mein ganzes Streben dahin ging,
eine Schauspielerin zu werden. Nun — ich habe mein
Ziel erreicht."

„Aus eigener Kraft, Angelika?"

Sie senkte die Augen, um sie gleich wieder aufzu-
schlagen und ihm ruhig in's Gesicht zu sehen. „Was
ich bin, kann ich doch nur durch mich sein."

„Das ist ein stolzes Wort, aber es trifft die Sache

nicht ganz. So sage ich auch von mir: was ich bin, kann ich doch nur durch mich sein — dies ist meine Hand, mein Auge, ein anderer sieht nicht wie ich, überträgt nicht wie ich. Aber das ist Selbsttäuschung. Was meinen Leistungen Werth gibt, ist äußerlich hinzugebracht. Ich herrsche nicht im Reiche der Kunst, ich diene um Judaslohn, indem ich ihr Geschenk mißbrauche. Befreie ich mich von dieser Schmach, so stehe ich wieder auf der Landstraße des Lebens, und der Himmel ist mein Zelt. Und wie Sie sich den Weg gebahnt haben, Angelika — können Sie fester auf sich bauen? Stehen Sie auf sicherem Boden, den Sie sich erkämpften? Freilich, Sie wissen nicht . . ."

„Was weiß ich nicht?" fragte sie beunruhigt, da er stockte.

„Dieser — Graf, Angelika, was ist er Ihnen?"

„O — ein gütiger Vater, ein Freund, ein hochherziger Gönner —"

Er lächelte bitter. „Ich dachte es wohl, Sie kennen ihn nicht. Er geht sicher."

„Sie kennen ihn nicht. Ich werde nicht leiden, daß Sie ihn verdächtigen. Er ist mein Wohlthäter, der gütigste, uneigennützigste Kunstfreund —"

„Angelika — können Ihre Augen wirklich so blind sein? Durchschauen Sie ihn nicht? Ist seine Liebe für die Kunst echt? Was ist ihm die Schauspielerin? Eine Puppe, die er schön ankleidet und vor das Publikum stellt, damit man seinen Geschmack bewundere — eine

Puppe, die sich dafür bedanken und zum Spiel willig zeigen soll, bei dem er selbst hinter den Coulissen die Hauptrolle hat."

Sie preßte die Lippen zusammen. „Nennen Sie seine Freude an schönen Anzügen immerhin eine Schwäche; sie ist gewiß verzeihlich bei einem Manne, der die tiefsten Costümstudien gemacht hat. Der Herr Graf ist ein Kenner."

„Der Herr Graf ist ein — Schneider."

Angelika stand auf. Flammende Röthe überzog ihr Gesicht. „Herr . . .! Nun weiß ich, daß Sie den Mann, den Sie nicht kennen, verleumden und beschimpfen."

Er trat eilig einen Schritt vor. „Ich kenne ihn nicht?" zischelte er. „Er ist der Vater von Silvia Marotti — meiner Braut."

Angelika sank zurück. „Ihrer . . ."

„Meiner Braut. Es mußte gesagt sein, damit Sie mir glauben. Marotti hintergeht Sie. Er ist der vornehme Herr nicht, für den er sich ausgibt, um Sie zu bestricken. Er ist nichts als ein sehr geschickter Damenschneider, der sein einträgliches Geschäft nur noch in größtem Stil betreibt — lassen Sie sich's von anderen erzählen, wie? Sein Name ist stadtbekannt. Man nennt ihn den Grafen scherzweise wegen seiner noblen Passionen. Er vermag durch seine Verbindungen viel, wie Sie an sich selbst erfahren haben. Er darf sich rühmen, Sie der Bühne zugeführt zu haben, und er wird sich dessen rühmen. Sie sind sein Werk — er ist

Ihr Meister und erwartet seinen Lohn. Womit wollen
Sie sich freikaufen? Er wird seinen Preis setzen, und
ich kenne ihn als einen unbarmherzigen Gläubiger.
Mich hat er" — er lachte ingrimmig — „zu einem berühmten Maler gemacht."

Angelika hatte alle Farbe verloren, ihre Augen
leuchteten überklar. „Robert —" stammelte sie zitternd,
„Sie konnten . . ."

„Nichts von mir," rief er, die Nähe der Madame
Godard vergessend. „Ich habe es so gewollt. Mit
sehenden Augen bin ich ins Verderben gegangen. Silvia
ist eine verführerische Schönheit — ich wollte verführt
sein. Aber ich liebe sie nicht — nein, nein! Und sie
liebt mich nicht — sie liebt nichts als sich selbst. Was
kommt es darauf an? Sie ist Marottis Tochter, und
Marotti macht seinen Schwiegersohn zu einem berühmten Maler. Ich male die Gräfinnen und Baronessen
und die Frauen der reichen Bankiers, die in seinem
Atelier ihre Roben anprobirt haben — ha, ha, ha!
ich male auch die schönen Schauspielerinnen, bei denen
er seine Kostümstudien praktisch verwerthet — ich male
die genialen Erfindungen seiner Schneiderkunst und dazu
allenfalls auch ein Gesicht, einen Hals, Schultern, Arme,
Hände — das Gerüst, das die kostbaren Flittern trägt.
Dafür werde ich glänzend honorirt. Für ein lumpiges
Portrait bekomme ich mehr, als ein Professor für sein
Historienstück, das die Wand füllt. Ich werde gar
nicht bezahlt für das was ich leiste, sondern was die

Mode aus mir macht. Wohne ich nicht wie ein Prinz?
Kann ich nicht leben wie ein Fürst? Dazu bringt's die
ehrliche Arbeit selten. Humbug — Reklame — Tamtam!
Ich sage Ihnen die Wahrheit, Angelika, die ganze
Wahrheit, die ich mir selbst gesagt habe. Sie soll Ihnen
die Augen öffnen, bevor Sie in denselben Abgrund tau-
meln. Mag Ihr Stolz sich krümmen unter diesem Bekenntniß —: gerade so sind Sie eine berühmte Künstlerin
geworden. Das Genie eines Schneiders hat Sie dazu
gemacht!"

Angelika stöhnte schmerzlich, mit einer Ohnmacht
ringend. Ihr Kopf sank gegen die Lehne des Stuhls;
sie drückte die Hände auf die Augen.

Roland warf sich ihr zu Füßen. „Ich beschwöre
Sie, Angelika," rief er, „retten Sie sich, wenn es noch
Zeit ist. Nur die Wohlthaten der edlen Menschen er-
niedrigen nicht. Verkaufe dich nicht, Angelika — das
Ende könnte Verzweiflung sein."

Der Vorhang wurde von hinten her mit einer hef-
tigen Bewegung zurückgeschlagen. Das von Schreck
gelähmte Gesicht der Madame Godard schaute hervor.
„Was soll das —?" fragte sie, dem Maler einen dro-
henden Blick zuwerfend. „Herr ... Fräulein Angela—!"

Elftes Kapitel.

Fortsetzung des zehnten. Katastrophe.

Angelika zuckte zusammen, ließ die Hände sinken. Sie sah Robert vor sich am Boden, schrie auf, erhob sich, stieß den Sessel fort und taumelte die Stufe hinab auf das Parkett. Madame Godard empfing sie in ihren Armen und führte sie nach dem Vorzimmer. „Einen Wagen!" rief sie dem Diener zu, der neugierig dreinschaute, „das Fräulein ist unwohl. Schnell — schnell!" Sie besprengte Angelika mit wohlriechendem Wasser, rieb ihr die Schläfe. Inzwischen schalt sie: „Was habe ich hören müssen? Was darf dieser Mensch wagen? O, der arme Graf ist betrogen. Ist das der Lohn für seine Liebe und Treue? Für seine Opfer? Für seine zärtliche Sorge? Nein, das darf ich nicht verheimlichen, das muß der Graf erfahren. Wie konnte ich ahnen —? Nur einen Augenblick entferne ich mich aus dem Atelier und gleich . . ."

Angelika richtete sich auf und schob sie zurück. „Was geschehen ist —" sagte sie mit matter Stimme „soll der Herr — Graf selbst von mir erfahren. Uebrigens bin ich nicht die — Sklavin, die eine Aufseherin braucht. Das lassen Sie sich gesagt sein, Madame, und das sagen Sie auch dem Herrn — Grafen, der Sie dazu bestellt zu haben scheint."

Madame Godard suchte sich zu entschuldigen. Es sei ja nicht so gemeint. Der furchtbare Schreck — die Aufregung — die Sorge um die theure Schutzvertraute . . . „Es ist doch vielleicht besser, den bösen Vorfall zu verschweigen," lispelte sie jetzt mit Engelszungen. „Ich kann mir den Zusammenhang ungefähr denken — es wiederholt sich alles in der Welt. Ein enthusiastischer Verehrer, der sich früher vielleicht einiger Berücksichtigung zu erfreuen hatte . . . ein zufälliges Begegnen —"

„Geben Sie sich keine Mühe, Räthsel zu rathen, Madame."

„Beunruhigen wir den guten Grafen nicht, der Sie so zärtlich liebt."

Angelika zuckte zurück.

„Es kann ja doch nicht Ihre Absicht sein, ihn zu betrüben," fuhr die Dame fort, ihren Arm streichelnd. „Was ich nicht weiß, macht mich nicht heiß. Ich werde mich künftig nicht wieder aus dem Atelier entfernen —

eine Wiederholung dieser Scene wird so dem zudring-
lichen Menschen unmöglich gemacht werden. Warum
soll der Herr Graf sich eifersüchtige Gedanken machen?
Schöpft er Verdacht, so könnte leicht Ihre und meine
Stellung gefährdet sein. Warum das? Wenn Sie mir
versprechen wollen, theuerstes Fräulein —"

„Ich verspreche nichts," fiel Angelika ein. Schwere
Tropfen rollten ihr über die Wange. „Es wird alles
klar werden — vor Abend noch. O, mein Gott, wohin bin ich verirrt?"

Der Miethswagen fuhr vor. Die Schauspielerin
eilte hinaus. Madame Godard folgte, einige Garde-
robestücke über dem Arm nachtragend, die im Zimmer
liegen geblieben waren. Sie steckte dem Diener etwas
in die Hand. „Wenn Herr Marotti fragen sollte —
Fräulein Römer ist plötzlich unwohl geworden — verstehen Sie? Nichts weiter."

Roland hatte sich in sein Cabinet begeben und die
Thür hinter sich geschlossen. Er stand eine Weile am
Fenster und athmete schwer. Seine Blicke irrten hinaus, ohne irgend einen Gegenstand zu erfassen. „Das
ist das Ende," murmelte er, „und hinter jedem Ende
muß wieder ein Anfang sein. Ein Anfang? Wo anfangen — wie anfangen? Ein Schritt, und es ist alles
dunkel. Aber der eine Schritt ist gewiß. Er muß gethan sein! Gleich! Von da gibt es kein Zurück. Vielleicht auch kein Vorwärts. Sei's darum! Nur wieder
frei sein — frei!"

Er setzte sich an den Schreibtisch, schrieb mit flie-
gender Feder ein Billet und couvertirte es. Aus der
Schieblade nahm er eine Brieftasche und steckte sie zu
sich — es war ein Andenken von Angelika, und er be-
wahrte darin auf, was er von wichtigen Papieren und
Werthzeichen besaß. Dann kleidete er sich zum Ausgehen an.

Dem alten Diener gab er den Brief. „Besorgen
Sie ihn an Fräulein Silvia Marotti," sagte er.

„Hat's Eile?"

„Nein. Schließen Sie das Atelier zur gewohnten
Zeit. Wenn ich mich nachmittag nicht einfinden sollte ...
Es ist gleichgültig. Herr Marotti wird Ihnen weitere
Weisung zugehen lassen. Adieu!"

Er entfernte sich flüchtig grüßend. —

Der alte Diener brauchte des Briefes wegen keinen Gang zu machen.

Nach einer Stunde etwa kam Fräulein Silvia
Marotti selbst nach dem Atelier. Sie war in Begleitung
von mehreren Herren, worunter auch Baron Pleutenburg, lachte viel und sprach laut, so daß der Besuch
sich schon von der Straße her anmeldete. Sie hatte
eben einen Wohlthätigkeitsbazar mit ihrer Gegenwart
beglückt und dort — der Bazar stand unter hoher Pro=
tektion, und die Verkäuferinnen waren vornehme Damen —
die Cavaliere aufgefunden, die sich, nachdem sie bereits
für Liköre, Rosenknöspchen und dergleichen Artikel viel
Geld ausgegeben hatten, nicht ungern als Trabanten

anschloſſen. Sie hatte mancherlei Nützliches und Un-
nützliches „zur Ausstattung“ gekauft, wobei es an Scherz-
reden anzüglichster Art nicht fehlte, und jedem der
Herren ein Päckchen aufgebürdet. Es war ihr ein rechter
Hochgenuß gewesen, mit diesem Gefolge an den Ver-
kaufsstellen vorüberzugehen, die von den vornehmen
Couſinen ihrer Ritter bedient wurden. Auf der Straße
wollte ſie nichts davon wiſſen, in einen Wagen zu steigen,
und man mußte ihr also weiter das Geleite geben.
Unterwegs war es ihr eingefallen, im Atelier anzu-
sprechen, wie sie's nannte: ihren Schatz zu revidiren.
„Er malt, wenn ich nicht irre, eine Schauspielerin,“
ſagte ſie, „das ist gefährlich.“

„Darf man den Namen wiſſen, meine Gnädigste?“

„Warum nicht? Fräulein Angela Römer.“

Der Baron lachte „Ha — ha — ha — hi!“

„Warum lachen Sie, Baron?“

„Es ist zu komisch, reizende Silvia. Wiſſen Sie
denn, für wen er ſie malt?“

„Doch nicht für ſich —?“

„Nein, ſo pflichtvergeſſen ist er nicht. Aber ... hi —
hi — hi! es ist zu komiſch.“

„So laſſen Sie uns doch mitlachen.“

„Beim besten Willen unmöglich! Es wäre zu indiskret — wahrhaftig.“

„Ah! das ist unartig. Fräulein Römer ſoll ja ein
Ausbund von Schönheit und — Magerkeit ſein. Ich
habe mich noch nicht entschließen können ſie zu ſehen.

Die Stücke sind mir zu tragisch. So oft sie spielt, stirbt
sie, hab' ich mir sagen lassen. Ein schauerlicher Beruf!"
Man war bis zu dem Hause gelangt, in dem sich
das Atelier befand.

„Ich kann Ihnen nicht helfen, meine Herren Pack-
esel," rief sie übermüthig, „Sie müssen mich auch noch
hinein begleiten, um die schönen Sachen abzulegen, die
Sie mit so viel Würde getragen haben. Vielleicht kann
ich Sie ein wenig entschädigen, indem ich Ihnen das
Vergnügen schaffe, die gefeierte Schauspielerin bei
Tageslicht zu bewundern. Sie dürfen ihr so viel
Elogen sagen, als das Herz gebietet — ich bin nicht
neidisch."

Sie ging voran durch den Flur, den Kopf beim
Sprechen immer halb zurückgewendet. „Nun, Herr Ge-
heimer Rath," redete sie den Diener an, „noch Sitzung?"

„Nein, gnädigstes Fräulein."

„Nicht? Aber die Schauspielerin sollte doch —"

„Ganz recht. Die Damen sind auch hier gewesen."

„Die Damen?"

„Das Fräulein, das sich malen ließ, und eine Be-
gleiterin — eine sehr interessante Dame. Sie sind schon
seit einer Stunde fort."

Silvia sah ihn mit einem inquisitorischen Blick an.
„Das sind Sie wohl beauftragt vorzugeben?"

Der Alte schüttelte lächelnd den Kopf. „Nein,
gnädigstes Fräulein, ich sage nur, was wahr ist. Die
jüngere Dame — ich weiß nicht, wie es gekommen ist

14

— wurde plötzlich unwohl, ich mußte, einen Wagen holen, und sie fuhren ab."

Silvia wollte eintreten.

„Es ist Niemand im Atelier, gnädiges Fräulein."

„Niemand? Herr Roland —"

„Ging gleich nach den Damen fort. Ich sollte diesen Brief besorgen."

„An mich? Sonderbar. Geben Sie nur." Sie steckte den Brief ein. „Ich bin nicht neugierig. Bitte, meine Herren, treten Sie ein. Ich werde die Honneurs des Hauses machen. Untersuchen wir, ob der Maler ge- schmeichelt hat. Sagen Sie ganz aufrichtig Ihre Meinung. Aber wie sollten Sie? Dem Original kann natürlich die Kunst nicht gleichkommen." Sie trat in das Vor- zimmer ein, dann in das Atelier, immer rechts und links ausschauend, warf auch einen Blick in das Cabinet. Sie schien noch immer nicht ganz gläubig zu sein. „Wahrhaf- tig!" rief sie, „alles ausgeflogen. Nun, was sagen Sie?"

Die Herren waren hinter die Staffelei getreten. „Nur schwarze Linien," bemerkte der Baron, „aber Aehnlichkeit unverkennbar."

„Lächerlich ähnlich," näselte Herr von Rampen.

Silvia hatte sich von hinten her genähert. Sie erschrak sichtlich, wurde roth und zog die Lippe unter die Zähne. „Das ist — Fräulein Angela Römer?" fragte sie mit auffallend scharfer Betonung.

„Es scheint Sie in Verwunderung zu setzen," be- merkte Pleutenburg. „Vielleicht unter anderem Namen

schon einmal vorgestellt? Der Herr Papa ist ein großer
Verehrer — hi, hi, hi!"

„Nein, nein," rief sie; „eine zufällige Begegnung ...
Fräulein Römer also — so, so!" Sie wandte sich nach
dem großen Fenster und von den Herren ab. „Kein
Zweifel, sie war es. Und er malt sie — sie wird
plötzlich unwohl, entfernt sich — er folgt ihr..." Sie
erinnerte sich des Briefes und zog ihn vor. „Entschuldigen Sie einen Augenblick, meine Herren — ich will
doch lesen."

Sie trat ins Cabinet ein. In den Schiebladen des
Schreibtisches steckten die Schlüssel. Wie unordentlich
Sie riß das Couvert auf, überflog mit den Blicken die
erste Schriftseite, schüttelte den Kopf, als ob sie nichts
verstünde, las aufmerksamer noch einmal, und mit immer
größerer Spannung die Fortsetzung. Sie war bleich geworden und dann glühend roth. Die Hand, die das
Blatt hielt, zitterte, die andere griff unsicher hinter sich
nach der Lehne des Stuhls. Sie schwankte und sank
in den Sessel. Eine Weile starrte sie vor sich hin mit
ganz gläsernen Augen, dann suchte sie sich aufzurichten,
aber der Kopf sank schwer zurück. „Bube —" zischte
sie, „ist das der Dank?" Der Ausdruck ihres Gesichts
wurde furienhaft, sie biß die Zähne zusammen und öffnete
die Lippen, eine tiefe Querfalte legte sich in die Stirn.
Sie drohte mit der kleinen Faust in die Luft. Und dann
schien sie wieder ganz ruhig zu werden und scharf zu
überlegen, was zu thun.

Im Atelier brach ein wiehernves Gelächter los.
Einer der Herren mußte einen köstlichen Witz gerissen
haben. Silvia wurde daran erinnert, daß sie nicht
allein sei. Sie erhob sich rasch. „Räumen wir mit
dieser Thorheit sogleich gründlich auf," sprach sie vor
sich hin. „Ich ahnte längst so etwas. Warum gab
ich ihm nicht den Laufpaß, als er langweilig wurde?
Warum hielt ich ihn denn? Verblendung! Ah — es
ist keine Zeit zu verlieren. Nur nicht der Lächerlichkeit
verfallen! Die verlassene Braut spielen — das ist nicht
meine Partie."

Sie schlug eine helle Lache auf, während sie wieder ins Atelier trat. „Das ist der wundersamste Brief,"
rief sie, „den ich je gelesen habe. Unbezahlbar für
einen Autographensammler. Roland zeigt mir in aller
Kürze an, daß er den Verstand verloren habe."

Die Herren wußten nicht, ob sie das für Spaß
nehmen durften und sahen einander verlegen an. „Also
einmal wieder der rasende Roland," bemerkte Herr von
Pleutenburg, „der reizenden Silvia wird es ein leichtes
sein, ihn zu besänftigen."

„Aber die reizende Silvia wird sich diesmal nicht
die mindeste Mühe geben, einem Tollen nachzulaufen,
um ihn einzufangen," versicherte sie, immer lachend.
„Er schreibt mir — hören Sie doch — daß er daran
verzweifle, Fräulein Angelika — Fräulein Angela Römer
zu malen, und daß er deshalb alles im Stich lasse und
in die weite Welt laufe. Wie finden Sie das?"

„Ein genialer Witz," schnarrte Herr von Rampen.

„Für einen Bräutigam fast schon zu genial,"
meinte der Baron. „Aber Sie spaßen, reizende Silvia."

„Wenn ich spaßte, würde ich doch nicht lachen,"
sagte sie. „Das einzig Spaßhafte an der Sache ist,
daß sie ernst ist. Was rathen mir die Herren? Soll
ich warten, bis er wiederkommt?"

„Aber es ist ja unglaublich —"

„Nicht wahr? Und doch steht es hier Schwarz
auf Weiß."

„Dein übergroßer Reiz ist's, den ich fliehe —" intonirte der Baron.

Silvia zuckte die Achseln. „Wenn Sie Fräulein
Römer meinen —"

„Bewahre! Von wem kann ich sprechen, als ..."
Er küßte ihre Hand. „Das Glück, Sie zu besitzen, hat
meinen armen Freund Roland toll gemacht. Dazu gehört eine stärkere Natur. Ich bedaure ihn, aber ich
kann ihm nicht helfen. Lassen Sie ihn laufen, und
nehmen Sie Ihren alten Verehrer wieder zu Gnaden
an, der die kleine Treulosigkeit gern verzeiht — ha,
ha, ha — hi, hi, hi! Meine Herren, Sie sind Zeuge,
daß ich mich von neuem zum Ritter dieser Dame
schwöre."

Er ließ sich auf ein Knie nieder, legte die Arme
über die Brust und sah schwärmerisch zu ihr auf. „Sie
spielen Ihre Komödie vortrefflich," sagte Silvia. „Fräulein Römer an meiner Stelle würde gewiß tief er-

griffen sein und mit einem paffenden Citat antworten
können."

„Komödie, Herrin?" rief er. „Welcher schwarze
Verdacht! O, Sie kennen mein Herz nicht. Gebieten
Sie ganz über mich. Meine erste Aufgabe wird es
sein, den genialen Ausreißer zu verfolgen und zur
Rechenschaft zu ziehen. Herr von Rampen wird ge-
fälligst mein Sekundant sein."

„Mit Vergnügen."

„Nicht doch, meine Herren, nicht doch," lehnte das
Fräulein ab; „Sie thun ihm wahrhaftig zu viel Ehre
an. Ich bitte Sie, Herr Baron, stehen Sie auf. Ich
danke Ihnen für den guten Willen. Ohne meinen Werth
zu überschätzen, darf ich doch kühnlich behaupten, daß
ich nicht der verlierende Theil bin. Seine Strafe soll
sein, daß wir seiner Flucht nicht das mindeste Hinderniß in den Weg stellen. Er soll wieder ganz so unbedeutend werden, als er gewesen ist. Sprechen wir nicht
weiter darüber, meine Herren. Wie heißt doch der
Refrain in dem allerliebsten Couplet von ... nun, Sie
wissen ja, Baron. Mach' mir nichts draus."

Die Herren klatschten Beifall.

Silvia befahl dem alten Diener, das Atelier zu
schließen und die Schlüssel ihrem Papa abzugeben.
„Herr Roland ist auf Reisen gegangen," sagte sie.

Am nächsten Droschkenhalteplatz verabschiedete sie
sich. „Condolenzvisiten sind verboten," rief sie aus dem

Wagen hinaus. „Die Einladung zur Entlobungsfeier behalte ich meinem Papa vor."

„Pikant," näselte Herr von Rampen. — — — — —

Am Abend desselben Tages spielte noch eine andere Scene an anderer Stelle ab.

Sie war weniger burlesk, und es fehlte auch an lachlustigen Zuschauern. Nicht einmal Madame Godard war zugelassen.

Der „Herr Graf" machte eine etwas klägliche Figur. Es hatte ihm nichts genützt, daß er den Erzürnten vorkehrte, donnerte und blitzte. Angelika war nicht einzuschüchtern gewesen. Sie blieb bei ihrem ersten Wort, daß eine Auseinandersetzung nothwendig sei, die über ihre Gesinnung keinen Zweifel lasse. Von seiner verdächtigen Freigebigkeit wolle sie keinen Gewinn ziehen; seine Geschenke möge er zurücknehmen, die Wohnung, die er für sie eingerichtet, verlasse sie vor Nacht. Sich selbst wolle sie nicht verächtlich werden; die Armut könne sie ertragen, die Schande nicht. Er hatte andere Saiten aufgezogen, freundliche Vorstellungen versucht, Bitten nicht gespart. Ob er denn nicht trotz alledem ihr Vertrauen verdiene? Ob denn seine Schwäche, sich ihr als vornehmer Mann vorzustellen, so ganz unverzeihlich scheine. „Was ist heute ein Graf?" hatte er gesagt. „Es gibt Grafen, die von Bettelgroschen leben oder sich zu Lakaien regierender Fürsten herabwürdigen. Wer ist heut ein vornehmer Mann? Der das Geld hat, auf großem Fuß zu leben, der es

ausgibt mit Verständniß für die höheren Anforderungen
des Daseins. Wenn ich die Kunst liebe, ist das nicht
eine noble Passion? Wenn ich ihr Opfer bringe, verdient das nicht Dank? Wenn ich die Macht habe,
dem Talent Geltung zu verschaffen, fragt man nach
dem Titel? Achten Sie meinen Beistand nicht gering.
Er hat Sie hoch gehoben — er kann sie auf der Höhe
erhalten. Was verlange ich mehr, als daß Sie mir erlauben, der Mäcen einer schönen, liebenswürdigen, hoch-
begabten Künstlerin zu sein. Ich hab's dazu. Wen
geht's etwas an? Und was kümmert Sie das Gerede
der Leute? Sie sind eine Schauspielerin. Leben Sie
wie eine Nonne, und Sie werden der Verleumdung
nicht entgehen. Lassen Sie mich Ihren ergebenen Freund
und Gönner bleiben, angebetete Angela!" Sie hatte
geantwortet, auf den Grafen lege sie selbst nicht das
mindeste Gewicht, aber sie habe den Glauben an die
Ernstlichkeit seiner Bemühungen für die Kunst verloren,
und sie könne mit offenen Augen nicht mehr träumen.
Selbst getäuscht, wolle sie ihn doch nicht hintergehen.
Ein väterlicher Freund könne er ihr nicht mehr sein;
einem andern wolle sie keinen Dank schulden. Ihr Entschluß stehe fest.

Er war fortgegangen und wiedergekommen, jetzt
in fieberhafter Aufregung: „Ich erkenne an," sagte er,
„daß Ihr grausames Urtheil gerecht ist. Als ich Sie
aufsuchte, geschah es nicht, das Talent zu fördern. Was
ich that, that ich für mich. Ich hatte oft sündhafte

Gedanken und machte mir kein Gewissen daraus. Aber in Ihrem Umgang wurde ich ein anderer, besserer. Ich erwärmte mein Herz für die Kunst, die Sie mit so leidenschaftlicher Hingabe übten. Ich erkannte Ihr himmlisches Gemüth; ich erfreute mich aufrichtig Ihres Vertrauens; ich war glücklich, Sie in der Uebung Ihres Berufs glücklich zu sehen. Es ist wahr, Ihre Person fesselte mich, theuerste Angela, und ich lebte von der Hoffnung, durch meine treuen Dienste Ihr Herz rühren zu können. Jetzt bin ich ganz niedergeschmettert. Aber ich richte mich auf, ich erhebe mich über mich selbst. Trennen kann ich mich von Ihnen nicht. Wohlan denn! Ich will Ihnen den untrüglichsten Beweis meiner ehrlichen Absichten, meiner Verehrung, meiner zärtlichen Neigung geben: hiermit biete ich Ihnen meine Hand!"

Er trocknete mit dem gelbseidenen Tuch den perlenden Schweiß von der Stirn und tupfte den Backenbart. Von der sonstigen imperatorischen Haltung war in diesem Moment nichts sichtbar. Er hatte die Brust eingezogen und die Schultern nach vorn einander genähert; der Kopf senkte sich, und er blickte ängstlich von unten auf wie ein Supplicant. „Meine Hand — meine Hand," wiederholte er nachdrücklicher.

Das hatte die Schauspielerin allerdings nicht erwartet. Zu diesem Ereigniß hatte sie im voraus nicht Stellung nehmen können, und die Verwunderung, die sich in ihrem Gesicht aussprach, zeigte am besten, wie sehr es sie überraschte. „Mein Herr . . ." stammelte

sie, „ich kann nicht glauben, daß Sie wohlüber-
legt —"

„Man überlegt so etwas nicht," sagte er mit ge-
zwungenem Lächeln. „Man fühlt die Nothwendigkeit
eines großen Entschlusses und stellt sich unter die Herrschaft des Augenblicks."

„Bedenken Sie die Verschiedenheit der Jahre —"

„Meine Leidenschaft ist jugendlich, theuerste Angela."

„Die Verschiedenheit unserer Lebensverhältnisse —"

„Die Liebe gleicht alles aus."

„Aber — — ich liebe Sie nicht."

Dies offene Geständniß consternirte ihn völlig. Er
fächelte sich mit dem Taschentuch Luft zu. „Sie lieben
— den Maler," sagte er endlich.

„Ich habe ihn geliebt," antwortete sie, „und —
ich werde nie wieder lieben."

Er hüstelte. „Wenn Ihnen der Umstand, daß er
mein Schwiegersohn —"

„Nein, nein!"

„Ich könnte Ihnen die beruhigende Versicherung
geben, theuerste Angela, daß die Partie auseinander-
geht. Herr Roland hat — nach dem Vorfall heut —
in beleidigender Weise das Verhältniß zu meiner Tochter
gelöst ... er hat sich ohne Abschied davon gemacht —
wahrscheinlich schon aus der Stadt entfernt, um nie
mehr zurückzukehren. Ich habe seinen Brief gelesen —
einen sehr wunderlichen Brief. Vielleicht ... „Er zirkelte

mit dem Finger auf der Stirn. „Mancher Mensch
verträgt sein Glück nicht. Wie dem sei — er ist fort.
Sie haben nicht zu befürchten, theuerste Angela, daß
widerwärtige Familienbeziehungen —"

Sie schien freier aufzuathmen. „Er ist fort! O,
das . . ." Ihre Worte wurden so leise, daß Marotti
auch mit gespitztem Ohr sie nicht verstehen konnte.
Dann warf sie die Locken über die Schulter zurück,
reichte ihm die Hand und sagte: „Glauben Sie mir,
ich kann Ihren Wunsch nicht erfüllen — auch so nicht.
Ich kenne mich zu gut. Wenn das Herz nicht . . . nein,
nein! Ich würde sehr unglücklich sein — und ich würde
Ihr Unglück sein. Aber ich danke Ihnen, daß Sie
an mir wie ein Freund haben handeln wollen. Das
benimmt dem Abschied alle Bitterkeit. Ich danke
Ihnen."

„Angela!" rief er, „Sie wissen nicht, was Sie aus-
schlagen. Ich bin ein reicher Mann; ich kann Sie in
Ihrem Beruf ganz unabhängig stellen; ich kann Ihnen
eine Garderobe schaffen, mit der keine Ihrer Rivalinnen
zu concurriren vermag — ich kann die Augen von ganz
Deutschland, von Europa auf Sie richten. Nehmen
Sie sich Zeit zur Ueberlegung, ich beschwöre Sie."

Angelika schüttelte den Kopf. „Ich bin meiner
ganz sicher," antwortete sie. „Es kann wohl sein, daß
ich in den Augen der Welt eine Thorheit begehe —
aber ich werde es nie bereuen, mir selbst treu geblieben
zu sein. Dringen Sie nicht weiter in mich!"

Das war ihr letztes Wort. Marotti mußte es dafür gelten laſſen. In ganz verzweifelter Stimmung nahm er Abſchied.

„Seinetwegen geſchieht's doch," murmelte er mit verbiſſenen Zähnen, als er, den Mantelkragen hoch auf-geſchlagen, das Haus verließ.

Zwölftes Kapitel.

Bringt einige Ereignisse zur Mittheilung, von denen der Leser
durchaus Kenntniß haben muß.

———

s wird sich nicht vermeiden lassen über einige
Jahre rasch hinzugehen, in denen die beiden
Menschen, deren Trennung und Wieder-
begegnung zu nochmaliger Trennung geschildert ist, von einander nicht das mindeste wissen
und erfahren.

Sie sind in der That nicht nur sich gegenseitig,
sondern auch der ganzen kleinen Welt verschollen, die
sich eine Weile so angelegentlich mit ihnen beschäftigte.
Ob sie Tagebücher über ihre weiteren Erlebnisse geführt haben, ist nicht bekannt geworden. Von Roland
ist dies auch sehr unwahrscheinlich, da er bisher durchaus
keine Neigung verrathen hat, seine Lebenserfahrungen
festzulegen und für einen Rechenschaftsbericht über sein

Thun und Lassen zu sorgen, wenn schon zugegeben werden
kann, daß er in letzter Zeit nachdenklicher und auf sich
selbst bedachter geworden. Daß Angelika schon auf
der Schule ein Poesie-Album angelegt hatte, ist außer
Zweifel, und ihre nächsten Freunde wußten sie auch im
Besitz von mehreren starken Heften voll Excerpten und
Sentenzen. Es läßt sich wohl annehmen, daß in ein
verborgen gehaltenes Büchelchen von Tage zu Tage
oder wenigstens von Woche zu Woche ihre Erlebnisse,
Selbstbetrachtungen und Empfindungen eingetragen sind,
und daß nicht die letzte Seite desselben mit der Recht-
fertigung ihres Verhältnisses zu Marotti ausgefüllt
war. Eine so beschauliche Natur konnte sich unmöglich
damit begnügen, einem raschen und zwingenden Entschluß nachzugeben, sich gleichsam auf der Lebensreise
eines unliebsamen Mitpassagiers wegen bei einer Station
absetzen zu lassen, um auf eine andere Bahn überzu-
gehen. Wie war das alles so gekommen, wie konnte
es so kommen, weshalb mußte es so enden? Darüber
war ein Buch zu schreiben, das gewiß manches interessante Blatt enthielt. Und was dann weiter? Die
Beziehungen zum Leben hörten doch nicht auf, complicirten sich vermuthlich. Wer so getäuscht werden konnte,
sieht nicht plötzlich klar, setzt nicht fortan praktisch einen
Fuß vor den andern, um auf ebener Straße langsam
aber sicher vorwärts zu kommen.

Wir sind hier nicht ganz und gar auf Vermuthungen
angewiesen, wenigstens in betreff der ersten Wegstrecke.

Wenn Roland — omnia sua secum portans — einfach
verschwand, vielleicht um erst weit jenseits der Alpen
sich ein bescheidenes Atelier einzurichten, falls er sich
überhaupt in nächster Zeit wieder seßhaft machte, so
konnte Angelika ihre Kunst nicht üben, ohne einem öffent=
lichen Theater Dienste zu leisten, und sie durfte auch ihren
angenommenen Namen nicht verändern, da an ihm
alles das hing, was sie an Berühmtheit besaß. Er
tauchte noch mehrmals in den Theaterzeitungen auf und
ließ so die Bahn erkennen, die dieser mehr und mehr
verbleichende Stern nahm.

Ein festes Engagement bei der Bühne, auf der
sie anfangs so reiche Lorbeeren gepflückt hatte, erhielt
sie nämlich nicht, obschon sie für den Augenblick auch
ohne die verschmähte Unterstützung Marottis ihrer Gar=
derobe wegen nicht in Verlegenheit sein durfte. Sie
fand — so bedeutend war ihr Ruf als Künstlerin
— leicht vertrauensselige Lieferanten, die es sich zur
Ehre schätzten, den Namen Angela Römer in ihren
Büchern zu sehen, und sie glaubte selbst an sich und
ihre Zukunft. Aber die Herrlichkeit hatte doch nur
noch kurzen Bestand. Die Posaunenstöße in den Zei=
tungen wurden schwächer und schwächer; Dr. Stichel,
der die kräftigste Lunge bewiesen hatte, gab nicht mehr
das Signal. Es fand sich eines Tages in seinem
Hauptblatte die böse Notiz, Fräulein Römer scheine ihre
Stimme übermäßig angestrengt zu haben und leide des=
halb jetzt an einer Heiserkeit des Tones, die ihre

Freunde ernstlich besorgt mache, ob sie ihre Thätigkeit
für die Bühne nicht mindestens werde erheblich ein-
schränken müssen. Die Kritik ihrer Leistungen wurde
flauer: bei aller Anerkennung ihrer geistigen Begabung
lasse sich doch unmöglich verschweigen, daß das große
Stimmmaterial fehle, ohne das eine überwältigende
Wirkung nicht zu erzielen sei. Das Publikum klatschte
vorsichtiger. Der Herr Oberregisseur, der wiederholt
bei zu vertraulicher persönlicher Annäherung sehr ernst
in seine Schranken zurückgewiesen war, wurde plötzlich
sehr kühl und förmlich. Der Intendant ließ sich gar
nicht sprechen. Dann trug der Theaterdiener einen
Brief aus dem Bureau nach der Wohnung der Schauspielerin, der wohl sehr unerfreulichen Inhalts sein mochte.
Fräulein Römer trat nicht mehr auf. Ihr „Gastspiel" habe
nicht zu einem festen Engagement geführt, hieß es in den
Blättern, und es fand sich unter den Herren Journalisten
keiner, der dies auch nur mit einer höflichen Phrase
bedauerte. Es ist wirklich schade, daß kein Tagebuch
über die Eindrücke Auskunft gibt, die sie von dieser
Herabminderung ihres künstlerischen Werthes empfing.
Wir wissen nur, daß sie sich sehr bitter bei dem Agenten Roller über die Ungerechtigkeit der Welt beklagte
und von ihm die „Wahrheit" hören mußte, er habe
ihr ja gleich gesagt, daß man nicht mehr in den Zeiten
Schillers und Goethes lebe. Er könne doch nicht dafür, daß sie sich — er könne ungefähr errathen wo-
durch — die Gunst eines vielvermögenden Gönners

verscherzt habe. Wenn man eine so kleine Stimme besitze, müsse man andere für sich schreien lassen. Die
Aussicht, mit einem kühnen Anlauf die höchste Position
zu nehmen, sei nun verloren. Sie müsse sich entschließen,
hinabzusteigen und von unten anzufangen.

Das hatte sie nicht gewollt. Ein Concurrent
Rollers verschaffte ihr ein Engagement an einem größeren Stadttheater, dann, da sie sich hier weit über
ihre Kräfte angespannt sah und mit künstlerischen Mitteln
nur schwache Wirkungen erzielte, bei einem kleinen Hof-
theater. Es hatte gewiß seine guten Gründe, wenn
schon dieselben zu ihren Kunstleistungen keinen nothdürf-
tigen Bezug haben dürften, daß sie sich auch dort nur
einen Winter über behauptete. Ihre Photographie,
immer viel verheißend, wanderte ihr dann noch an
mancherlei Bühnen voraus. Es fehlte nicht an enthusiastischen Berichten einiger Hinterwäldler der Theater-
kritik in Lokalblättchen und Theaterzeitungen, die sich
durch Aufnahme einen Abonnenten mehr zu erwerben
suchen. In den Kreisen der Eingeweihten kennt man
seine Leute genau. Nur ein sehr harmloses Künstler-
gemüth kann sich auf die Dauer mit Wohlgefallen in
diesem Spiegel betrachten. Abseits der großen Straße
tummeln sich allerhand Kleine und Kleinste im buntesten
Durcheinander und in den wunderlichsten Bemühungen,
sich zu recken und zu strecken, um gesehen zu werden.
Da heißt es, mit dem Ellbogen um sich stoßen, zur
Seite schieben, niedertreten, ein wüstes Geschrei erheben,

15

überall sein eigener Anwalt sein. Eine vornehmere
Natur findet sich auf Schritt und Tritt verletzt, belei-
digt, gepeinigt; sie weicht aus, bleibt zurück, erkennt
ihre Hilflosigkeit, ringt nicht mehr nach Erfolg, kaum
noch nach Selbstbefriedigung. Unter sich selbst herunter mag sie nicht, kann sie nicht, auch nicht nach den
trübsten Erfahrungen, nicht bei den verführerischsten
Lockungen. Aber dann kommt die quälende Gewissens-
frage: warst du doch nicht im Irrthum über dich?
Und dann . . .

Der Name Angela Römer verschwand. So schim-
mert und flimmert ein kleiner Stern, der hoch oben
manches Auge erfreut hat, noch eine Weile durch die
Nebelhülle des Horizontes, nur bemerkt von den wenigen, die berufsmäßig seine niedersteigende Bahn ver-
folgten, bis er ganz untertaucht, um vergessen zu werden. Er bleibt, was er ist; aber man sieht ihn nicht
mehr, man spricht nicht mehr von ihm; es ist als ob
er nie dagewesen.

Unter den vielen Millionen menschlicher Existenzen,
die selbstgenügsam ihre kleinen Kreise ziehen, treibt nun
irgendwo auch diese. Man mag ihr zufällig begegnen,
aber man hat kein Mittel sie aufzusuchen. Vielleicht
fühlt sie sich wohl in ihrer Resignation; vielleicht be-
steht sie täglich einen neuen Kampf mit sich selbst, ihr
Mißbehagen an sich und der Welt zu überwinden. Wer
fragt danach? —

Marotti ist sonst nicht der Mann, sich eine Sache

besonders nahe gehen zu lassen, es müßte sich denn um
die verpfuschte Idee einer neuen Robe handeln, oder
dergleichen etwas. Aber diesmal hatte er doch einen
Stoß bekommen, der das Ding traf, was er sein Herz
nannte. Er bildete sich ein, Angela geliebt zu haben,
und wirklich war seine Empfindung für sie ganz ungewöhnlicher Art gewesen. Sie wirkte fort; sie ließ sich
nicht abschütteln, wie eine lästige Zuthat; sie machte
ihn recht wunderlich melancholisch. Eine Zeit lang
hoffte er, Angela werde zurückkehren, das frühere
Verhältniß selbst wieder anknüpfen. Sie müsse ihre
Schule durchmachen, das Leben kennen lernen. Es
fehlte ihm der Edelmuth, sich über den eigenen Verlust
hinwegzusetzen und auch der undankbaren Freundin ein
werkthätiger Freund zu bleiben; im ersten Aerger ver-
letzter Eitelkeit sprach er sich seinen Vertrauten gegenüber recht unwillig und nichtachtend über den früheren
Schützling aus, als sei er nun plötzlich zu der Einsicht
gekommen, daß er ein kleines Talent weit überschätzt
habe. Er wollte so seinen unfreiwilligen Rückzug decken,
und es schmeichelte ihm sogar ein wenig, seine Voraussetzung bewahrheitet zu sehen, daß er nur seine Hand
abziehen dürfe, um ihre Lage sofort wesentlich zu ändern. Sie muß es erst schmerzlich empfinden, dachte
er, welche Stütze sie an mir verloren hat, um dann
gefügiger gegen meine Wünsche zu werden. Aber diese
Stimmung schlug bald um, und es that ihm nun ernstlich leid, daß er mit seinen Aeußerungen über sie nicht

15*

rückhaltender gewesen war. Er machte sich schwere
Vorwürfe; er litt unter der Vorstellung, daß Angela
ihn für einen herzlosen Menschen halten müßte. Er
entschloß sich, an sie zu schreiben, ihre Verzeihung zu
erbitten, sie anzuflehen, ihm nur wieder zu erlauben, sie
unter seine Protection zu nehmen. Sie antwortete nicht.
Nun mußte er sich wohl in sein Schicksal fügen.

Der Kummer darüber ging ihm nicht nur zu Herzen, er zehrte auch an seinem Leibe. Marotti fiel
merklich zusammen, hielt sich nicht mehr so gerade, wie
sonst, schritt kaum noch in Momenten, die volle An-
spannung aller seelischen Kräfte forderten, mit früherer
Elasticität über das glatte Parkett seines Ateliers,
furchte, wenn er sich nicht beobachtet glaubte, grämlich die Stirn. Er hatte sich so lange mit bestem Erfolg dagegen gewehrt, ein alter Mann zu werden.
Nun war er's, wenn auch nicht über Nacht, so doch
im traurigen Verlauf weniger Monate geworden.

Freilich hatte zu seinem Uebelbefinden auch die
Flucht Rolands mitgewirkt. Es war nicht seine „Idee“
gewesen, dieses Licht leuchten zu lassen. Der zärtliche
Vater hatte sich gefügt, und eine recht sympatische Persönlichkeit war ihm der junge Maler nie geworden;
aber er hatte ihn nun einmal „gemacht“, er stützte sich
auf ihn, er sagte jedem, der es hören und nicht hören
wollte, daß sein künftiger Schwiegersohn der einzige
Porträtkünstler sei, zu dem ein Mann wie er Vertrauen
haben könne. Daß aus der Heirath nichts wurde, war

der geringste Schmerz — wenn schon er guten Grund
hatte, der übermüthigen Versicherung Silvias, daß er ihr
völlig gleichgültig geworden sei, nicht unbedingten Glauben
zu schenken. Aber eine wichtige Geschäftsbranche schien
ruinirt. Er durfte nicht wagen zu behaupten, daß
Roland sich schlecht bewährt, in der Kunstübung ver-
nachlässigt habe, daß er es selbst gewesen, der ihn seines Dienstes entließ. Man wußte ja, daß das Ver-
löbniß mit seiner Tochter auseinander gegangen war
und deshalb auch die geschäftliche Verbindung aufhörte.
Man wußte durch Silvias Unvorsichtigkeit noch mehr:
Roland hatte seine Braut und seinen Schwieperpapa
sitzen lassen, ihnen den Laufpaß gegeben. Marotti
mochte sich winden, wie er wollte, diese Thatsache war
nicht fortzuleugnen. Auch wo man sie ihm nicht vor-
rückte, argwöhnte er doch, daß sie das Urtheil über
ihn bestimmte. Hätte er nur wenigstens sogleich ein
neues Licht aufstecken können! Aber wo es entdecken?
Er hatte keine Zeit zum Experimentiren, mußte seiner
Empfehlung völlig sicher sein. Es blieb nur der Rück-
weg zu Professor Quast übrig. Ein schwerer Gang
durch das kaudinische Joch. Sein Stolz empörte sich
gegen die Zumuthung einer solchen Demüthigung. Was
half's? Der Nacken mußte gebeugt werden.

Er mußte tief gebeugt werden. Professor Quast
empfing ihn nicht mit offenen Armen, sparte ihm kein
Wort der Selbstanklage und Abbitte. Er mußte sich
Dinge sagen lassen, die seine Eitelkeit tief verletzten;

er mußte ganz klein und bescheiden werden neben dem
großen Akademiker. Und wie hart waren die Bedingungen, unter denen schließlich die Aussöhnung statt-
fand! Wie empfindlich trat der Professor ihm auf den
Fuß, indem er sich für alle Fälle die letzte Entscheidung
darüber vorbehielt, was malerisch wirksam sei! Auf
Schonung in der Praxis war nicht zu rechnen. Und
welche Qual, nicht nur immer aufs neue seinen Irrthum einzugestehen, sondern auch den verlästerten Professor auf den Schild heben zu müssen! Diese Demüthigung verzieh er Roland nicht.

Es war Zeit, daß dem vom Schicksal so hart nie-
dergeworfenen Manne irgend etwas Glückliches begeg-
nete, woran er sich aufzurichten vermöchte. Die Gelegenheit wurde durch die Heirath der Prinzessin Amalie
gegeben. Er erhielt den schmeichelhaften Auftrag, die
sehr glänzende Ausstattung unter seiner obersten Aufsicht
herstellen zu lassen. Die Prinzessin selbst, der er durch
Vermittelung der Oberhofmeisterin schon wiederholt die
Ehre gehabt hatte, bei Anproben aufwarten zu dürfen,
hatte es so gewünscht. Es war der wichtigste Tag
seines Lebens, als das Auftragsschreiben mit der Aufforderung, sich zu einer Conferenz im Hofmarschallamte
einzufinden, bei ihm abgegeben wurde. Er wuchs
gleichsam aus der Erde heraus, seine Stirn glättete
sich, seine Blicke leuchteten von überirdischem Feuer,
seine Lippen lächelten, wie von Champagnerschaum
gekitzelt, und mit einer graziösen Handbewegung, wie

sie vorher selbst ihm noch nie gelungen war, reichte er den Brief seiner Tochter zu. Er fühlte sich auf der Höhe seines künstlerischen Berufs.

Dr. Stichel entledigte sich des Auftrages, das Publikum mit diesem sensationellen Ereigniß bekannt zu machen, mit aller Würde. Marotti war wieder der Mann des Tages.

Seine Phantasie fing mächtig zu arbeiten an; aber sie beflügelte sich in der That auch zu außerordentlichen Leistungen. Ueber eine ähnlich reiche Ausstattung mag schon manche Prinzessin zu verfügen gehabt haben, über eine so geschmackvolle nicht. Man wird dies hier auf Treu und Glauben annehmen müssen. Wer aber kritisch verfahren will, schlage gefälligst die großen Muster- und Modezeitungen des betreffenden Quartals nach, in denen sich die spaltenlangen Artikel der entzückten Specialberichterstatter vorfinden, die das Glück hatten, die Herrlichkeiten nach und nach im Atelier Marotti genau in Augenschein nehmen zu dürfen. Besonders aufmerksam zu machen ist auf die Schilderung eines Schleppkleides „von entzückender Erfindung“, bestimmt von der hohen Frau am Tage nach der Hochzeit beim Empfang der Gäste getragen zu werden — das Ganze eine eben aufgebrochene Rosenknospe.

Uebrigens war auch allen sachverständigen Damen — und welche gehörte nicht dazu? — die Gelegenheit geboten, ihre Wißbegierde zu befriedigen. Die Ausstattung der Prinzessin wurde öffentlich ausgestellt.

Soviel Ausrufe des Entzückens waren schwerlich schon jemals an einem Orte gehört worden. Glückliche Prinzessin! Das alles sollte dir gehören. Glückseliger Marotti! sie war mit dir zufrieden.

Alle Welt bekannte, etwas Aehnliches sei noch nicht dagewesen. Die Prinzessin selbst beehrte die Ausstellung mit ihrem Besuch. Am Arm ihres hohen Bräutigams durchschwebte sie die Säle, huldvoll an jeden Tisch und Schrank herantretend, fragend, lobend. Marotti hatte die Ehre, führen und Auskunft geben zu dürfen. Er durfte einzelne von den Lieferanten und von den Arbeiterinnen vorstellen. Es geschah mit der Grandezza eines geschulten Hofmannes, zugleich mit dem berechtigten Selbstbewußtsein des genialen Künstlers, der sich ohne einen Concurrenten wußte.

Man gab ihm zu verstehen, daß er sich eine Gnade ausbitten dürfe. Er hatte sich auf diese Eventualität schon durch reifliches Nachdenken vorbereitet. Von einer Geldabfindung durfte natürlich nicht die Rede sein; auch wenn er nicht ein reicher Mann gewesen wäre, hätte er sie in diesem Fall nicht angenommen. Ein Ehren-zeichen, womit Hoflieferanten geschmückt zu werden pflegen, schien ihm nicht ausreichend. Er bat um den Adel.

Stolz will ich den Spanier! Aber den Adel —? Die Bitte erschien doch sehr kühn. Man erwog die Frage, ob eine Nobilitirung zulässig sei, in allen Instanzen; ein dickes Aktenstück wurde mit Berichten

und Gegenberichten angefüllt. Sollte der Mann sich
für seine allerdings sehr anerkennenswerthen Verdienste
nicht mit einem Orden, ·wenn auch nicht der untersten
Classe, mit einem Titel begnügen lassen? Marotti verzichtete lieber auf jeden Beweis höchster Zufriedenheit.
Er gab zu verstehen, daß er längst in Kreisen verkehre,
die seine noble Gesinnung zu schätzen wüßten, daß er
es ihnen schuldig sei, für eine so außerordentliche Leistung
nichts Geringeres als den Adel anzunehmen. Er er-
wirkte eine Audienz bei der Prinzessin Braut. Sie legte
eine Fürbitte bei ihrem Bräutigam ein. Nun setzten
sich die Federn von neuem in Bewegung. Man kam
endlich auf den glücklichen Ausweg, daß hier ein Orden
gespendet, die Nobilitirung aber von dem fürstlichen
Hause des Bräutigams ausgehen sollte.

Herr von Marotti hing den Orden in das Knopfloch
seines Fracks, verbeugte sich erst vor dem Spiegel, dann
vor seiner Tochter und sagte feierlich: „Dem Verdienst
seine Krone. Fräulein Silvia von Marotti, lassen Sie
dieselbe sofort in alle Ihre Taschentücher sticken."

Bis zum Grafen hatte er's freilich nicht gebracht,
aber ein „Cavaliere Marotti" war aus ihm geworden.
So ließ er sich fortan nennen. Die Concordia besuchte
er seltener und immer seltener. Die „Gesellschaft" aber ·
empfing er nicht mehr allein in seinem Atelier; er
öffnete im nächsten Winter auch seinen Salon, und er
blieb zu seiner stolzen Genugthuung keineswegs leer.

Herr Baron von Pleutenburg hatte nie aufgehört,

mit dem ihm eigenen Geschick die Rolle des Haus-
freundes zu spielen. Jetzt wurde er im Haushalte des
Cavaliere Marotti eine sehr wichtige Persönlichkeit; er
schwang sich zum Oberceremonienmeister und Vertrauten
in Standesangelegenheiten, zum Factotum auf. Er war
der sichere Stamm, auf den sich zaghafte Pflänzchen,
wenn sie sich diesem Boden anvertrauten, stützen konnten.
Er übernahm die Einführung und Vorstellung, das
Arrangement von Diners und Soupers zu acht, höchstens zwölf Couverts. Er verfügte über die Kasse
seines Freundes und hielt Rechnungslegung unter dessen
Würde.

Silvia blieb er mit rührender Treue zugethan.
Sie behandelte ihn nach Auflösung ihres bräutlichen
Verhältnisses nicht achtungsvoller als zuvor, ließ im
Gegentheil die üble Laune, an der sie nun recht oft
litt, mit Vorliebe an ihm aus. Er war freilich auch
der Mann, eine angenehme Beschäftigung darin zu
finden, dergleichen Nadelstiche abzuwehren. Er schien
es als ein Zeichen besonderer Begünstigung zu betrachten,
fortwährend der Gegenstand ihrer witzigen Angriffe zu
sein, die ihn zu einer Abwehr in sehr freiem Ton
förmlich ermächtigten. Immer in einer gewissen Entfernung gehalten, ließ sich doch ein kordialeres Verhältniß kaum denken. Eifersucht quälte ihn nicht.
Silvia wandte manchem anderen Verehrer vorübergehend
viel größere Gunst zu. Der Baron lachte. „Da ist
keine Gefahr für mich, reizende Silvia. Ich kenne die

Leute, die Ihnen langweilig werden. Spielzeug — Spielzeug!" Er behielt recht.

„Was bedeuten Sie mir selbst anders, als ein Spielzeug?" fragte sie, um ihn zu ärgern.

„Aber ein dauerhaftes," antwortete er.

„Um so langweiliger!"

„Und nicht fürs Herz, schöne Silvia! Der Unter-schied schlägt durch."

„Was nennen Sie ein Spielzeug fürs Herz, Baron?"

„Einen Liebhaber, mit dem man Komödie spielt."

„Zählen Sie sich nicht zu meinen Liebhabern? Ich denke doch."

„Aber nicht zu denen, mit denen Sie Komödie spielen."

„Sie sind wirklich nicht brauchbar dazu, Baron."

„Weshalb nicht? Weil ich allzu reelle Absichten habe. Es läßt sich gar nicht mit mir spielen. Die Frage ist nur, ob man Ernst machen will."

„Und wenn man Ernst machte — was würde man gewinnen?"

„Die Bescheidenheit verbietet, darüber positive Auskunft zu geben. Aber ich kann antworten: was würde man verlieren? Nichts verlieren ist in solchem Fall, meine ich, allemal der größte Gewinn."

Silvia sah ihn überrascht an. Sie hatte eine Ent-gegnung auf den Lippen, schien es aber für gerathen zu halten, damit nicht vorzutreten. Der Baron blieb wieder Sieger.

Sie dachte über seine letzten Worte nach. Es war
sonst gar nicht ihre Art über etwas nachzudenken: was
sie nicht auf der Stelle erledigte, fiel ab zu den ver-
gessenen Dingen. Was er sagte, klang paradox, aber
es lag eine Wahrheit darin, die Beachtung forderte,
eine sehr praktische Wahrheit. Nichts verlieren! das
schien wirklich ein großer Gewinn in dem Lottospiel des
Herzens. Wollte sie denn auch ernstlich etwas einsetzen?
Es gab Momente, in denen sie sich einzureden suchte,
daß sie Roland geliebt habe. Recht zuversichtlich glaubte
sie aber selbst nicht daran. Sie wollte nur von ihrem
Gewissen Vollmacht haben, an Liebe ferner nicht glauben
zu dürfen. Worauf sollte sie warten? Unverheirathet
zu bleiben war nicht ihre Absicht. Wenn sie sich aber
band, warum nicht so lose als möglich? Nichts verlieren,
das hieß die Freiheit bewahren, keine Rücksicht nehmen
zu dürfen, als auf sich selbst. Vielleicht eine beneidenswerthe Situation in einem Verhältniß, das sonst Aufgabe
des eigenen Willens forderte. Der Baron blieb doch
der einzige von ihren Freunden, der sich auf die Dauer
bewährt hatte. Es ließ sich mit ihm leben. Was
verlangte sie von ihrem Manne eigentlich mehr?

Und so trat denn eines Tages ohne weitere Vor-
bereitung das zweite „glückliche Ereigniß" ein: der
Cavaliere Marotti verlobte seine Tochter Silvia mit
dem Baron von Pleutenburg. Er war sehr befriedigt
darüber, daß Silvia sich zu einer „standesgemäßen"
Wahl entschloß. Daß der Baron in sehr derangirten

Vermögensverhältniffen lebte, mußte er. Aber das war
eine Mitgabe, die man sich gefallen laffen mußte. Die
Hochzeit folgte der Verlobung auf dem Fuße.

Silvia war Baronin von Pleutenburg.

Papa Marotti bezahlte die Schulden feines
Schwiegerfohnes.

Der Baron war eine Stufe hinabgetreten und
hatte nun wieder freies Feld. Uebrigens machte er
nicht nur feinem Schwiegerpapa, fondern auch feiner
fchönen jungen Frau auf's artigfte den Hof.

Hätte er nur eine angemeffene Lebensftellung ge=
habt! Marottis Connexionen reichten hoch hinauf, aber
für das, was er anftrebte, wollten sie sich doch nicht
verwendbar machen laffen. Es galt, Vorurtheilen ent=
gegenzutreten, die an feine Perfon anknüpften. So zart
man sich ausdrückte, er mußte doch den Wink verftehen,
daß man befürchte, das Gefchäft des Schwiegervaters
könne Anftoß geben, wenn man den Baron, wie er
wünfche, in den diplomatifchen Dienft aufnehme. Er
verficherte vergeblich, kein „Gefchäft" zu haben. Er
treibe die Kunft, auf die Raffael sich hätte befchränken
müffen, wenn er zum Unglück ohne Hände geboren
wäre — eine Erinnerung von den Vorlefungen Angelikas
her; er male mit den Augen weibliche Idealgeftalten
und fuche feine Phantafien der Wirklichkeit anzupaffen.
Der Minifter gab bereitwillig zu, daß sich feine Leiftungen
in der Toilettenkunft von dem Handwerk weit fern hielten
und in ihrer Art ganz einzig feien, glaubte aber doch

seine Bedenken nicht zurückziehen zu können. Man sei
in gewissen Regionen zu empfindlich gegen die Annäherung
von Personen, die durch ihre Beschäftigung vom Publikum abhängig wären und ihren Wohlstand auf Ein-
nahmen aus der Kasse desselben stützten.

Marotti schwankte lange. Er liebte das Metier,
das ihn groß gemacht hatte! er hielt es für undankbar,
sich desselben nun zu schämen; er fürchtete, seinen
besten Halt im Leben zu verlieren. Aber es kränkte
ihn auch wieder, daß er seinem Ehrgeiz selbst eine
Schranke ziehen sollte. Er hatte es dazu, sich auf ein
unabhängiges Vermögen zu stützen. Und Silvia war
sein einziges Kind. Für wen hatte er gearbeitet? In
wem lebte er fort? Was nützte ihr eine größere An-
sammlung von Reichthümern, wenn sie ihrem Mann
die Carrire verschloß? Die Baronin selbst drängte ihn
zu einem Entschluß in dieser Richtung. Sie fühlte sich
nicht voll angesehen, ärgerte sich, wenn sie von dem
Atelier ihres Papas sprechen hören mußte, in dem man
sich eben bespiegelt habe. Sie vereinfachte ihre Toilette
bis zur Unschönheit, nur um vor der spöttischen
Schmeichelei sicher zu sein, daß man eine Rivalität mit
ihr nicht wagen dürfe. Aber das langweilte sie dann
wieder. Sie wollte glänzen, sich bewundern, sich be-
neiden lassen. Sie sehnte sich nach dem Aufenthalt in
einer anderen Stadt, wo sie nach Herzenswunsch Aufsehen machen könnte mit ihrer hübschen Person, mit
ihren reichen Mitteln. Ihr Mann mußte eine Art

von Beschäftigung haben, um ihr nicht lästig zu fallen; er mußte in der Lage sein, ihr jede Thür zu öffnen, in die sie einzutreten wünschte. „Papa, setze dich zur Ruhe,“ bat sie, „du hast genug für die Welt geleistet; erfreue dich deiner Erfolge. Und bleibe ich dir nicht — ich? Du sollst in meinem Hause ein Privat-Atelier haben, nur für mich, und ich erlaube dir, deine Phantasie fortwährend zu beflügeln, um mich zu einem unerreichbaren Muster der Mode zu verkörpern. Welche Wonne für dein Vaterherz!“

Es bedurfte nur noch eines zärtlichen Anstoßes, die Wage zum Sinken zu bringen. Das geforderte Opfer war nicht zu schwer.

Zum schmerzlichen Bedauern der ganzen vornehmen Damenwelt wurde das Atelier Marotti geschlossen.

Bald darauf arbeitete Baron von Pleutenburg im Ministerium des Auswärtigen.

Einige Monate später wurde er als Secretär vorläufig zur Gesandtschaft nach Madrid geschickt.

Dreizehntes Kapitel.

Peint de mémoire.

Im Parifer Salon des Jahres, auf das wir nun überspringen müssen, befand sich unter mehr als tausend Bildern auch ein Bild, das, anfangs weniger beachtet, nicht verfehlte, mit der Zeit bei Kennern und Laien großes Auffehen zu erregen.

Der Maler hatte sich nicht genannt, nicht einmal auf der Leinwand mit einer Chiffre bezeichnet. Im Catalog stand neben der Nummer unter einer Reihe von Punkten nichts als: „Aus der Erinnerung."

Das war nicht ausreichend, um über den Gegenstand des Bildes zu orientiren; aber es gab denen doch einen Fingerzeig, die sich ungern mit dem begnügten, was ihr Auge sieht, und allemal ungehalten sind, durch den Catalog nicht klüger gemacht zu werden, als sie

vordem waren. „Weibliches Porträt — " das sieht man
ja! Nun aber: „Aus der Erinnerung." Daran konnte
eine Geschichte hängen. Und wenn nicht, irgend etwas
war dabei, das einen gemütlichen Bezug hatte. Warum
malte der Maler aus der Erinnerung? Wie war es
ihm möglich, so treu aus der Erinnerung zu malen?
Warum nannte er sich nicht? Setzte er der verstorbenen
Geliebten ein Denkmal? Oder wollte er einer vornehmen Dame, der er sich nicht nähern durfte, den
Beweis geben, daß sie in seinem Herzen immer gegenwärtig sei? Diese Fragen bestürmten den Beschauer, der
sich nicht nur an den schönen Linien des nachdenklich
gesenkten Kopfes und an den schlanken, graziösen
Formen der bis zu den Knien hinab sichtbaren Gestalt
erfreuen mochte.

Die Inhaltsangabe sei eine Täuschung, behaupteten
die Kenner. Es sei ganz undenkbar, daß dieses Porträt
mit seinen erstaunlich feinen Details nicht vor dem
lebenden Vorbilde geschaffen sei. Das Gedächtniß
vermöge Form und Farbe nicht in dieser prägnanten
Weise festzuhalten. Es handle sich offenbar um eine
Studie, bei der vielleicht der Maler lebhaft an eine
ähnliche Erscheinung erinnert sein könne, mit der sich
seine Phantasie gern beschäftigte. Er könne dann bemüht gewesen sein, aus der Erinnerung charakteristische
Züge einzufügen, aber irgend eine gegenwärtige Wirklichkeit habe der schattenhaften Vorstellung erst das
pulsirende Leben gegeben, das so bewundernswerth aus-

16

gedrückt sei. Man glaube ja auf dieser sinnenden
Stirn nicht nur das feine Adernetz, sondern auch den
Nerv unter der Haut verfolgen zu können. Und das
Auge — der Mund — die leicht aufliegende Hand
mit den ganz individuell gebildeten, nervöse zuckenden
Fingern! So etwas schafft man nur aus der unmittel-
baren Anschauung heraus.

Es wurden meist laute Gespräche vor dem Bilde
geführt. Man stritt um diese Fragen herum oft bis
zu heftigster Erörterung des Für und Wider. Einig
war man aber in dem Punkte, daß man es mit einer
meisterlichen Leistung zu thun habe. Irgend ein sehr
bedeutender Künstler müsse Grund gehabt haben, sich
diesmal im Versteck zu halten, — wahrscheinlich des
Gegenstandes wegen. Damit war dann ein neues
Räthsel aufgegeben.

Unter den Beschauern war einer, den man täglich
ungefähr zu derselben Stunde gegen Mittag vor diesem Bilde antreffen konnte. Es ist nicht unmöglich, daß
bei einem Theil der regelmäßiger wiederkehrenden
Gäste die Aufmerksamkeit darauf erst dadurch gelenkt
wurde, daß sie stets dieselbe etwas auffallende Figur
davor bemerkten.

Dieser Beharrliche war ein ältlicher Herr in aller-
modernster Kleidung und beachtenswerth würdevoller
Haltung. Er trug stets den Hut, einen hellgrauen
Kastor mit weißem Seidenbande, in der Hand, zierlich
auf den gegen die Brust gekrümmten linken Arm auf-

gesetzt, so doch, daß die Stelle des Ueberrocks unter
dem zurückgeschlagenen Paletot frei blieb, auf welcher
sich an einer feinen goldenen Kette einige Miniatur-
orden schaukelten. Sah man ihn von hinten, so fiel
zunächst die kahle, das Licht sammelnde Platte in die
Augen, unter der das spärliche graue Haar in einer
feinen schnurgeraden Linie nach dem Nacken hin ausge-
scheitelt war. Unter den kleinen, oben ein wenig aus-
gespitzten Ohren setzte dagegen ein dichter Bart an,
der die Backen deckte, aber das bläulich schimmernde
Kinn frei ließ.

Er hatte an einem breiten schwarzen Bande ein
Lorgnon mit Goldeinfassung hängen, hielt es aber
meist zierlich in der Hand zwischen dem Daumen und
Mittelfinger. Er bewegte sich immer in der Linie auf
das Bild hin, bald vor, bald zurück, duckte sich, stellte
sich auf die Zehen, beugte den Kopf ein wenig nach rechts
und ein wenig nach links. Nur wenn in seiner Nähe
gesprochen wurde, blieb er stehen und horchte gespannt.
Das Ohr schien sich noch mehr zu spitzen. Er mischte
sich nicht in das Gespräch ein, aber auf seinem Gesicht
drückte sich volle Antheilnahme aus. Er lächelte diplomatisch, spitzte die Lippen, zwinkerte mit den Augen,
richtete sie wohl auch flehend zum Himmel, wenn
irgend etwas recht Absurdes gesagt wurde. Manchmal nickte er zustimmend, manchmal schüttelte er den
Kopf, manchmal tupfte er mit der Lorgnette ungeduldig
den Backenbart. Er machte den Eindruck eines Men-

fchen, der genau unterrichtet ift oder alles beffer zu
wiffen meint, aber gefliffentlich Schweigen beobachtet.

Vielleicht mochte er fich aber auch nur den Fran-
zofen nicht entdecken, deren Sprache er gut verftand,
aber nicht ebenfogut fprach. Eines Tages, als er
früher als gewöhnlich gekommen war — der Salon
fing erft an fich zu füllen — und das Bild wieder
mit einer Aufmerkfamkeit mufterte, als ob er es zum
erftenmal aufgefunden hätte, trat in feine Nähe eine
feingekleidete, nicht mehr jugendliche und kränklich
ausfehende Dame, der ein Diener in Livré einen
Shawl nachtrug. Ihr Blick ftreifte erft flüchtig über
die Wand hin, ob fich zufällig etwas fände, das fie
mehr in Anfpruch nehmen könnte. Der Herr mit dem
Hut in der Hand, der fo eifrig eine beftimmte Stelle
lorgnettirte, mochte fie veranlaffen, fich derfelben bis
auf wenige Schritte zu nähern. Sie erfchrack offenbar
heftig. Der fchwere Katalog fiel ihr aus der Hand.
Der Herr fprang zu, hob ihn auf und überreichte ihn
mit einer graciöfen Verbeugung. Sie dankte durch ein
leichtes Kopfnicken, fah aber fogleich wieder nach dem
Bilde auf, wiegte den Kopf, blätterte im Katalog, den
die Hand nicht ruhig zu halten vermochte, fand, was
jeder in gleichem Falle fand, und fagte laut: „Wunderbar — fehr wunderbar," in deutfcher Sprache.

Der Herr wandte fich ihr wieder zu, augenfchein-
lich durch ihr Benehmen für fie intereffirt. „In der
That fehr wunderbar," beftätigte er. „Aber darf ich

fragen, meine Gnädigste, was Sie eigentlich so wunderbar —"

Die Dame schien die Berechtigung einer solchen Anrede gar nicht zu prüfen. „O, mein Herr," fiel sie ein, „diese frappante Aehnlichkeit . . ."

„Sie kennen das Original?"

Diese Frage mußte zu dreist sein, oder sonst ein Bedenken veranlassen. Die Dame antwortete zögernd: „Ich . . .? Allerdings . . . ich glaube nicht zu irren. Das Original . . ."

„Sehr möglich, sehr möglich," versicherte der Herr und wiederholte nochmals mit einiger Wichtigkeit: „sehr möglich. Sie sind in Deutschland zu Hause, in irgend einer großen Stadt vermuthlich — einer Theaterstadt. Warum sollten Sie nicht das Glück gehabt haben — das Glück . . ." Er wischte eine Thräne aus dem Auge. „Ah! eine Schauspielerin —"

„Eine Schauspielerin?"

„Nicht wahr — nun erinnern Sie sich. Eine große Schauspielerin mit leider zu kleiner Stimme. O! wer erinnerte sich ihrer nicht? Wenn ich malen könnte, auch ich würde sie so aus der Erinnerung . . ." Er tupfte wieder eine Thräne fort.

„Ihr Name, mein Herr?"

Der Hut schnellte herunter, die Gestalt richtete sich auf, der Kopf beugte sich kurz im Nacken. „Cavaliere Marotti, meine Gnädigste —

Die Dame verneigte sich lächelnd ein wenig.

„Ich danke Ihnen, mein Herr, aber ich meinte den Namen der — Schauspielerin."

„Ah, — pardon! Ich glaubte . . . aber thut nichts zur Sache. Den Namen der Schauspielerin? Kann er Ihnen entfallen sein? Angela Römer."

„Angela Römer . . . ja wohl. Sie scheinen viel Antheil zu nehmen, mein Herr."

Er seufzte schwer: „Den größten, den größten. Wenn Sie wüßten . . ."

„Ich frage nicht indiscret. Halten wir uns an das Bild. Es ist wirklich bewundernswürdig gemalt. Warum sich der Maler nur nicht genannt hat? Sollten Sie zufällig — da Sie im übrigen so gut unterrichtet sind . . ."

Er drehte das Kinn in der Binde und schluckte heftig. „Zufällig — zufällig? Nein, meine Gnädigste, leider nicht zufällig. O, ein genialer Mensch ohne Frage! aber . . . Ich will von dem Kopf nichts sagen. Diese dunkeln Locken mit einem Hauch ins Bräunliche, diese sprechenden Augen, diese feuchten Lippen, dieser vergeistigte Teint — das ist genau der Natur abgelauscht und hat doch einen großen Zug ins Ideale. Herrlich! ich weiß es zu schätzen. Aber nun beachten Sie die Robe, meine Gnädigste — da fehlt nichts. Farbe, Faltenwurf, Besatz . . . da die Bordüre am Ueberwurf — fassen Sie erst das breitere Stück unten über dem Knie fest ins Auge — eine preciöse Farbe, ein höchst subtiles Stichmuster, und genau getroffen,

man sieht jeden Goldfaden! Dann die Form der Aermelaufschläge von dem gleichen Stoff, die Schaube um
den Hals . . . das macht kein anderer, als er; das ist
einzig, das ist vollendet. Sollte man nicht glauben,
er müsse wochenlang das Modell vor sich gehabt,
Stich nach Stich mit der Lupe abgesucht haben? Und
aus der Erinnerung . . .!"

„Unglaublich, mein Herr, unglaublich!"

„Und doch wahr. Ich versichere Sie, daß es wahr
ist — ich, der Cavaliere Marotti. Das Gesicht mag
er tausendmal gesehen haben, die Augen, den Mund . . .
ah! er liebte sie und — und war geliebt. Ihre Gestalt konnte sich seinem Auge eingeprägt haben — un-
auslöschlich, unverlierbar. Aber dieses Costüm, meine
Gnädigste, dieses Costüm hat er ein einziges Mal gesehen
— vor länger als drei Jahren, meine Gnädigste, und
ein einziges Mal. Ich weiß es — ich kann es mit
einem heiligen Eide bekräftigen. Und doch — doch!
Das ist wunderbar, das nenne ich wunderbar."

„Wo lebt der Maler jetzt?"

Marotti ließ die Schultern sinken. „Ich weiß es
nicht, meine Gnädigste. Ich kenne ihn unter dem Namen
Roland; aber seit länger als drei Jahren habe ich ihn
nicht mehr gesehen — an jenem Unglückstage zuletzt,
als Angela ihm in diesem Costüm saß."

„Sie sagten vorhin —"

„Nur wenige Stunden, meine Gnädigste, nur wenige
Stunden, und das Bild ist über den Aufriß mit Kohle

nie hinausgekommen. Ich selbst besitze es als ein
theures Andenken — ganz verwischt. Eine zornige
Hand hat . . . lassen wir das vergessen sein. Aber für
dieses Bild da möchte ich viele tausend Thaler geben,
wenn es verkäuflich wäre. Es ist nicht verkäuflich.
Man nennt im Büreau nicht einmal den Namen des
Malers, man sagt nicht, wo er wohnt — es soll Geheimniß bleiben. Daß er in Paris lebt, nehme ich als
gewiß an; man malt solche Bilder nur in Paris. Aber
Paris ist groß, und ein Maler Roland ist nicht gemeldet. Wo ihn suchen?"

Die Dame verneigte sich. „Ich danke Ihnen für
diese interessanten Mittheilungen, mein Herr," sagte sie
freundlich. „Es muß uns genug sein, daß der Maler
sich nicht finden lassen will. Sonst . . . Ich hätte nicht
übel Lust, mit Ihnen um die Wette auf das merkwürdige Bild zu bieten. Ihnen oder mir würde es
theuer zu stehen kommen." Sie grüßte lächelnd und
winkte dem Diener, ihr zu folgen.

Marotti mußte darauf verzichten, ihren Namen zu
erfahren. In einiger Entfernung ging er ihr zwar
nach, vielleicht eine passende Gelegenheit zu erhaschen.
Aber sie verließ schon nach wenigen Minuten den
Salon.

Eine Equipage erwartete sie auf dem Platz vor dem
Palais de l'Industrie. Im schnellsten Tempo ging's über
den Place de la Concorde und über die Boulevards
bis zu dem riesigen Eckhause am Platz der großen

Oper, dem Grand Hotel. Die Dame wurde sehr aufmerksam empfangen und auf der schönen Treppe nach
dem ersten Stock hinaufgeleitet, wo sie mehrere Zimmer
mit der Aussicht nach dem Boulevard des Capucines
bewohnte. Sie gab Befehl, ihr das Diner für zwei
Personen aufs Zimmer zu besorgen, da sie sich zu angegriffen fühle, an der Table d'hôte zu erscheinen.

In dem kleinen Vorzimmer kam ihr eine junge
Dame entgegen, reichte ihr den Arm und führte sie nach
dem Salon, in dem am Fenster ein Schreibtisch stand,
der eben benutzt zu sein schien, da eine Briefmappe
noch offen auf der Platte lag. Die junge Dame mit
den langen schwarzbraunen Locken und dem bleichen
Gesicht ist Angelika.

„Hat Sie die Fahrt angestrengt, gnädigste Gräfin."
erkundigte sie sich mit aufrichtiger Theilnahme. „Sie
gedachten eigentlich länger auszubleiben. Aber es ist
gut, daß Sie sich schonen. Ich ließ Sie schon ungern
allein fort."

Die so Angeredete streichelte ihr die Wange. „Mein
lieber Secretär, wäre wohl gern länger ungestört geblieben?" sagte sie. „Die Briefe, die in meinem Auf-
trage zu schreiben waren, können unmöglich fertig sein.
Ich will mich aber ins Schlafzimmer zurückziehen und
dort ganz still halten; es wäre mir lieb, wenn sie heute
noch zur Post gegeben werden könnten."

„Die Briefe sind fertig," antwortete das Fräulein.
„Ich lege sie Ihnen sogleich vor und couvertire sie dann."

„Die Feder fliegt Ihnen, ich weiß es ja. Couvertiren Sie nur. Ich bin überzeugt, daß der Inhalt ganz meinen Weisungen entspricht."

Angelika nahm ihr Hut und Shawl ab. „Ihre Unterschrift, gnädigste Gräfin, fehlt noch, und ich möchte Sie auch bitten, das Schreiben an ihren Hausmeister genauer durchzusehen — es könnte etwas vergessen sein."

„Wenn Sie gütigst vorlesen wollen ... Meine Augen sind etwas angegriffen."

„Sie waren also doch wohl im Salon?"

„Eine Weile, liebes Kind, nur eine kleine Weile. Ich habe dort ... Aber lesen Sie."

Angelika nahm vom Schreibtisch einige Briefbogen auf, ordnete sie, und las stehend. Die Gräfin beobachtete sie von ihrem Lehnsessel aus mit einer Aufmerksamkeit, die schwerlich dem Inhalt des Geschäftsbriefes galt. Als die Lectüre beendet war, bemerkte Angelika, daß der Blick der Dame noch immer auf ihr haftete. „Wunderbar," sagte dieselbe, ganz verloren in ihre Gedanken, „wirklich wunderbar."

Angelika begriff nicht, was sie meinte. „Sollte ich etwas versehen haben?" fragte sie. „Der Brief — "

„Nein, nein! Der Brief ist gut und vollständig, ich habe nichts daran auszusetzen. Wenn Sie mir die Feder reichen wollten ..."

„Aber Sie machten eine Bemerkung ..."

Die Dame lächelte, indem sie unterschrieb: Agnes

Gräfin Hollinger. „Sie gehörte nicht dahin," sagte sie. „Sie sollen sogleich erfahren, welche Entdeckung ich . . . Aber couvertiren Sie erst. Wir haben dann unseren Geschäftstag hinter uns und können nach Gefallen plaudern."

Das war rasch besorgt. Auf das Zeichen mit der Glocke erschien der Diener und nahm die Briefe in Empfang. Angelika sprach mit ihm deutsch. Er war, wie sie selbst, von Hause mitgenommen. Nur die Equipage hatte zum Hotel gehört.

Die Gräfin promenirte indessen durch das Zimmer, blieb an einem der großen Fenster stehen und blickte auf das Gewoge der Fuhrwerke und Fußgänger auf dem Boulevard hinab. Wenigstens richteten sich ihre Augen dahin. Nach einigen Minuten wandte sie sich zurück und sagte in ruhigem Ton, aber mit nicht ganz fester Stimme: „Ist Ihnen eine Schauspielerin Angela Römer bekannt, liebes Fräulein?"

Angelika warf erschrocken den Kopf auf. Sie wurde sehr blaß. „Gnädigste Gräfin . . ." stotterte sie.

Die Gräfin ließ ihr keine Zeit, sich in diese Frage zu finden. „Ich habe soeben deren wohlgetroffenes Porträt im Salon gesehen."

Angelika starrte sie ganz verwundert an. „Im Salon . . . ein Porträt von Angela Römer . . .?"

„Wie ich sage. Man hat mich versichert —"

Das Mädchen sank vor ihr nieder und ergriff ihre Hand. „Dann haben Sie m e i n Porträt gesehen, gnädigste

Gräfin. Ich bin jene Angela Römer. Wie könnte ich's jetzt in Abrede stellen. Aber im Salon, sagen Sie? Ich begreife nicht . . ."

Die Gräfin hob sie auf und küßte sie zärtlich. „Beruhigen Sie sich nur erst, liebes Kind. Sie mußten es doch erfahren. Denn daß dieses Bild nicht mit Ihrem Wissen ausgestellt sein würde, konnte ich als sicher voraussetzen."

„Ich schwöre Ihnen —"

„Gut, gut." Sie zog die an allen Gliedern Zitternde zu sich aufs Sofa. „Wir kennen einander seit Jahr und Tag. Ich weiß, daß Sie seitdem keine Heimlichkeiten vor mir gehabt haben."

„O, seitdem!" rief Angelika. „Ich versichere Sie, daß auch vorher nichts geschehen ist, was ich vor Ihnen, meiner gütigen Herrin, zu verheimlichen genöthigt wäre. Daß ich Ihnen nicht über diesen Theil meiner Vergangenheit —"

„Sie werden einen Grund gehabt haben, dessen Sie sich nicht zu schämen brauchen."

„In der That! Ich hatte mit meiner schauspielerischen Laufbahn nach den traurigsten Erfahrungen gänzlich abgeschlossen, wollte gar nicht mehr daran erinnert sein, ein ganz neues Leben anfangen. Der Name war angenommen; ich hatte ihn bereits wieder abgelegt, als ich mich Ihnen vorzustellen kam. Ich war Ihnen ganz unbekannt, Sie fragten mich nicht ängstlich aus. Ich glaubte nicht verpflichtet zu sein, Ihnen

aus freien Stücken eine Auskunft zu geben, die Sie
vielleicht beunruhigt — vielleicht zu einer Abweisung
veranlaßt hätte. Ich war mir bewußt, Ihnen redlich
dienen zu können — so schwieg ich. Aber nun ein
Zufall — ein mir ganz räthselhafter Zufall ... Gnädige Gräfin, fragen Sie! Mein ganzes Leben soll Ihnen
daliegen, wie ein offenes Buch. Nichts, nichts soll Ihnen
ein Geheimniß bleiben."

Die Gräfin schloß sie an ihre Brust und küßte sie
wiederholt. „Ich bin Ihre aufrichtigste Freundin,"
sagte sie mit Herzlichkeit, „das ist Ihr Verdienst, das
soll Ihnen bleiben, mein theures Kind. Ich will Sie
nicht ausforschen. Theilen Sie mir mit — nicht heut
oder morgen, es eilt ja nicht — theilen Sie mir mit,
was Ihnen nützlich scheinen wird, wenn Sie erfahren
haben, was ich bereits weiß. Das Bild ist in der That
ganz überraschend ähnlich."

„Aber ich weiß von keinem Bilde, gnädige Frau!"

„Sie sollten wirklich dem Maler nicht gesessen
haben?"

„Wie wäre das möglich? Sie wissen ja —"

„Vor längerer Zeit vielleicht —"

Angelika drückte die Hand auf die Stirn. „Einem
Maler allerdings ... Aber das Bild ist kaum angefangen worden."

Die Gräfin nickte. „Dann ist der Maler wirklich
glaubwürdig, wenn er versichert, es „aus der Erinnerung" gemalt zu haben. Ein sehr wunderbares Talent!

Und wie liebevoll muß er sich Ihre Züge eingeprägt haben, wenn sie ihm noch nach Jahren so bis ins einzelne im Gedächtniß waren! Man malt ein solches Bild bei allem Geschick der Hand doch wohl nur — mit dem Herzen."

Angelika erröthete tief. „Wer ist der Maler?" fragte sie hastig.

Die Dame zuckte die Achseln. „Das können nur Sie wissen."

„Mein Gott — ich?"

„Er hat sich im Katolog nicht genannt. Herr Marotti freilich —"

Angelika sprang auf. „Um Himmelswillen, gnädige Gräfin," rief sie, „erklären Sie mir erst das Unerklärliche. Wie sind Sie mit diesem Mann . . . mein armer Kopf wirbelt mir."

Die Gräfin erzählte. Angelika wurde allmälig ruhiger. „Es ist so," sagte sie endlich träumerisch und beklommen seufzend, „nur Robert kann das Bild gemalt haben."

„Robert — ?"

„Derselbe, der sich Roland nannte. O — nun müssen Sie alles hören, gleich, gleich! Ich bitte Sie darum, gnädigste Gräfin. Ich will ganz aufrichtig sein."

Angelika eröffnete sich ohne Rückhalt der gütig theilnehmenden Freundin.

———— • • • ————

Vierzehntes Kapitel.

Der Polizei entgeht so leicht nichts; aber der Leser erfährt mehr
als sie, darunter einiges, das ihm lieb sein wird zu hören.

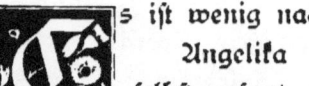s ist wenig nachzuholen.

Angelika hat bereits das Wichtigste
selbst gesagt. Sie hatte sich überzeugt, daß
ihr Weg mehr und mehr bergab führte.
In jeder neuen Stellung verschlechterte sich ihre Lage.
Je mehr sie ihre Stimme anstrengte, um so unzureichender
erwies sie sich. Es fehlte ihren echt künstlerischen Darstel-
lungen der durchschlagende Erfolg, mit dem Theater-
direktoren rechnen — sie „machte nicht Kasse." Ihre
Schönheit hätte vielleicht den Mangel ausgleichen können.
Aber ihre Sprödigkeit machte dieses Kapital unver-
werthbar. Die künstlerische Gewissenlosigkeit und das
leichtfertige Treiben so vieler Collegen und Colleginnen
widerte sie an. Sie nied den Umgang mit ihnen und

wurde deshalb in der kränkendsten Weise zurückgesetzt.
Sie spielte nur noch, um womöglich ihren Gläubigern
gerecht zu werden. Endlich nach dem Gastspiel einer
berühmten Virtuosin, die jeden dritten Vers falsch sprach,
aber mit ihrer Löwenstimme das Haus erzittern machte
und nach solchen Leistungen enthusiastisch hervorgejubelt
und mit Kränzen überschüttet wurde, nahm sie ihren
Abschied. Sie schlich aus dem Tempel der Kunst, den
sie nicht hatte entweihen wollen, verkaufte ihre
Garderobe an eine Maskenhandlung und reiste viele
Meilen weit fort nach einer Stadt, in der sie ganz unbekannt war. Sie wollte dort Arbeit suchen, der sie
gewachsen wäre. Vielleicht konnte sie von dem Nutzen
ziehen, was sie einmal von der alten Tante gelernt hatte.

Es war ihr schlecht gegangen; überall hatte sie
verschlossene Thüren gefunden. Zuletzt war ihr in der
Zeitung eine Anzeige begegnet, die ihr von Wichtigkeit
schien. Es wurde von einer vornehmen Dame ein ge-
bildetes, anspruchsloses Mädchen als Vorleserin gesucht.
Sie meldete sich. Man sagte ihr, daß sie bereits die
zwanzigste sei. Doch bat sie, geprüft zu werden. Die
Gräfin Hollinger fand Gefallen an der anmuthigen Erscheinung; Angelika las ihr vor und befriedigte sie so
sehr, daß das Engagement sofort abgeschlossen wurde.
Die sehr reiche Gräfin lebte meist sehr still und zurückgezogen auf ihren großen Gütern nicht weit von der
Stadt, im Sommer in Bädern oder auch auf Reisen.
Sie stand allein, hatte schwere Schicksale durchgemacht,

kränkelte viel. Angelika wurde ihr bald unentbehrlich. In einer schweren Krankheit war sie ihr eine zärtliche und unermüdliche Pflegerin; die Gräfin behauptete, daß sie ihrer treuen Sorge allein die Erhaltung des Lebens verdanke. So wurde sie ihr wie eine Tochter.

Die Reise nach Paris war lange geplant. Nun sich die Gesundheit der Gräfin etwas kräftigte, wurde sie im Frühjahr wirklich unternommen. Die Absicht war, einen Monat dort zu bleiben, dann in ein berühmtes Pyrenäenbad zu reisen und den Herbst am Genfer See zu verbringen. Nun hatte schon in den ersten Tagen des Pariser Aufenthalts jenes sehr unerwartete Ereigniß ihre Ruhe gestört.

Die Gräfin nahm den herzlichsten Antheil an dem Geschick ihrer jungen Gesellschafterin. Sie gehörte zu den wohlwollenden weiblichen Naturen, die ein leidenschaftliches Vergnügen daran empfinden, sich freundschaftlich zu bethätigen. Sie hätte, selbst wenig begünstigt vom Geschick, das ihr früh den geliebten Gatten und ein einziges Kind raubte, gern alle Welt glücklich gesehen und machte von ihrem Reichthum den ausgiebigsten Gebrauch, wenigstens den Menschen, mit denen sie in persönliche Berührung kam, eine behagliche Existenz zu schaffen. Wohlthun war ihr Lebensgenuß. Unter ihren vielen Dienstleuten in der Heimath war keiner, der ihr nicht zu besonderem Danke verpflichtet gewesen wäre. Sie bedauerte nur, durch ihren schwächlichen Körper verhindert zu sein, sich der Armen- und

Krankenpflege berufsmäßig zu widmen. Von dem, was sie that, dachte sie sehr bescheiden. Wenn man ihren Wohlthätigkeitssinn rühmte, lehnte sie ganz aufrichtig jedes Verdienst von sich ab. Wie könnten wir uns das als ein gutes Werk zurechnen, was aus dem Be- dürfniß unseres Herzens entspringe, sich wohl zu fühlen? Ihre Güte wurde oft gemißbraucht, aber das machte sie nicht irre. Der Würdige dürfe für den Unwürdigen nicht büßen.

Ein so von Grund aus mitleidiges Gemüth mußte besonders stark bewegt werden, wenn eine tiefere Nei= gung mitwirkte. Angelika war ihr ans Herz gewachsen. Ihr hatte immer ein Mensch gefehlt, der einen Ueber- schuß geistiger Gaben liebevoll mit ihr theilte, der ihr von seinem Reichthum an schönen Empfindungen freu- dig und uneigennützig abgab. Sie hatte ihn in diesem Mädchen gefunden, das ihr eine ungewöhnliche schön- geistige Bildung zubrachte und das in so hohem Grade das Talent besaß, sich in die ihr lieben Dichterwerke zu versenken und ihnen durch den treffenden Ausdruck lebendige Gestalt zu geben. Wer so alle edelsten Em- pfindungen, deren das Menschenherz fähig, nicht nur in sich stark zu erregen, sondern auch, wenn schon nur mit entliehenen Worten, beweglich auszusprechen ver- mochte, mußte selbst eine edle, wahrer Freundschaft zu- gängliche Natur sein. Sie täuschte sich diesmal nicht. Angelika bewährte sich von Tage zu Tage mehr und bewies ihr bald eine Ergebenheit, die sie innig rührte.

Nun wurde dieses Band noch fester geknüpft. Die
Gräfin versenkte sich tief in ihre Leidensgeschichte und
kam von dem Gedanken nicht los, daß sie berufen sein
müßte, helfend einzugreifen.

Dieser Maler Roland! Er hatte sich freilich schwer
gegen Angelika vergangen, vielleicht noch schwerer
gegen sich selbst. Aber ein Mann, der von diesem
Mädchen leidenschaftlich geliebt worden war, mußte ein
ungewöhnlicher Mensch gewesen sein. Und gestand
Angelika nicht selbst ein, daß ihr Idealismus sich verirrt habe, daß sie vom Leben noch nichts wußte, als
sie schon beschloß, in den Tod zu gehen, daß sie Unrecht
gehabt hatte, ihn nach sich zu beurtheilen, für ihre
krankhaft überspannten Anforderungen bei ihm Verständniß zu fordern? Ich war selbstsüchtig, verklagte
sie sich; weil ich nichts verlieren wollte von dem, was
ich besaß, und doch keine Möglichkeit sah, es mir zu
erhalten, meinte ich, seine Grenzen seien ebenso enge
gezogen und er verliere an der Welt nicht mehr als
ich. Aufrichten, ermuntern hätte ich ihn sollen, nicht
ihn niederbeugen. Wie konnte er mich verstehen, da
ich mich selbst so wenig verstand? Von meiner Sentimentalität war keine Spur in ihm; er suchte sie sich
künstlich anzueignen, weil er mich zu lieben glaubte,
und im letzten Augenblick stellte er gleichsam seinen
Preis fürs Sterben, weil ihm das Leben werth war.
Er hinderte mich, eine schwere Sünde zu begehen, und
dafür muß ich ihm dankbar sein. Ich habe seitdem

17*

viel Schmerzliches erfahren, bin tief unglücklich gewesen, aber mit keinem Gedanken mehr habe ich daran gedacht, mein Dasein auszulöschen. Freilich — geliebt habe ich seitdem nicht wieder.

Die Gräfin hätte hinzusetzen mögen: aber doch nicht aufgehört zu lieben! Es wurde ihr schwer, sich überreden zu lassen, daß es sich um eine Trennung der Herzen gehandelt habe. Bei dem weiblichen Theil war ihr das eigentlich etwas ganz Undenkbares. Und von dem Maler wußte sie doch wenigstens das eine mit aller Sicherheit, daß er nicht aufgehört haben konnte, an die Jugendgeliebte mit innigster Verehrung zu denken. Wie ideal mußte sich ihr Bild in ihm verklärt haben, wenn er es mit seiner Kunst so aus sich schaffen konnte? Dieses Bild war das Bekenntniß seiner fortdauernden Neigung, die jetzt werth war, Liebe zu heißen. Sollten diese beiden Menschen einander wirklich verloren sein können? Schien es nicht so recht der Beruf der Freundschaft zu sein, hier vermittelnd, versöhnend einzugreifen? Wie aber Mittel und Wege finden!

Angelika sprach es aus, daß es ihr ein sehr peinliches Gefühl sei, ihr Bild im Salon zu wissen. Sie war nicht zu bewegen, es in Augenschein zu nehmen. Sie ging nicht über die Straße, ohne sich zu verschleiern, zitterte, im Theater oder Concert erkannt zu werden. Besonders ängstigte sie sich Marotti zu begegnen; und wie leicht konnte das an irgend einem öffentlichen Orte geschehen, den Fremde zu besuchen pflegen. Sie schalt sich selbst deshalb kindisch; aber am liebsten hätte sie's gesehen, wenn die Gräfin ihre Koffer gepackt und mit ihr die Stadt verlassen hätte. „Könnte man nur das Bild entfernen!" rief sie aufgeregt, „es beunruhigt mich Tag und Nacht."

„Wie gern würde ich es kaufen," versicherte die Gräfin, „wenn es nur verkäuflich wäre."

Sie überlegte im stillen hin und her, wie sie zum Ziel kommen könne. Endlich meinte sie nicht länger zögern zu dürfen, sich eines einflußreichen Beistandes zu versichern. Sie dirigirte ihre Equipage nach der stillen Rue de Lille jenseits der Seine und ließ sie dort vor dem Hotel der deutschen Gesandtschaft halten.

In dem kleinen Hause rechts auf dem Vorhofe ließ sie durch den Diener ihre Karte abgeben und anfragen, ob Excellenz ihr ein paar Minuten schenken könne. Es kam nach einer Weile die Antwort zurück, der Herr Minister habe auswärts Geschäfte, einer der Secretäre aber werde sich's zur Ehre schätzen, die Aufträge der Frau Gräfin entgegenzunehmen. Das genügte ihr völlig. Sie wurde deshalb von dem freundlichen Portier, einem Deutschen, zur Vorhalle des Hotels geführt und dort einem Diener übergeben, der sie ersuchte, im Saal zu warten, und dann die weitere Meldung besorgte.

Gleich darauf trat ein langer und auffallend hagerer Herr im blauen Frack mit blanken Knöpfen von links ein, schlürfte einige Schritte über das Parkett hin, ließ

in der Nähe der Dame ein Monokle aus dem Augen-
winkel über die weiße Weste fallen, verneigte sich mit
einigen raschen Beugungen und sagte, indem er auf das
Sofa zurücknöthigte und selbst einen Sessel vom Tisch
abrollte: „Bitte Seine Excellenz zu entschuldigen, Frau
Gräfin. Augenblicklich zwar noch im Hotel, aber gleichsam auf dem Sprunge, um dringende Geschäfte zu er-
ledigen, bis der Wagen vorfährt. Zu jeder anderen
Zeit sehr willkommen. Sollte ich statt seiner die Ehre
haben können —“ er stellte sich gerade auf und drückte
das Kinn auf die Brust — „Baron Pleutenburg, Attaché
der Gesandtschaft ... bitte ganz über mich zu verfügen.“

Der Name war der Gräfin ganz fremd. Das ver-
lebte Gesicht mit den sich nur mühsam hebenden Augenlidern und den farblosen Lippen flößte ihr kein besonderes Vertrauen ein, aber ihr Anliegen war nicht derart,
durchaus den Herrn Minister persönlich zu beschweren.
Sie dankte ihm daher verbindlich für seine Bereitwillig-
keit und fuhr fort: „Ich weiß nicht einmal, Herr Baron,
ob ich mich an die richtige Stelle wende. Jedenfalls
würde ich es als ein Zeichen sehr freundlicher Rücksicht-
nahme ansehen müssen, wenn die Gesandtschaft sich für
mich bemühen wollte. Es kommt mir darauf an zu
ermitteln, ob ein deutscher Maler sich zur Zeit in Paris
befindet und wo er anzutreffen ist, der die Absicht zu
haben scheint, sich verborgen zu halten.“

Der Baron lächelte und zog zugleich die Stirn-
haut auf. An der weißlichen Stelle, die einmal von

den Augenbrauen bedeckt gewesen war, zeigten sich
nur wenige vereinzelte Härchen. „Allerdings, gnädigste
Gräfin . . ."

Die Dame schlug den Katalog auf, den sie mitgebracht hatte, und reichte ihn hinüber. „Um den Maler
dieses Bildes handelt es sich," sagte sie, auf die be-
treffende Zeile deutend.

Der Baron klemmte wieder das Glas ein. „Ah!
der —! Habe selbst den Salon noch nicht besuchen
können, bin aber durch meinen Schwiegerpapa einiger-
maßen orientirt. Porträt einer Schauspielerin Angela
Römer —"

„Sie wissen . . .?"

„Habe sie in ihrer Glanzzeit gekannt . . . leider von
kurzer Dauer. Superbe Erscheinung, nur für die Bühne
etwas zu hager — große Mittel, nur das Stimmchen
zu dünn. Uebrigens Vestalin, wie Leute versicherten —"

„Ich interessire mich für das Porträt," fiel die
Gräfin ein, „möchte es für jeden irgend erschwinglichen
Preis kaufen, erhalte aber über den Maler keine Auskunft. Es kommt mir viel, sehr viel darauf an, das
Bild zu haben — der jungen Dame wegen, die es darstellt und zu der ich zufällig in Beziehungen stehe. Sollte
es dem gewiß mächtigen Einfluß der Gesandtschaft
nicht gelingen, Herr Baron . . ." Sie sah bittend zu
ihm hinüber.

„Habe an diese Möglichkeit bisher noch nicht gedacht, meine Gnädigste," antwortete er. „Aufrichtig

gefagt — habe auch nicht daran denken wollen. Mein
Schwiegerpapa hatte fich für das Bild enthufiasmirt ...
aus befonderen Gründen; gehört nicht hierher. Es ließ
fich annehmen, daß er, falls er nicht abgewiefen wurde
und fo Verdrießlichkeiten hatte, feine Kaffe um eine fehr
erhebliche Summe erleichterte, wenn er den Maler ermittelte. Die Neigungen der Schwiegerföhne ftimmen
nicht immer mit denen der Schwiegerväter — hi, hi, hi.
Ich hätte Grund zu wünfchen, er ermittelte den Maler
nicht. Nun freilich reflectiren Sie auf das Bild, das
ändert die Sache. Aber der Maler — der Maler!"
Er trommelte mit den Fingern auf feiner kahlen Platte.
„In Paris ift er."

„Steht das feft, Herr Baron?"

„Meine Frau behauptet, ihn im Bois de Boulogne
gefehen zu haben, und fie hat fcharfe Augen."

„Ihre Frau Gemahlin?" fragte die Gräfin etwas
verwundert.

Der Baron feufzte. „Alte Bekanntfchaft — tempi
passati ... hat fich einmal von ihm malen laffen, vor
Jahren. Sie fuhr ihm eiligft nach, aber er bog in
einen Fußweg ein, der durchs dichte Gehölz führte,
und da fie felbft die Leine hielt — Sie kutfchirt mit
Leidenfchaft."

„So kennen Sie ja den Maler —"

„Ich kenne ihn — ja! fehr gut. Das heißt ...
Ich habe ihn ftets Roland nennen gehört und genannt.
Das ift aber eigentlich nur ein Spitzname, den er

dann freilich zeitweise auch ganz ernst als Maler gebrauchte.
Er ist aber mit diesem Namen hier nicht bekannt, Frau
Gräfin, und den richtigen weiß ich nicht."

Die Gräfin nannte ihn.

„Ah! wenn Sie so gut unterrichtet sind!" rief er.
Er notirte etwas auf der Rückseite ihrer Karte. „Mit
diesem Capital läßt sich wuchern. Es ist wahrscheinlich, daß er sich bei irgend einer Station der Polizei
hat legitimiren müssen — pflegt in civilisirten Staaten
so zu sein. Eine Requisition der Gesandtschaft findet
ihren Weg durch die verschiedenen Büreaus — vielleicht bis zu dem betreffenden Aktenfascikel. Werde
mich sogleich persönlich bemühen, gnädigste Frau, und
nicht verfehlen, von dem Resultat Mittheilung zu
machen. Hoffentlich schon in den nächsten Tagen."

Die Gräfin erhob sich. „Ich bin ihnen im voraus
sehr dankbar."

„O, gar keine Ursache," versicherte er. „Wird
mir selbst ein großes Vergnügen sein, den wunderlichen
Kauz einmal wieder zu sehen. Das ist er, auf Ehre!
Bei den herrlichsten Anlagen ein ganz unpraktisches
Menschenkind — hi, hi, hi! ich könnte davon erzählen.
Aber gehört nicht hierher. Meinem Schwiegerpapa
verrathe ich gar nichts. Ist das Bild verkauft, ist das
für seine Ruhe am ersprießlichsten. Meiner Frau . . .?
Ich weiß noch nicht. Der Besitz eines Geheimnisses
macht interessant." Er lachte auf. „Aber wir sind
noch nicht am Ziel."

Die Gräfin empfahl sich. Der Baron geleitete sie durch die Vorzimmer bis zum Ausgange. „Nachricht jedenfalls in einigen Tagen."

„Meinen verbindlichsten Dank."

Die Gräfin hatte mehr erreicht, als sie erwarten durfte. Welch merkwürdiges Zusammentreffen der Umstände aber auch!

Es vergingen wirklich nur wenige Tage, bis er sich im Gránd Hotel meldete. Die Gräfin wußte geschickt ihre Gesellschafterin zu entfernen. Sie wollte nicht, daß sie gesehen und erkannt würde, und sie wollte auch nicht, daß Angelika merke, was sie betriebe. Der Baron trat mit den Worten ein: „Roland ist gefunden, gnädigste Gräfin."

„Ah! wirklich?"

„Ich habe wenigstens seine Adresse. Wohnt da draußen in Belleville, nahe dem Park des Büttes Chaumont — wahrscheinlich um Licht und Luft zu haben — kleine Tagereise! bin noch nicht dazu gekommen, ihn aufzusuchen, wollte erst das glückliche Ereigniß hierher colportiren und mich nach weiteren gnädigen Befehlen erkundigen."

Die Gräfin nahm das Couvert an sich und steckte es sogleich fort. „Sie haben mir wirklich einen großen Dienst geleistet," versicherte sie. „Ich wünschte, mich einmal erkenntlich beweisen zu können. Es wäre sehr unbescheiden, Sie noch mehr beschweren zu wollen."

„Durchaus nicht, durchaus nicht," fiel er ein. „Ich
besuche den Maler jedenfalls. Erlauben Sie, daß ich
ihm eine Bestellung mache? Oder wie wär's, wenn
Sie mich beauftragten, mit ihm über das Bild zu ver-
handeln. Eine Mittelsperson ist in solchen Fällen immer
für beide Theile wünschenswerth. Wie hoch gedenken
Sie zu gehen?"

„Ich möchte da keine bestimmte Grenze setzen,"
antwortete die Dame, die seine weitere Einmischung
vermeiden wollte. „Uebrigens ist mir's auch wesentlich
darum zu thun, den Maler selbst zu sprechen."

„So schicke ich ihn also zu Ihnen. Um welche
Zeit wär's Ihnen angenehm?"

„Sie sind allzu gütig. Aber ich weiß nicht . . ."
Sie überlegte, ob sie das Anerbieten ablehnen dürfe,
ohne ihm sehr auffällig zu erscheinen. Es war wirklich das Richtige, daß sie den jungen Mann ersuchen
ließ, sich in ihrem Hotel einzufinden. „Etwa morgen
um diese Stunde, Herr Baron."

„Soll pünktlich besorgt werden, gnädigste Frau."

Es war ein Uhr. Vor vier oder fünf Uhr dinirte
der Maler schwerlich. Es war jetzt aller Wahrschein-
lichkeit nach die günstigste Zeit, ihn zu Hause bei der
Arbeit zu überfallen. Der Baron entschloß sich deshalb
rasch, sprang in einen Fiaker, nannte Straße und Nummer und jagte davon.

Er wurde vor einem großen Hause ausgesetzt,
dessen oberste Fenster in der That einen Blick in

den schönen Park gewähren mußten, der vor nicht langer Zeit noch ein wüster Steinbruch und Scherbenplatz gewesen war. Der Portier bestätigte, daß ein Maler hoch oben sein Atelier habe, auch gerade einheimisch sei. „Er verläßt selten das Haus," setzte er hinzu, „meist nur zu den Mahlzeiten. Ein sehr fleißiger Mensch."

„Wer besucht ihn?"

„Niemand, mein Herr. Er lebt ganz einsam. Arbeiter aus Belleville hat er freilich fast täglich in seinem Atelier. Er soll ein Bild malen, in das er sie hineinsetzt."

Der Baron schickte sich mit einem Stoßseufzer an, die vier Treppen hinaufzusteigen. Sie waren wenigstens nicht unbequem.

An der bezeichneten Thüre klopfte er. Eine bekannte Stimme rief: „Herein!"

Gefunden!

Der Mann, der in einer blauen Blouse hinter der Staffelei vortrat, auf der ein großer Blendrahmen stand, war Roland, aber er schien um zehn Jahre gealtert zu sein. Er trug den Vollbart lang, das krause Haar ungepflegt. Auf das gebräunte Gesicht hatten sich in Stirn und Wange Falten gelegt, die ihm einen finsteren Ausdruck gaben. Vielleicht vertieften sie sich in diesem Augenblick noch, da er den Eintretenden erkannte.

„Roland!" rief der Baron. „Findet man Sie endlich." Er streckte ihm die beiden Hände entgegen.

Der Maler schien wenig geneigt, zuzugreifen. „Sie, Baron!" sagte er, den Kopf aufwerfend. „Wer hat Sie geheißen, mich zu suchen?"

„Nu, nu!" beschwichtigte Pleutenburg. „Nur nicht gleich wieder aus der Haut fahren. Ein alter Freund, denke ich —"

„Der alte Freund hat mir wohl gestern die Polizei gütigst auf den Leib gehetzt? Als ob ich politischer Umtriebe verdächtig wäre! Was, zum Teufel! will die deutsche Gesandtschaft von mir? Ich lese nicht einmal eine deutsche Zeitung. Daß ich eine Scene aus dem Aufstand der Commune male — was geht sie das an? Was geht das einen Menschen an?"

Der Baron faßte seinen Arm und schüttelte ihn ein wenig. „Aber so hören Sie doch, Freundchen," rief er. „Wieder ganz furioso! Bedaure unendlich, wenn Sie Ungelegenheiten gehabt haben sollten. Das Polizei-völkchen macht immer gleich in hoher Politik. Kann ich dafür? Wollen Sie mich diese Dummheiten entgelten lassen? Versetzen Sie sich doch in meine Lage. Ich finde Ihr Bild in der Ausstellung —"

„Daß ich es nie ausgestellt hätte! Man ist manchmal mit Blindheit geschlagen. Ich dachte, hier in Paris ... pah! die ganze Welt ist ein Krähwinkel. Hätte ich ahnen können, daß nur zwei Augen —"

„Das Bild ist eine Perle des Salons. Es wäre ja sündhaft gewesen, es zurückzuhalten. Gerade des

Bildes wegen komme ich. Ich habe einen Käufer an
der Hand —"

„Sparen Sie sich die Mühe. Das Bild ist nicht
verkäuflich."

„Wird doch wohl auf den Preis ankommen, den
man bietet."

„Für keinen Preis."

„Wissen Sie aber, daß ich müde bin, Freundchen!
Vier Treppen! und meine Lunge ist nicht die kräftigste.
Das Alter, das Alter!" Er blickte in dem Gemach um.
„Ein Sofa haben Sie nicht zur Verfügung, aber einen
Stuhl könnten Sie mir wohl aus Höflichkeit anbieten.
Was?"

„Herr Baron . . ."

„Ich setze mich also. Darf man das neue Bild be-
sehen? Grandios — wahrhaftig. Diese Masse Lumpen-
gesindel auf einem Haufen — und der Feuerschein. die
blitzenden Waffen! Hu — graulich. Man wird nicht
glauben, daß das derselbe Maler gemalt hat, der durch
Sammet und Spitzen ein berühmter Mann geworden ist.
Ihre weiblichen Porträts, lieber Freund —"

Roland lachte auf. „Sprechen Sie mir nicht davon.
Durch Sammet und Spitzen, ganz recht!"

Der Baron zündete eine Cigarette an. „Gut, sprechen
wir nicht davon," sagte er paffend. „Die Specialität,
in der Sie excellirten, war nicht nach Ihrem Geschmack.
Jeder hat seinen Geschmack, und das Genie ist wohl-
befugt, seine eigenen Wege zu gehen — es arbeitet

nicht auf Bestellung. Sprechen wir von diesem letzten
Bilde, das sicher nicht bestellt ist. Wissen Sie, daß mein
Schwiegerpapa, der sich auf seine Kennerschaft etwas
einbilden darf — wissen Sie, daß der ganz toll ist wegen
des Bildes und Ihnen wahrscheinlich das unsinnigste
Gebot machen würde, wenn er hier an meiner Stelle
stände?"

„Sie haben mich also für ihn ausspioniert."

„Sie irren. Seine Tochter braucht so viel, daß ich
es nicht verantworten könnte, ihn zu so leichtsinnigen
Ausgaben zu verführen."

„Seine Tochter —?" fragte der Maler spöttisch.

„Vom Herren Schwiegersohn versteht es sich von
selbst. Seine exponirte Stellung in der Diplomatie —"

„Ah! gratulire."

„Wenig Ursache, lieber Freund. Ich habe meinen
Schwiegerpapa überschätzt. Und wenn man in wenigen
Jahren von Madrid nach Stockholm, von Stockholm
nach Petersburg, von Petersburg nach Paris verschla-
gen wird . . ." er blies den Rauch der Cigarette in
einer dünnen Linie fort — „dann verpafft sich ein ganz
anständiges Vermögen rascher als man denkt. Ja —
er selbst hat es so gewollt."

„Wer ist denn Ihr Schwiegerpapa?"

„Sie wissen es nicht? Ah, wie sollten Sie auch.
Sie liefen ja wie närrisch davon, ohne nur einmal
umzusehen, wenn nicht bis ans Ende der Welt, so doch
sicher weit genug, uns gänzlich aus den Augen zu ver-

lieren. Mein Schwiegerpapa ist —" er hüstelte ein wenig — „Herr von Marotti."

Roland fuhr unwillkürlich mit der Hand durch das buschige Haar. „Marotti!" rief er. „Und Silvia — —! Sie haben es erreicht."

Der Baron zuckte die Achseln. „Die reizende Silvia ist meine Frau. Ihr Porträt von Roland hängt in meinem Salon und findet stets neue Bewunderer, was natürlich die Verehrung meiner Frau für den Maler nicht mindert. Ich habe keine Anlage zur Eifersucht."

„So also hängt's zusammen," sprach Roland mehr vor sich hin, als zu seinem unerwünschten Gast. „Ich habe die — Frau Baronin kürzlich im Bois de Boulogne fahren sehen . . . auf einem hohen zweirädrigen Gestell, dem hinten ein kleiner Affe aufhockte —"

„Ihr schwarzer Groom. Kostet ein Heidengeld. Kleinste Sorte Menschheit."

„In feuerrothem Jockeycostüm mit schwarzem Cylinder."

„Raffinirter Geschmack — was? Papa wollte davon nichts wissen wegen des röthlichen Haars."

„Pah! alle Welt hatte die Augen darauf. Uebrigens ein schönes Pferd."

„Vollblut, brillanter Traber, hat schon diverse Wetten gewonnen. Ritt nicht Jemand nebenher?"

„Ich habe nicht darauf geachtet."

„Wahrscheinlich. Sie hat Freundschaft geschlossen mit Herrn Léon, erstem Clown im großen Cirkus, dem-

selben, wissen Sie, der sich das Gesicht horizontal blau
und weiß streift, wenn er seine unvergleichliche Farcen
zum Besten gibt. Er ist auch ein sehr kühner Reiter
und besitzt einen Hengst mit besonders schnellem Gang-
werk. Gegen den Traber meiner Frau kommt er aber
nur mit Mühe auf. Man pflegt sie immer zusammen
zu sehen, Monsieur Léon und die Baronin Pleutenburg
— eine sehr pikante Combination. Machte anfangs
ungeheures Aufsehen, selbst in Paris. Pah! jetzt kaum
noch ein Gegenstand der Aufmerksamkeit. Wechsel in
Aussicht. Bin begierig auf die Steigerung. Vorher
war ihre Passion der sogenannte starke Mann der Gesellschaft, ein Kerl von wirklich genialer Körperkraft,
aber allzu robusten Manieren. Sie machte ihn der
Frau von Boncourt abspenstig, um ihn gleich wieder
fallen zu lassen. Unschuldiges Amüsement! Es gibt
gefährlichere Abenteuer."

„Herr Baron —"

„Ah! ich schwatze da in alter Weise und vergesse,
daß bei Ihnen die Zeiten sich geändert haben. Ich...
Nun, Sie werden mir das Zeugniß geben, daß ich ein
sehr liebenswürdiger Junggeselle gewesen bin. Ich bin
jetzt ein ebenso liebenswürdiger Ehemann. Wenn Sie
meiner Frau eine Visite machen wollen —"

„Sie scherzen, Herr Baron."

„Kommen Sie in diesem blauen Kittel, wollte ich nur
sagen; das wird ihr ungeheuren Spaß machen. — Ha, ha,
ha! Wenn ich mir Silvia als Ihre Frau denke..."

18

„Sie haben sonderbare Gedanken, Herr Baron."

„Wieviel fehlte denn? Aber ganz unter uns, Freundchen —" sein Gesicht zog die wunderlichsten Grimassen, als ob sich eine Hand an seine Kehle legte, und wurde dann grämlich ernst — „Sie waren verteufelt gescheut, als Sie ausrissen. Es gibt Momente, in denen ich überlege. ob ich nicht Ihrem Beispiel folgen und mich auch absentiren soll . . . nur in anderer Art, Freund Roland, in anderer Art."

Der Maler sah finster zur Erde. „Läßt Ihre Stufentheorie Sie nun doch im Stich? fragte er.

Der Baron kniff die farblosen Lippen ein. „Nein," entgegnete er nach einer Weile. „Aber man hat Rücksichten zu nehmen in meiner Stellung. Ich bin im Amt mehr werth, als Sie mir vielleicht zutrauen, und würde mich ungern davon trennen. Ich könnte, wenn alles anders wäre . . . Pah! was thun Sie mit diesen melancholischen Betrachtungen? Ein andermal mehr davon. Ich hoffe, daß Sie mir erlauben werden wiederzukommen. Es ist doch etwas darum, sich einmal frei von der Leber weg aussprechen zu können. Für heut —" er stand auf, trat an die Leinwand heran und ließ das Gesicht nahe vor derselben vorübergleiten. „Ja, was ich eigentlich wollte. Das Bild im Salon — also verkäuflich ist es wirklich nicht?"

„Nein, Herr Baron."

„Schade! Das ist eine alte Dame — eine Gräfin

Hollinger — die hätte es gern gehabt. Ihretwegen komme ich eigentlich zu Ihnen."

Roland dachte nach. „Gräfin Hollinger? Mir ganz unbekannt."

„Kaum eine Woche in Paris. Beim ersten Besuch der Ausstellung sah sie das Bild, verliebte sich darin und hat sich nun in den Kopf gesetzt, es zu besitzen. Sie scheint sehr reich zu sein."

„Aber ich begreife doch nicht —"

„Ah! Beziehungen zu Fräulein Angela Römer, behauptet sie... Uebrigens eine sehr angenehme, freundliche Dame. Sie wünscht dringend die Bekanntschaft des Malers zu machen. Wenn Sie sich entschließen könnten, morgen ein Uhr im ersten Stock des Grand Hotel vorzusprechen, man würde Ihnen sehr dankbar sein. Es wäre artig, und Sie können ja in der Hauptsache noch immer thun, was Sie wollen."

Roland schüttelte energisch sein Löwenhaupt. „Wozu das? Sagen Sie der Gräfin, daß ich das Bild nicht verkaufe, und noch besser — wenn die kleine Lüge Sie nicht beschwert — daß Sie mich gar nicht aufgefunden haben." Er sah ihm scharf ins Gesicht und setzte hinzu: „Nehmen Sie an, daß Sie mich nicht aufgefunden haben."

Der Baron blinzelte mit den Augen. „Hi, hi, hi! verstehe, verstehe! Hindert mich nicht, Sie zu versichern, daß ich mich sehr gefreut habe, Sie wieder einmal gesehen zu haben. Behalte mir doch vor, auch

18 *

künftig meinem Herzen zu folgen. Adieu, Orlando, adieu!"

Er hatte den Wagen nicht abfahren lassen und stattete der Gräfin nun sofort Bericht ab, da er nicht vorgelassen wurde, auf der Rückseite seiner Visitenkarte. Ob er seiner Frau und vielleicht doch auch dem Schwie-gerpapa von dem interessanten Funde Mittheilung mache, wollte er von den Umständen abhängig sein lassen. Es konnte ihm möglicherweise daran liegen, sich ihren Dank zu erwerben.

Die Gräfin gab ihren Plan nicht auf. Sie fuhr am andern Tage selbst zu dem Maler hin.

„Sie kennen den Zweck meines Kommens," sagte sie in ihrer freundlichen Weise. „Wahrscheinlich ist Ihnen der Vermittler nicht genehm gewesen — ich er-fuhr leider zu spät, an wen ich mich gewendet hatte. Lassen Sie mich's nicht entgelten. Ich würde in jedem anderen Fall Ihre ablehnende Erklärung ohne weiteres respektirt haben — der Künstler ist ja Herr über sein Kunstwerk — dieses Bild gerade hat mir aber eine besondere Bedeutung. Ich gestehe, daß ich mich glück-lich schätzen würde, es zu besitzen, und ich bin reich ge-nug, auch einer hohen Forderung dafür genügen zu können; doch geht mein nächster Zweck dahin, es aus dem Salon zu entfernen, mag es dann auch im Atelier des Künstlers sein Eigenthum bleiben. Meine Bitte, es zurückzuziehen, wird Ihnen sonderbar erscheinen, aber sie hat ihre Berechtigung."

„Ich begreife in der That nicht, Frau Gräfin,"
antwortete Roland, der durch die bescheiden vornehme
Haltung der Dame zu rücksichtsvollem Benehmen bestimmt wurde, „was eine Fremde veranlassen kann,
ein so auffallendes Ansinnen an mich zu stellen. Sie
werden mir glauben, daß ich meine Gründe habe, wenn
ich das Bild nicht verkaufe. Nehmen Sie an, daß es
mir selbst ein zu theurer Besitz ist. Andererseits kann
ich verstehen, daß ein anderer es sich aneignen möchte,
welche Gründe auch für ihn maßgebend sein mögen.
Warum es aber verschwinden soll . . ."

Die Gräfin wartete kurze Zeit, ob er sich noch
weiter auslassen wolle; es schien ihr angenehm, ihn
sprechen zu hören. Da er schwieg, sagte sie: „Sie
nennen mich eine Fremde, und die bin ich Ihnen wirklich. Ich weiß jedoch — durch eine besondere Fügung
der Umstände — mehr von Ihnen, als Sie ahnen.
Das Bild, das Sie so schön und treffend aus der Erinnerung malten, hat seine Geschichte — und ich kenne
diese Geschichte bis zu ihren ersten Anfängen zurück
und bis zu ihrem traurigen Ausgange. Meine Quelle
ist die reinste, glauben Sie mir."

Roland war betroffen. Die Dame hatte in ihrem
Ton etwas eigen Zuversichtliches; er durfte nicht zweifeln, daß sie die Wahrheit sprach. Und zugleich drückte
sich darin soviel Wohlwollen aus, daß er sich nicht verletzt fühlen konnte. „Frau Gräfin," entgegnete er,
„wenn Sie von dem Kenntniß haben, was Sie die Ge-

schichte dieses Bildes nennen, so wissen Sie auch, daß
ich es nur für mich, nur für mich malte."

„Und doch haben Sie es öffentlich ausgestellt."

Er stutzte. „Allerdings — aber ohne Nennung
meines Namens, unter Anwendung aller Vorsichtsmaß-
regeln, daß er ein Geheimniß bliebe ... Und ich glaubte
nicht befürchten zu dürfen, daß der Gegenstand hier in
Paris ..."

„Sie überzeugen sich, daß Sie im Irrthum waren.
Aber dieser Irrthum erklärt doch auch immer nur die
Thatsache, nicht den Beweggrund. Wenn Sie dieses
Bild — ich setze ein Herzensbedürfniß voraus — nur
für sich malten, und wenn Sie damit die Aufmerksam-
keit nicht auf den Maler ziehen wollten, weshalb stellten
Sie es öffentlich aus?"

Er schien beunruhigt. „Frau Gräfin," sagte er,
„ich könnte antworten, daß ich Ihnen und keinem
Menschen überhaupt Auskunft auf diese Frage schuldig
sei —"

„Keinem Menschen?"

„Einen vielleicht ausgenommen, der sie doch nicht
fordern wird."

„Angelika."

„Frau Gräfin — —! Ja, Angelika."

„Wenn ich nun an ihrer Stelle, wenn ich — für
sie fragte —?"

„Da könnte ich mich nicht rechtfertigen! Aber Sie
fragten doch zunächst für sich, Frau Gräfin, wenn schon

aus Theilnahme für Angelika, der Sie in unerklärlicher
Weise nahe gestanden haben müssen, und da antworte
ich: der Maler Roland hatte durch weibliche Porträte
eine gewisse Berühmtheit erlangt, deren Werth ihm
selbst höchst verdächtig schien. Er hatte freiwillig jeden
Vortheil aufgegeben, den er der Gunst von Verhältnissen
dankte, mit denen er brach; er begab sich auf eine
lange Wanderschaft, er übte seine Kunst nur um zu
lernen, um sich zu einer würdigen Uebung vorzubereiten.
Und dann nach Jahren malte er dieses Bild, seine
Kraft am schwersten zu prüfen. Das Ideal einer
Frauengestalt schwebte seinem Geiste vor. Würde seine
Kunst es erfassen können? Und wie sollte er nun erfahren, was seine Kunst werth sei? Er hatte für seine
eigene Leistung keine Schätzung . . . das Herz konnte
das Auge betrügen. Er glaubte das Urtheil der
Kenner herausfordern zu können, ohne sich zu verrathen,
ohne jemand zu kränken. So gab er das Bild in den
Salon. Es sollte dort ein Bild sein, nichts als ein
Bild unter Bildern. Was es dem Maler sonst bedeu-
tete, darüber schwieg es. Das wußte nur er."

Die Gräfin reichte ihm die Hand. „Ich danke
Ihnen für diese offene Erklärung," sagte sie, „die mich
befriedigt. Aber Ihre Voraussetzungen gelten nicht
mehr. Herr Marotti —"

„Ich erfuhr erst durch Baron Pleutenburg von
seiner Anwesenheit in Paris."

„Aber Sie wissen jetzt, daß er täglich vor dem

Bilde steht. Er ist in seinem Enthusiasmus sehr red-
selig. Ich selbst hab's erfahren. Man wird nächstens
in den Feuilletons der Pariser Blätter von dem Porträt
einer schönen jungen Dame sprechen, von dem ein wunderlicher alter Herr unzertrennlich ist —"

Der Maler strich sehr unruhig mit der Hand durch
sein Haar, zwei-, dreimal hastig zustoßend.

„Und Angelika —" fuhr die Gräfin fort. „Mit
welcher Empfindung —"

„Angelika!" fiel er ein. „Sie ahnt nicht —"

„Das ist ein Irrthum. Sie weiß —"

„Frau Gräfin . . ."

„Sie ist hier."

Sein Gesicht schien wie vom Schreck gelähmt.
„Hier — in Paris — Angelika —?

„Hier und bei mir. Sie ist meine treue Gesellschafterin, meine Vorleserin — ich nenne sie meine
Freundin."

Es dauerte eine lange Minute, bis Roland sich
so weit erholt hatte, wieder eines Wortes mächtig zu
sein. „Und sie hat — das Bild — gesehen?" fragte er.

„Nein," beruhigte die Gräfin, „aber ein bloßer
Zufall hat es verhindert."

„Und sie zürnt mir —? ich meine, dieses Bildes
wegen."

„Ihre Lage ist die peinlichste. Sie wagt sich nur
mit Beklemmung aus dem Hotel hinaus. So unwahrscheinlich es ist, daß man sie erkennt, ihr Unannehmlich-

keiten bereitet — die Möglichkeit ist nicht in Abrede
zu stellen. Man rechnet in solchen Fällen auch nicht
mit untrüglichen Gründen; wie man's fühlt, so ist es."

„Ja, ja —! Wie man's fühlt, so ist es," bestätigte
er, die Hand über die Augen deckend und sich ganz in
seine Gedanken versenkend. Plötzlich ließ er den Arm
fallen, richtete den Kopf und straffte die Schultern.
„Frau Gräfin," sagte er entschlossen, „überlassen Sie
das Weitere mir. Ich werde thun, was die Umstände
gebieten, was mein Herz ... Nichts davon! Ich danke
Ihnen für dieses energische Eingreifen; es beweist mir,
daß Angelika wirklich die Freundin gefunden hat, deren
sie bedarf und so sehr würdig ist. Sprechen wir nicht
von der Vergangenheit. Es gibt Irrwege, von denen
man sich nicht mehr zurückrettet auf den Ausgangspunkt
— man muß weiter und sich durchkämpfen. Gelingt's,
so hat man sich doch nur selbst wiedergefunden. Sagen
Sie Angelika ... nein! Sagen Sie ihr nichts. Worte
thun es nicht. Ich will auch nicht nach ihren Schick-
salen fragen. Mein Bild bezeugt, daß ich an sie glaube."

„Ich vertraue Ihnen," antwortete die Gräfin.
„Und nun dies erledigt ist, lassen Sie mich denken, ich
sei zu einem Maler gekommen, dessen künstlerisches
Schaffen in Augenschein zu nehmen. Ich sehe da auf
der Staffelei ein Bild, das offenbar einer sehr düsteren
Stimmung seinen Ursprung verdankt. Es ist die ent-
menschte Menschheit, die Sie darstellen. Und doch —
der echte Künstler konnte dabei nicht stehen bleiben, eine

schauerliche Wirklichkeit zu malen: dieser Jüngling hat an die Verkündung der Freiheit geglaubt; entsetzt wendet er sich ab von der Schandthat, die man ihm zumuthet; gegen ihn kehrt sich nun die Wuth der Rotte. Dieses junge Weib, das die Brust des Gatten mit dem eigenen Leibe deckt, ist eine tief rührende Erscheinung. Und dahin haben Sie alles Licht geleitet. Das ist das Ewige, dem die Kunst dient. Das Bild erschreckt mich nicht mehr, wie beim ersten Anschauen. Aber Sie haben gewiß Erfreulicheres unter Ihren fertigen Arbeiten und Entwürfen. Darf ich auch etwas davon sehen, um den Maler besser kennen zu lernen?"

Roland deutete schweigend auf eine Mappe mit großen Blättern und hob die grüne Leinwand von einigen an die Wand gelehnten Bildern. Die Gräfin fand besonders Gefallen an einem, das italienisches Volksleben charakteristisch zur Anschauung brachte. „Ich hoffe, wir werden über den Preis einig werden," sagte sie, sich verabschiedend.

Der Maler verneigte sich stumm. Seine Meinung über diesen Punkt blieb zweifelhaft.

Fünfzehntes Kapitel.

Die Freundschaft diplomatisirt mit Erfolg; aber den Ausschlag
giebt doch entschlossene That. Hinauf und hinab. Die Stufen
nach unten werden unsicher.

Wenige Tage nach diesem Besuch der Gräfin
war das Bild der schönen Unbekannten, das
für die Blätter schon angefangen hatte, ein
sehr interessanter Streitgegenstand zu werden,
von der Wand des Salons verschwunden, an der es
bisher hing.

Herr von Marotti fand, als er gleich nach Eröffnung des Lokals hinzutrat, um ihm den gewohnten
Morgengruß abzustatten, die Stelle anderweitig besetzt.
Er glaubte fehlgegangen zu sein, aber die Nachbarschaft
war genau dieselbe geblieben. Das Bild müsse ver-
hängt sein, meinte er, und er wunderte sich darüber,
da es einen durchaus passenden Platz gehabt hatte und
das Stück, das jetzt die Lücke füllte, nicht im mindesten

eine Bevorzugung verdiente. Einige andere Besucher
spähten offenbar ebenfalls danach aus. Sie hörten ihn
halblaut räsonniren, traten heran, erkundigten sich nach
dem Verbleib. Er konnte keine Auskunft geben. Der
Galeriediener wußte auch nichts Näheres: Das Bild
müsse in den Morgenstunden entfernt sein, als er noch
nicht auf seinem Posten war. Aufs äußerste beunruhigt
durchlief der alte Herr wieder und wieder den ganzen
Salon. Immer die Lorgnette vor den Augen guckte
er an den Wänden hinauf bis unter die Decke und
hinab bis zum Fußboden. Vergebens. Ganz verstört
eilte er nach dem Büreau. Man zuckte die Achseln:
„Zurückgezogen.“

Zurückgezogen! Das war ein schwerer Schlag. Der
Salon war ihm verleidet.

Im Grand Hotel aber wurde eine große flache
Kiste abgegeben. Sie war adressirt an Angelika, „Gesellschafterin der Frau Gräfin Hollinger.“ Ein Irrthum
war danach ausgeschlossen, abschon der kouvertierte
Begleitschein weder einen Brief noch auch nur eine
Karte enthielt. Die Gräfin ahnte, um was es sich
handelte. Sie ließ die Kiste auf ihr Zimmer bringen,
bei geschlossener Thür von ihrem Diener öffnen, auf
dessen Verschwiegenheit sie sich verlassen konnte. „Das
Fräulein,“ rief er überrascht. Die Gräfin legte die
Hand auf den Mund.

Sie rief Angelika herein, die sie gebeten hatte, bei
der Eröffnung nicht gegenwärtig zu sein. „Liebes

Kind", sagte sie, den Arm des Mädchens fassend, „da
ist nun das Bild, das Ihnen so peinliche Sorge ver-
ursacht hat."

Angelika warf einen Blick darauf und zuckte zusammen. „Mein Bild — !"

„Ihr Bild," bestätigte die Gräfin lächelnd. „Es
stellte Sie nicht nur unverkennlich dar, es scheint
Ihnen auch gehören zu sollen. Für Sie ist die Kiste
abgegeben."

Einen Moment war's gewesen, als ob der freudige
Gedanke, das Bild aus dem Salon entfernt zu wissen,
Angelika ganz beherrschte. Die Worte der Gräfin
machten sie stutzig. Verwirrung malte sich auf ihrem
Gesicht. Sie sah von dem Bilde auf die Gräfin und
wieder auf das Bild. „Mir gehören — mir — ?"
fragte sie mit unsicherer Stimme. „O! Sie haben es
für mich — dem Maler abgekauft, Frau Gräfin . . ."

Die Dame schüttelte den Kopf. „Nein, liebes Kind;
es war nicht verkäuflich — für keinen Preis."

„Dann aber . . ."

„Der Maler scheint weiter kein Recht daran behaupten zu wollen. Er giebt es in Ihre Hand."

„Und er erfuhr also . . ."

„Verzeihen Sie mir. Ich habe ihm Ihre Anwesenheit in Paris verraten müssen, um für Sie thätig
sein zu können."

„Sie haben ihn aufgefunden! Und Sie sagten
ihm —"

„Daß Sie das Bild aus dem Salon entfernt wünschen müßten, nichts weiter. Ich hoffte von seiner ehrenhaften Gesinnung, daß er es in sein Atelier zurück nehmen wird. Er that mehr, viel mehr. Er trennte sich von einem Eigenthum, das für ihn, wie ich weiß, großen Werth hatte, und legt es Ihnen zu Füßen, um Sie zu versichern, daß es Sie nicht mehr beunruhigen wird. Sie haben nach seinem Willen Macht darüber. Sie können es aufheben —"

„Wie darf ich —?"

„Sie können es vernichten —"

Angelika erschrak. „Dieses Bild —!"

„Sie können es Ihrer Freundin schenken, die nur durch Sie in diesen kostbaren Besitz gelangen kann."

„O, Frau Gräfin . . ."

Sie fing laut zu schluchzen an, wendete sich rasch zu ihr und drückte das Gesicht an ihre Schulter.

Die Gräfin streichelte ihr das Lockenhaar, führte sie nach dem Sofa und zog sie sanft an ihre Seite. „Weinen Sie sich nur tüchtig aus," sagte sie, „ich kann mir wohl denken, was Sie bestürmt. Es freut mich übrigens doch, daß ich mich in dem jungen Manne nicht getäuscht habe." Sie erzählte nach und nach, was sie von Roland wußte — sie erzählte im Eifer vielleicht mehr, als sie wußte, indem sie sich seine knappen Andeutungen zusammenreimte. „Es scheint mir," schloß sie, „daß wir ohne Bedenken das schöne Bild behalten und nach der Heimath schicken können, wo es in meiner

Galerie gut aufgehoben ist. Dem Maler ein Honorar dafür anzubieten, ist freilich unmöglich. Aber es wird sich auf andere Weise ein billiger Ausgleich finden lassen. Ich stehe schon mit ihm in Unterhandlung wegen eines anderen trefflichen Stückes."

„Sie sind die Güte selbst", rief Angelika, ihre Hände küssend. „Was soll auch geschehen? Wie könnten wir das Bild, um das Sie sich bemüht haben, zurück- schicken. Was sollte er davon denken? Ihnen gehört das Bild! Daß er es an mich adressirte . . . Er konnte kaum anders verfahren, wenn er Sie nicht ver- binden wollte."

„Ganz recht. Und ich finde dieses Zartgefühl sehr schätzbar."

Angelika saß von dem Bilde abgewandt, aber eine magische Gewalt schien ihr Auge immer wieder dorthin zu lenken. „Aber schauen Sie nur genauer zu," sagte sie nach einer Weile. „Ich bin's doch gar nicht."

„Bedenken Sie: aus der Erinnerung gemalt — und es sind mehr als drei Jahre . . ."

„Ich mein's nicht so. In den Grundzügen der äußeren Form mag eine erstaunliche Uebereinstimmung zu finden sein, und was daran verschönt ist, wäre vielleicht nach künstlerischem Bedürfniß auch verschönt, wenn ich zu dem Bilde gesessen hätte. Aber es ist sonst etwas darin, was ich gar nicht fassen kann — ein ganz sonderbar verklärtes Wesen. Wenn ich mich im Spiegel sehe —"

Sie stockte. „Dann sehen S i e sich,“ ergänzte die Gräfin. „Hier sehen Sie sich, wie Sie der Maler sah, und zwar — um mit Ihrem geliebten Hamlet zu sprechen — in seines Geistes Aug'.“

Sie nickte nachdenklich. „Damals hätte er mich so nicht gemalt — so nicht malen können. Ich glaube, auch vorher nicht — ehe wir uns getrennt hatten.“

„Ihre Erscheinung hatte sich ihm verklärt, das ist ja wohl natürlich.“

Sie schüttelte den Kopf. „Es ist nicht so natürlich. Ich möchte es eher ein Wunder nennen.“

„Ich verstehe Sie nicht, liebe Angelika.“

„Was da anders ist, als ich's erwarten durfte ... wie soll ich's nur sagen? Das ist aus ihm heraus anders geworden, nicht aus mir. Er hat das Bild nicht aus der Erinnerung gemalt — er täuscht sich. So stand ich nicht in seiner Erinnerung. Er schuf sich eine Vorstellung nach idealen Ansprüchen, die ihm vorher fremd waren, und gab ihr zufällig meine Gestalt.“

„Zufällig, Angelika?“

Sie wich aus. „Daß er's vermochte, wird deshalb nicht weniger merkwürdig,“ entgegnete sie. „Aber verstecken wir das Bild. Man darf es bei uns noch weniger sehen, als in der Ausstellung.“

„Sollen wir es wieder in die Kiste einnageln?“

Angelika hielt ihre Zustimmung zurück. „Die Kiste sieht häßlich aus,“ sagte sie, „Sie werden sie in Ihren

Zimmern nicht leiden wollen. Man könnte ja das Bild sorgfältig verhüllt beiseite stellen, bis . . .“

„Bis wir es nach Hause schicken.“

„Nun ja, gnädigste Gräfin — wie Sie wollen.“

Das Bild wurde sorgfältig verhüllt und beiseite gestellt. Es stand dort einen ganzen Tag unberührt. Dann überraschte die Gräfin Angelika, wie sie die Decke aufgehoben hatte und es, ganz in Gedanken versunken, betrachtete. Sie hütete sich wohl, darüber eine Bemerkung zu machen, aber Angelika selbst hielt sie für nothwendig. „Ich bin ein recht eitles Geschöpf, daß ich mich da im Bilde begucke, nicht wahr?“ fragte sie, glühend roth im Gesicht. „Aber glauben Sie: ich sehe mich selbst gar nicht. Es könnte auch ein ganz anderes Gesicht sein.“

Die Gräfin lächelte freundlich. „Sie denken an den Maler.“

„Ich denke nicht an ihn. Wenn ich an ihn denke, kann ich ihn doch nur denken, wie ich ihn verloren habe. Aber ich versuche, ob ich's ihm nachthun und mir auch in der Phantasie ein Bild von dem Menschen schaffen kann, der dies Bild gemalt hat . . . Vielleicht möchte es mit der Zeit gelingen.“

„Ich sehe nur nicht ein,“ bemerkte die Gräfin, „warum Sie sich auf Umwegen bemühen wollen, wenn Sie gar leicht geradeaus zum Ziel gelangen können.“

„Wie das?“

„Wir statten dem Maler unseren schuldigen Dank ab.“

19

„Nein, nein! Nicht ich."

„Haben Sie ein Wiedersehen zu scheuen?"

„Ich weiß nicht, wie er von mir denkt. Der Schein . . ."

„O, er glaubt an Sie, Angelika."

„Und wenn . . . Das ist's doch nicht, um was ich mich geistig bemühe. Das Wirkliche beirrt oft. Ich möchte aus mir heraus — aus diesem Bilde heraus eine Vorstellung gewinnen, die mich befriedigen könnte. Befriedigen! Nehmen Sie das Wort in seiner reinsten und zugleich wörtlichsten Bedeutung."

Die Gräfin drängte nicht. Aber sie beobachtete ihre junge Freundin aufmerksam und versäumte keine Gelegenheit, ihr Herz zu prüfen. Angelika wollte in ihrer Stimmung ganz ruhig und gleichmäßig erscheinen, aber es gelang ihr schlecht. Sie zeigte sich oft zer- streut und träumerisch, selbst beim Vorlesen abends nur halb bei der Sache.

„Das Bild beunruhigt mich unglaublich," gestand sie. „Wenn ich darauf hinsehe, ist mir's, als ob ich mich durch die dicke Decke erkenne. Ich habe eine Doppelgängerin, die mich überallhin verfolgt. Meine Nerven, die sich schon völlig gekräftigt hatten, sind wieder recht leidend, wie ich mich auch gegen diesen Spuk wehre. Wir sollten das Bild schleunigst ab- schicken."

„Was Sie beunruhigt, ist vielleicht etwas ganz anderes," meinte die Gräfin. „Wir schulden dem Maler

Dank und zögern von Tage zu Tage, ihn gebührend
abzutragen. Eine solche Schuld wird sehr drückend.
Ich habe beschlossen, heut zu ihm zu fahren. Begleiten
Sie mich in sein Atelier, und sagen Sie ihm ein paar
freundliche Worte; das wird Sie erleichtern."

Angelika lehnte mit aller Entschiedenheit ab. „Wenn
er mir gleichgültiger wäre —" sagte sie.

„Er ist Ihnen also nicht gleichgültig."

Sie erröthete. „Ich möchte ihn wenigstens nicht
kränken. Und es würde ihn kränken, wenn ich wie eine
Fremde zu ihm käme und wie eine Fremde von ihm
behandelt werden wollte. Wir sind beide nicht die
Menschen, uns so formell mit einander abfinden zu
können."

Die Gräfin fuhr allein. Sie dankte Roland für
den hochherzigen Entschluß, nicht nur das Bild aus
der Ausstellung zurückzuziehen, sondern sich desselben
ganz zu entäußern. „Aber Sie hätten uns das Bild
selbst bringen sollen," sagte sie.

Er bat sie, von dem Gegenstande gar nicht mehr
zu sprechen. Er glaube gethan zu haben, was in solchem
Falle Pflicht eines jedes Ehremannes war. „Gethan
und unterlassen," fügte er hinzu.

Sie besichtigte nochmals das Bild, das sie für ihre
Galerie erwerben wollte. Sie brauche aber ein Pen-
dant dazu, meinte sie. Unter den vorräthigen Stücken
war kein geeignetes. „Aber Ihre Mappe ist reich an

Entwürfen aller Art," sagte sie. „Wenn Sie für mich
eine Bestellung annehmen wollten —"

„Meine Zeit ist allerdings für jetzt völlig bean-
sprucht durch die Arbeit, die mich beschäftigt," suchte
er auszuweichen.

„O, ich kann warten," sagte die Gräfin. „Nur
über das Sujet müßten wir vor der Abreise einig
werden."

Er schlug die Mappe auf und lud sie ein vor
derselben Platz zu nehmen. Die Gräfin ließ einige
Blätter durch ihre Hand gehen. „Ich werde mich so
auf der Stelle doch nicht entschließen können," erklärte
sie dann. „Auch entbehre ich dabei ungern den Rath
der Freundin. Wär's unbescheiden, wenn ich Sie bäte,
mir die Mappe zur ruhigen Durchsicht in meiner Wohnung anzuvertrauen? Das Liebste wäre mir, wenn
Sie selbst zugleich den Cicerone spielen wollten. Wir
würden uns dann viel leichter orientiren."

„Die Mappe steht zu Ihrer Verfügung, gnädige
Frau," antwortete er nach kurzem Bedenken „Ich werde
die Blätter ordnen, die in Frage kommen können, und
. . . Sie dürfen dann nur das gewählte obenauf legen."

„Ich benachrichtige Sie brieflich, sobald wir infor-
mirt sind. Dann aber —"

„Gnädige Frau, verlangen Sie nichts mehr von
mir, als daß ich Ihren Auftrag ausführe, wie es dem
gewissenhaften Künstler geziemt. Sie sind nicht allein,
und ich zweifle, daß Sie sich für berechtigt halten dürfen,

auch für — Fräulein Angelika zu sprechen. Mir ist sie
etwas anderes, als die Gesellschafterin einer vornehmen
Dame — verpflichtet, den Besuch zu empfangen, den
ihre Herrin einladet. Entschuldigen Sie mich also gütigst, wenn ich mich fern halte."

„Aber wer soll nun den ersten Schritt thun?"
fragte die Gräfin etwas übereifrig. „Können Sie bil-
ligerweise ein Entgegenkommen von Angelika erwarten?"

„Ich erwarte nichts — hoffe nicht einmal," antwortete er. „Aber mein erster und mein letzter Schritt
könnten mich ihr nicht näher bringen. Wozu also meinem
und ihrem Gefühl Zwang anthun?"

Die Gräfin wagte sich ohne Vollmacht nicht weiter.
Aber sie stattete über ihre Verhandlung mit dem „stör-
rischen Menschen" getreuen Bericht ab und schloß: „Es
ist nun ganz sicher; er kommt nicht, wenn Sie ihn
nicht rufen."

Die Mappe wurde abgegeben. Angelika schien
große Freude an diesen Skizzen zu haben. Sie konnte
sich gar nicht davon trennen, besichtigte sie wieder und
wieder. „So vieles in der Wahl der Stoffe und Auffassung erinnert lebhaft an seine künstlerischen Anfänge,"
behauptete sie. „Und doch — wie viel reifer und
sicherer ist das alles geworden!" Bald wurde dieses, bald
jenes Blatt vorgezogen und vorläufig bei Seite gelegt,
um bei der engeren Wahl berücksichtigt zu werden.
Wenn dann aber die Gräfin zur Entscheidung drängte,
zeigte sich's doch, daß man weit vom Ziel war. „Wüßten

wir nur," sagte Angelika in komischer Verzweiflung, "was er selbst am liebsten malte —! dann wären wir sicher, ein sehr schönes Bild zu erhalten."

Schließlich mußte die Gräfin einen Machtspruch thun. "Legen wir d i e s e Skizze obenauf," sagte sie, "so weiß er nach der Verabredung, woran er ist." Sie schrieb ihm ein Billet mit der Anzeige, daß die Wahl getroffen sei und die Mappe wieder abgeholt werden könnte. Angelika erhielt es, vielleicht nicht ohne heimliche Absicht, zum Durchlesen. Sie schien mit den wenigen Zeilen gar nicht fertig werden zu können. Endlich blickte sie auf und fragte rasch: "Darf ich einen Zusatz machen?" Ihr Gesicht war wie mit Purpur über-gossen.

Ohne die Zustimmung abzuwarten, deren sie ja auch sicher sein durfte, ergriff sie die Feder und schrieb unten links in die Ecke: "Kommen Sie selbst. A." Sie schob das Blatt der Gräfin hin. "Ist's so recht?"

"Nun hat er keine Ausrede weiter," sagte die Gräfin, ihr freudig zunickend. "Er hatte die richtige Empfindung, daß ein erster Schritt seinerseits nichts bedeute. Aber Ihr erster Schritt —"

Angelika griff nach dem Billet. "So war's nicht gemeint."

Die Freundin umarmte und küßte sie. "Nun ist's zu spät, mein Fräulein."

Der Tag verging in großer Aufregung. Am Abend wurde der Maler gemeldet.

Angelika sah sehr bleich aus; sie zitterte merklich. „Es war doch Thorheit," sagte sie.

„Aber die liebenswürdigste," entgegnete die Gräfin.

„Lassen Sie mich lieber fort. Ich bin im Augenblick —"

Die Gräfin hielt sie zurück. „Sie sind so erregt. Was soll ich davon denken?"

„O, mein Gott —!"

„Muth, Muth, bestes Kind. Ist denn die Schauspielerin so ganz und gar vergessen?"

Roland trat ein.

Er ging schnell auf Angelika zu, reichte ihr die Hand und sagte: „Ich danke Ihnen." Nun erst schien er sich ihrer Nähe recht bewußt zu werden, da er so dicht vor ihr stand. Seine Augen konnten nicht los von ihr, die Hand zuckte fieberhaft. Sie wagte nicht aufzublicken. „Ich danke Ihnen, Angelika," wiederholte er mit kräftigem und innigem Ausdruck.

Dann wandte er sich zur Gräfin. „Besorgen Sie nicht, gnädigste Frau," sagte er, „daß ich die Gunst mißbrauche, die mir so unverhofft und unverdient zu theil geworden. Ich weiß, daß ich ein Fremder bin, der sich bei den Damen erst einzuführen hat, ein Fremder und ein Fremdgewordener. Ich leite von der Vergangenheit kein Recht her; verpflichten Sie mich auch nicht für dieselbe. Nehmen Sie mich, wie ich bin, und ich will versuchen, Ihnen etwas zu sein."

„Ich acceptire dieses Abkommen mit Freuden,"

antwortete die Gräfin, „und ich zweifle nicht, daß auch meine Angelika damit ganz einverstanden ist. Halten wir uns denn zunächst ans nächste. Ihre Mappe ist so reich, daß uns die Wahl für den bestimmten Zweck recht schwer geworden ist. Und daß ich's nur gestehe: wir sind auch noch gar nicht einig; ich habe nur der Unschlüssigkeit durch einen Gewaltakt ein Ende gemacht. Es darf dabei nicht bleiben. Vielleicht, wenn wir die Blätter nochmals gemeinsam durchsehen, kommen wir auf ganz andere Gedanken."

Sie setzten sich an den runden Tisch, auf welchem die Mappe bereit lag. Beide, der Maler und Angelika, empfanden es als eine Wohlthat, daß sich das Gespräch sogleich an ganz entfernte Gegenstände knüpfen konnte. Er nannte die Gegenden, denen die Motive entnommen waren, ergänzte das Unfertige durch lebhafte Schilderung, gab den Schattenrissen Farbe. Aus zwei und drei Skizzen combinirte er ein Bild. An jedes Bild knüpften sich interessante Reiseerinnerungen. Er hatte Griechenland, die Inseln, die Küste von Kleinasien gesehen und überall die charakteristischen Erscheinungen der Landschaft, der Bauwerke und besonders des Volkslebens mit dem Stift fixirt. „Diese Studien," durfte er versichern, „würden ausreichen, ein langes Leben mit Arbeitsstoff zu versorgen. Aber es ist nicht meine Absicht, davon jetzt schon zu zehren. Ich habe sehen gelernt, das war der Zweck. Ich sehe nun auch das Nächstliegende sicherer und mit mehr künstlerischem Blick. Bei dem rein Zu-

ständlichen mag ich nicht stehen bleiben; was mich zur
Ausführung reizen soll, muß einen Gedankengehalt,
mindestens lebendige Bewegung haben; es muß etwas
sein durch das, was es bedeutet, nicht nur durch
das, was es in genauer Nachahmung der Natur ist.
Der Realismus in der Kunst hat seine große Berechtigung, aber wehe ihm, wenn er geistlos wird, wozu
er allemal die stärkste Neigung verspürt. Die Philosophie spricht von dem Ding an sich, das die Erscheinung nur spiegelt. Etwas davon muß der Künstler
zu erfassen suchen, wenn er verdienen will, ein Künstler
zu heißen. Er soll nicht nur den schönen Schein wieder-
geben, sondern auch die Empfindung eines wahren Seins
wecken. Erst wenn er das anstrebt, hat er ein Recht
sich darüber zu beklagen, daß seine Mittel unzuläng-
lich sind."

„Die Erkenntniß dieser Unzulänglichkeit ist sehr
schmerzhaft," bemerkte Angelika seufzend.

Er hatte nicht daran gedacht, daß seine Aeußerung
einen so persönlichen Bezug erhalten könnte. „O —"
entschuldigte er, „ich wollte von den Mitteln der Kunst
sprechen, nicht von denen des Künstlers. Es gibt
keine Meisterschaft, die jenen Mangel völlig über-
windet."

„Fürchten Sie nicht, mich zu verletzen," sagte An-
gelika, wieder ganz ruhig aufblickend. „Ich habe jenen
Schmerz überwunden. Er hat im Grunde dieselbe
Ursache, wie jedes Mißbehagen darüber, daß die Gaben

des Himmels ungleich vertheilt find. Dem einen ist's
gegeben und dem andern nicht — man muß es so
hinnehmen."

„Und dankbar fein für das geistige Vermögen,
Freude haben zu können am echten Schönen, das der
Kunst trotz der Unzulänglichkeit ihrer Mittel immer
wieder hier oder dort gelingt," mahnte die Gräfin.
„Sie find wahrlich reich ausgestattet von der Natur."

Sie befahl den Thee. Roland wurde so freundlich eingeladen zu bleiben, daß er den Hut wieder
beiseite stellte. Das Gespräch kam auf Paris. Die
Damen hatten noch so wenig davon gesehen, das Wenige mit oberflächlichem Verständniß. Er bot sich ihnen
zum Führer an. „Aber die Equipage müssen Sie im
Hotel lassen," sagte er, „und sich dem Fiaker, dem Om-
nibus, der Pferdebahn anvertrauen, wohl auch einmal
eine Strecke zu Fuß gehen. Das Sehenswürdigste
find nicht immer die sogenannten Sehenswürdigkeiten.
Man muß eine große Stadt gleichsam erleben, um sie
genießen zu können."

„Es möchte Ihnen doch nicht gefallen, wenn wir
Sie beim Wort nehmen würden," neckte die Gräfin.
„Wollen Sie die Farben in Ihrem großen Bilde ein-
trocknen lassen?"

„Mit Vergnügen!" rief er. „Ich fürchte übrigens,
es wird mir morgen gar nicht mehr zusagen. Vielleicht
in der düstern Stimmung nach Ihrer Abreise wieder . . .
Aber denken wir daran nicht."

„Wir sind mit Ihrer Mappe heute nicht fertig geworden," bemerkte die Gräfin, als er sich ernstlich verabschiedete.

„Sie erlauben also, daß ich wiederkomme?" fragte er, und sah dabei Angelika an, die seitwärts stand.

Sie entmuthigte ihn nicht. —

Er lenkte rasch von den Boulevards ab und ging eine Strecke durch stillere Straßen, sein erregtes Gemüth zu beruhigen. Wie schön und gütig hatte er Angelika gefunden. Wie menschlich. Es war ihm, als ob er nach langer Zeit sein Herz wieder warm schlagen fühlte. Und er durfte sie wiedersehen!

Als er nach Hause kam, erfuhr er, daß der Baron von Pleutenburg schon zweimal sehr dringlich nach ihm gefragt habe. Nach zehn Uhr habe er sich nochmals melden wollen.

Diese Nachricht war sehr verdrießlich. Roland überlegte, ob er ihm nicht aus dem Wege gehen solle, um sich heut nicht die Stimmung verderben zu lassen. Dann lachte er sich aus. „Die ist nicht sobald verdorben!" Es konnte sich auch um irgend etwas Wichtiges handeln, wenn nicht für ihn, so für den Baron. Er beschloß, ihn zu erwarten.

Bald nach zehn Uhr fuhr ein Wagen vor, und wenige Minuten darauf trat der Baron ins Atelier. Er hatte die Treppen sehr eilig erstiegen und athmete hastig. Sein Gesicht war pergamentfarben, und seine Augen hatten etwas Gläsernes. „Zum Teufel!" rief er mit erzwungener Heiterkeit, „wo treiben Sie sich denn herum? Ist's mit der Solidität schon vorbei? Paris freilich hat noch einen langen Tag; aber so ein Hauskater ... äh, äh! mein Herz. Man muß ihre vier Treppen dreimal hinauflaufen, um zu merken, daß man noch so ein Ding hat."

„Aber, wie sehen Sie denn aus, Baron?" fragte der Maler. „Setzen Sie sich vor allen Dingen, zünden Sie eine Cigarette an —"

Der Gast ließ sich schwer in einen Stuhl fallen und streckte die Beine fort. „Eine Cigarette —" stöhnte er, „später vielleicht. Komme heut nicht, um Ihnen blauen Dunst vorzumachen — ha, ha, ha! es ist aus mit dem blauen Dunst."

„Aber was in aller Welt gibt's denn?"

„Haben Sie den heutigen Figaro gelesen?"

„Nein."

„Nein — natürlich nicht. Was geht Sie die Standalchronik von Paris an? Aber vielleicht sind Sie der einzige in diesem vermaledeiten Nest, der sich im Stande der Unschuld befindet."

„Enthält das Blatt etwas, das mich angeht?"

„Ah! das war vor einigen Tagen, als Ihr Bild verschwunden war. Eine rührende Novellete — so etwas. Natürlich alles aus der Luft gegriffen bis auf die Figur meines Schwiegerpapas, des Herrn Cavaliere. Er hat sich blau geärgert und gedenkt sich in irgend einem Bade auswärts wieder weiß zu waschen. Sie

können sehr zufrieden sein. Paris hat sich zwei Minuten lang mit dem unbekannten Maler des interessanten
Bildes beschäftigt. Es ist Zeit, daß er sich zeigt. Heut
aber . . ."

„Nun, Herr Baron?"

„Nichts von Ihnen, mein Bester."

„Sondern —?"

Der Baron schluckte heftig und fuchtelte mit dem
Stöckchen seine langen Beine. „Zuvor eine Nachricht,
die erst in einigen Tagen gedruckt zu lesen sein wird:
ich habe meinen Abschied aus dem Staatsdienst genommen."

„Und weshalb?"

„Weshalb! Weil ich so viel Ehre im Leibe habe,
zu begreifen, daß ich dem Staat und der Gesellschaft
für meine Frau verantwortlich bin."

„Ich verstehe Sie nicht, Herr Baron.

„Sie werden mich gleich verstehen. Ich erzählte
Ihnen, wenn ich nicht irre, beiläufig von der Passion
meiner Frau für den blauweißen Clown des Circus
So lange Mr. Léon neben dem amerikanischen Buggy
der Baronin im Bois de Boulogne trabte, hatte die
Sache wenig zu bedeuten. Man nimmt sich in Paris
dergleichen kleine Extravaganzen nicht übel. Nun
müssen Sie aber wissen, daß da auch eine bulgarische
Fürstlichkeit existirt, die sich längere Zeit um die Baronin bemüht hat und noch leidenschaftlich von ihr eingenommen ist. Eine Woche lang war er der begün-

stigte Amoroso, trieb's aber so unvernünftig, daß meine
Frau selbst mich veranlaßte, ihn in gemessene Schranken
zurückzuweisen. Seitdem peinigt ihn die Eifersucht, und
besonders giftig zeigte er sich gegen den zu seinem
Aerger bei den Ausfahrten der Baronin bevorzugten
Mr. Léon, da er sich einbildete, selbst ein vorzüglicher
Reiter zu sein. Man sagt, und ich erzähle es nach
ohne es bezeugen zu können, daß er dem blau-rothen
Clown, Mr. Fredy, der ihn auf der Stange balancirte
wenn er seine halsbrechenden Kunststücke machte, eine
namhafte Summe für gewisse Liebesdienste geboten
habe. Mr. Léon mag dahinter gekommen sein und
guten Grund gehabt haben, den Bulgaren für seinen
Feind zu halten. Da die Baronin, die von dieser Rivalität das köstlichste Amüsement hatte, ihn aber offen-
kundig in Schutz nahm, hätte er sich dafür dankbar
beweisen sollen. Wie aber solche Bursche leicht übermüthig
und brutal werden . . . was soll ich Ihnen das im
einzelnen erzählen. Kurz, gestern im Bois de Boulogne
fand der Fürst es für gut, an das Gefährt der Baronin
heranzureiten, und zwar auf derselben Seite, die Mr.
Léon hielt. Dieser wollte sich weder abdrängen lassen,
noch wie ein Stallmeister zurückbleiben. Es wäre
seine Pflicht gewesen, jeden Streit an diesem Orte zu
meiden, wo tausend Augen auf die Baronin sahen. Er
aber wich nicht. Eine höhnische Bemerkung des Fürsten
beantwortete er mit einem Schimpfwort. Der Bulgare
traktirte ihn dafür mit der Reitpeitsche, Mr. Léon

warf ihm den Hut vom Kopf — und das alles neben
dem Wagen der Baronin von Pleutenburg, die nicht
einmal in Ohnmacht fallen konnte, da sie die Zügel
in der Hand hielt. Sie können sich vorstellen, der
Skandal war ungeheuer. Der Vorfall wurde übertrieben weitererzählt, von den Berichterstattern der
Zeitungen zu einem Ereigniß aufgebauscht. Figaro
nennt nicht die Namen, aber die Anfangsbuchstaben
derselben. Jeder in der Gesellschaft weiß, um wen es
sich handelt. Und wer ist der Blamirte? Nicht Mr.
Léon, nicht der Bulgare, nicht einmal die Baronin —
sondern der Ehemann, den Sie in fragwürdiger Gestalt
vor sich sehen.“

Er wischte flüchtig mit der Hand über die Augen
und zog den Mund schief. Roland konnte ihn nicht
ohne Mitleid betrachten. „Ich bedaure Sie aufrichtig,
lieber Baron,“ sagte er.

Herr von Pleutenburg sprang auf und machte
mit den Armen in den Schultern schraubenartige Bewegungen. „Ah! es ist jämmerlich,“ rief er. „Ich
hätte etwas leisten können. Es fehlte mir nicht an
Befähigung, ich fühlte mich auf den richtigen Platz gestellt, ich fing an mit Lust zu arbeiten, ich hatte Erfolg.
Und nun genöthigt, einen Strich unter die Rechnung
zu ziehen, die nie mehr ausgeglichen werden kann . . .
es ist jämmerlich!“

Roland wußte nichts zu seinem Trost zu sagen;
Vorwürfe wollte er ihm sparen.

„Ich wußte, daß der Sprung auf diese Stufe gefährlich war," fuhr der Baron fort. „Solange man
nur für sich selbst steht, mag man sich auf seine Geschicklich-
keit verlassen. Aber für eine Frau verantwortlich sein
müssen, die unberechenbare Launen hat . . . Pah! Was
nützt es, darüber zu philosophiren? Ich bin gründlich
lahmgelegt."

„Aber Sie werden sich von diesem Fall wieder
aufrichten; Sie haben an Ihrem Schwiegervater einen
Halt —"

Der Baron zuckte die Achseln. „Soll ich von
seiner Gnade leben? Und der Mann ist ruinirt, wenn
ich ihm meine Schulden aufbürde. Halb ist er's schon
jetzt durch seine Tochter. Nein, nein! ich mag nicht
auf dieser Bahn elend weiterhinken."

„Und eine Stufe tiefer gibt's nicht?" fragte der
Maler. Er meinte sich selbst die Antwort geben zu
können.

Um so überraschender war's ihm, daß sich das
Gesicht des Barons plötzlich belebte und die matten
Augen zu glänzen anfingen. „Eine Stufe tiefer gibt's
allerdings noch lieber Freund," zischelte er. „Sie ist
ziemlich breit und man könnte darauf noch eine hübsche
Strecke weiterlaufen. Aber . . ."

„Also doch ein Hinderniß?"

„In der Person, nicht in der Sache." Er lachte
auf. „Sie werden es etwas kurios finden, was ich
da im Sinn habe, aber ich wäre der erste nicht, der

ein lukratives Geschäft dieser Art abschlösse. Mit einem
Worte: ich könnte meine Frau vortheilhaft verkaufen."

„Herr Baron —!" rief der Maler erschreckt.

„Verkaufen," wiederholte Pleutenburg, „ich gebe
dem Dinge seinen richtigen Namen. Der Bulgare ist
blind vernarrt in die reizende Silvia und hat allen
Ernstes die Unverschämtheit gehabt, mir eine ganz
colossale Summe zu bieten, wenn ich mich scheiden lasse
und ihm meinen Platz abtrete. Nach seinen halb tür-
kischen Begriffen ist dabei gar nichts Besonderes. Und
Silvia . . . sie hat thatsächlich unsere Ehe längst gelöst,
wenn sie je bestand. Sie würde mit dem Tausch sehr
zufrieden sein. Er ist Fürst und ein reicher Mann,
obendrein ein verliebter Dummkopf; ich dagegen nach
meiner Verabschiedung . . .?"

Roland schüttelte sich. „Sie öffnen da vor meinen
Augen Abgründe —"

„Ja — die Augen muß man schließen, wenn
man hinabspringt," meinte der Baron. „Man fällt
ganz weich — auf ein Polster von Banknoten — ha,
ha, ha!"

„Und Sie könnten sich wirklich entschließen —"

Der Baron rieb die hageren Hände ineinander
und zwinkerte fast verlegen mit den Augen. „Ich deutete schon an . . . ein Hinderniß in der Person, lieber
Freund. In meiner Person. Ich hoffe, Sie kennen
mich soweit. Es ist wahr, ich habe das Leben leicht
genommen, mich mit der philiströsen Moral wenig ge-

20

plagt — aber bis zu einem gewissen Punkte bin ich
doch immer ein anständiger Kerl gewesen. Was? Das
Uebelste, das man mir nachzureden weiß, gilt in den
Kreisen, die mich beurtheilen, für leicht verzeihlich; ich
habe in den letzten Jahren auch äußerlich eine ge-
achtete Stellung eingenommen. Und vor allem —
ich habe mir bei mir selbst stets ein bischen Renommé
zu erhalten gesucht. Es läßt sich davon nach und
nach immer noch etwas abdividiren; aber es gibt
doch eine Grenze, über die man nicht hinaus kann,
ohne sich selbst unerträglich zu werden. Ich habe . . .
lachen Sie meinetwegen — ich habe die moralische
Scheu, sie zu überschreiten. Die Erde ist am Ende
groß genug, um den Leuten aus dem Wege gehen
zu können, von denen man nicht gekannt sein möchte.
und wenn man die Taschen voll Geld mitbringt,
ist man überall ein willkommener Gast; aber sich selbst
verächtlich sein — puh! ich fürchte mich davor."

Roland reichte ihm die Hand. „Sie haben recht,
hier stehen zu bleiben," sagte er.

Der Baron zog die Augenbrauen auf und legte
den Kopf auf die Seite. „Stehen bleiben, lieber Freund?
Was heißt das? Wer kann stehen bleiben, wo sich
alles bewegt? Auf welchem Boden? Nein, weiter
muß man — so oder so. Und darum . . ."

Er zögerte zu schließen. Es hatte den Anschein, als
ob er ein sehr unbehagliches Gefühl überwinden müßte.
„Darum habe ich gethan, was die Ehre gebot," fuhr

er fort — „ich habe den Bulgaren auf Pistolen gefordert. Wir werden so lange Kugeln wechseln, bis
einer von uns beiden auf dem Platze bleibt."

Der Maler blickte ernst vor sich hin, die Lippen
fest geschlossen. Die Sache war in Ordnung.

Herr von Pleutenburg zog aus der rothen Hülle,
die auf dem Farbenkasten lag, eine Cigarette und erbat
sich Feuer. Die Muskeln des Gesichts wurden wieder beweglich, die Stimme, die vorhin wie belegt war, klang ganz
frei. „Und nun komme ich zu Ihnen, Freundchen," rief
er, „um Sie zu bitten, bei dieser Affaire mein Secun-
dant zu sein. Da ich nicht unter gewöhnlichen Umständen
meinen Abschied genommen habe, möchte ich keinen
von den früheren Collegen in Verlegenheit setzen. Sie
sind mein Landsmann und ... nun, für gewisse Fälle
wär's mir lieb, wenn nicht ein Fremder sich in meine
Angelegenheiten zu mischen brauchte. Sie verstehen mich."

Der Maler nickte. „Ich bin Ihnen, wie ich wohl
nicht versichern darf, gern zu Diensten," sagte er. „Ich
zweifle nur, ob mir die Formen geläufig genug sind —"

„Es wird mir zum besonderen Vergnügen gereichen,"
fiel der Baron ein, „Sie zu informiren. Da die Bedingungen eigentlich schon in der Forderung enthalten
sind, wird die Conferenz der Secundanten sehr kurz
sein."

„Und wann —"

„Ich denke übermorgen in der Frühe."

„Wo —?"

20*

„Die Herren mögen den Ort bestimmen. Mir ist er völlig gleichgültig."

„Sind Sie ein guter Pistolenschütze, Baron?"

„Meinen Sie um mit Sicherheit vorbeischießen zu können —?"

„Sie scherzen zur Unzeit."

„Wer weiß? Da ich meiner Frau sonst nichts zu vermachen habe, möchte ich mir wenigstens ein gutes Andenken bewahren."

Roland trat auf ihn zu und ergriff seine feucht-kalte Hand. „Sie müssen mir versprechen, Baron —"

„Schon gut, schon gut!" wehrte derselbe ab. „Ich werde meine Schuldigkeit thun. Hier die Adresse des gegnerischen Secundanten. Ich wohne seit gestern im Hotel de Louvre, Zimmer 86 — wenn Sie mich zu sprechen wünschen. Auf Wiedersehen!

Er ging und ließ den Maler mit sehr gemischten Empfindungen zurück. Was für ein Tag!—

⸺ ⸺ ⸺ ⸺

Das Duell fand in einem Wäldchen nahe der belgischen Grenze statt.

Der Baron schoß, ohne zu avanciren und ohne zu zielen.

Der dritte Schuß aus der Pistole seines Gegners streckte ihn nieder.

Der Bulgare dirigirte seinen Wagen über die Grenze. Er ersuchte beim Abschied seinen Secundanten, dafür sorgen zu wollen, daß ihm seine Effekten von

Paris nach Monaco geschickt würden. „Es war schon vorher meine Absicht," versicherte er, „dort den Sommer zu verbringen."

Der Arzt constatirte eine tödtliche Verletzung des Barons. „Haben Sie noch eine Bestimmung zu treffen?" fragte Roland.

„Keine," antwortete Herr von Pleutenburg mit matter Stimme. „Ich darf Sie nicht einmal bitten, sich von meinen Sachen ein Andenken zu nehmen. Es gehört alles — meinen Gläubigern. Aber ich denke, wenn man mit dem Leben bezahlt ... Basta! Ueberbringen Sie meiner Frau die Nachricht — daß sie — frei ist."

Wenige Minuten darauf verschied er.

Roland brachte die Leiche nach Paris.

Es war ihm ein schwerer Gang nach der Wohnung des Barons, aber er überwand seine Scheu, Silvia wiederzusehen, und trat ihn an.

Er fragte nach Herrn von Marotti.

„Bereits abgereist mit der Frau Baronin — nach Monaco," lautete die Antwort des Portiers.

Roland stand eine Weile unbeweglich, nachdem sich die Thür schon geschlossen hatte. Er fühlte einen schweren Druck auf der Brust, der Athem war ihm wie versetzt. „Was wird das Ende sein?" murmelte er.

Er besorgte das Begräbniß des Barons und und schickte den Todtenschein ohne ein Begleitschreiben durch die Post nach Monaco.

Sechzehntes Kapitel.

Es ist ganz kurz und wirklich das letzte. Tour St. Jacques.
Er und sie.

Dann aber kamen helle, freundliche Tage die
Fülle.

Roland berichtete bei der Gräfin Hollinger,
von wie traurigen Vorfällen er Zeuge gewesen
war. Angelika empfand es als eine große Beruhigung,
daß Marotti und Silvia sich aus der Stadt entfernt
hatten. Nun erst genoß sie das schöne Paris.

Der Maler wurde der stete Begleiter der Damen.
Unter seiner Führung besichtigten sie die Kunstschätze des
Louvre und Luxembourg, machten sie Ausfahrten in die
Umgebung der Stadt und nach Versailles, besuchten sie
Abends die verschiedenen großen und kleinen Theater.
Der Verkehr unter ihnen gestaltete sich von Tage zu Tage
freundschaftlicher. Gewisse Andeutungen der Gräfin
waren kaum noch mißzuverstehen.

Einmal, als man wieder das Gewirre der Gassen und Gäßchen zwischen der langen Rivoliſtraße und den Boulevards durchfahren und durchſchritten hatte, meinte Angelika: „Wie ſchade, daß man von dieſem großen Ganzen überall nur ein ſehr beſchränktes Stück ſieht. Hier nun gar, wo die himmelhohen Häuſer ſo dicht ein- ander gegenüberſtehen und der Weg ſich unaufhörlich wendet! Aber auch wo die Proſpekte breiter und tiefer ſind, handelt es ſich um Abſchnitte, die man erſt wieder zuſammenſetzen muß, um ſich ein Bild von einem größeren Theil zu ſchaffen, und das Ganze iſt ſo rieſig, daß es mir doch immer in der Vorſtellung auseinanderfällt. Sie werden mich auf den Plan verweiſen, aber ich habe nicht das mindeſte Talent, mich darauf zurechtzufinden, noch weniger mir mit dieſem Hilfsmittel eine Illuſion zu ſchaffen. Wie ſchön muß Paris aus der Vogelper- ſpektive geſehen ſein.“

„Ja, wenn man Flügel hätte —!“ ſcherzte die Gräfin.

„Die hat man nun freilich nicht,“ ſagte der Maler, „und ein Luftballon ſteht zur Zeit auch nicht zur Ver- fügung. Aber ich möchte mich trotzdem anheiſchig machen, den Damen Paris von der Höhe herab ebenſo ſchön zu zeigen, ohne daß ſie den Boden unter den Füßen verlieren dürften. Ich habe nur bisher Bedenken ge- tragen, die Reiſe in die Luftregion vorzuſchlagen, da ſie beſchwerlich iſt und nur auf den eigenen Füßen an- getreten werden kann.“

„Sie meinen den Thurm von Notre-Dame oder die Platte des Triumphbogens," rieth die Gräfin.

Er verneinte. „Aber etwas Aehnliches. Da hat recht am Kreuzungspunkt des prächtigen Boulevards de Sebastopol und der Rivolistraße die Stadt Paris ein altes Gemäuer angekauft und mit vielen Kosten zu einem grandiosen Aussichtsthurm ausgebaut. Will man Paris recht aus dem Mittelpunkt von der Höhe herab sehen, so bietet der Thurm St. Jacques dazu die beste Gelegenheit. Das Standbild des Philosophen Pascal unten in der Halle haben wir im Vorbeifahren oft bemerkt. Wenn Sie die mehr als dreihundert Stufen nicht scheuen, verspreche ich Ihnen ein herrliches Panorama."

„Dreihundert Stufen!" seufzte die Gräfin.

„Aber die Anstrengung ist gewiß lohnend," meinte Angelika.

„Versuchen wir's denn," sagte die Gräfin. „Welche Tageszeit wäre die günstigste?"

„Ich möchte die Morgenstunden vorschlagen," antwortete der Maler. „Die Aussicht pflegt dann klarer zu sein, als am Abend, und die Sonne steht günstiger."

Die Damen wollten sich möglichst früh bereit halten Als Roland sie abholte, äußerte die Gräfin doch wieder Bedenken, ob ihre Kraft den dreihundert Stufen gewachsen sein werde, und als man am Fuße des Thurmes anlangte und hinaufschaute, sagte sie: „Steigt nur ohne mich in die luftige Höhe. Ich habe Einkäufe im Louvre-Bazar zu machen und bin dort zu finden, wenn ich nicht hier in der Halle warten sollte. Es ist wirklich vernünftiger so."

Angelika schien sich in diese Modification nicht so gleich finden zu können; ihr Vorschlag, dann lieber den Plan ganz aufzugeben, war aber doch kaum ernst gemeint. Sie ließ sich von der Gräfin leicht bereden, diesmal auf sie keine Rücksicht zu nehmen.

So stiegen denn die beiden jungen Leute die Steintreppen hinauf, von Zeit zu Zeit auf den Absätzen stehen bleibend und Athem schöpfend. Ein Blick durch die kleinen Lichtöffnungen überzeugte, daß der Horizont sich jedesmal erweiterte. Nur diesen allgemeinsten Eindruck aber nahm man vorweg. „Lassen Sie sich überraschen," bat Roland, und Angelika versicherte, das sei auch ihre Absicht, und sie denke nicht daran, sich den Genuß durch vorzeitige Neugierde zu verderben.

Roland trug ihren Shawl. Als sie auf die Plattform hinaustraten, legte er ihr denselben um die Schultern. Sie fühlte seine leise Berührung in dem Augenblick, in dem sie auch bemerkte, daß sie hier oben ganz allein wären.

Das war auch seine erste Bemerkung. „Wie herrlich," rief er, „daß uns kein Alltagsenthusiast die schöne Aussicht verleidet. Man trifft's nicht immer so gut."

Angelika antwortete nichts darauf. Sie trat an die Steinbalustrade, stützte die Hand darauf und schaute in die Weite hinaus — vielleicht etwas zerstreut;

er konnte hinter dem Sonnenschirm ihr Gesicht nicht
sehen.

Und da lag nun zu ihren Füßen das gewaltige,
schöne Paris, überwölbt von dem blauen Himmel bis
zu der sanften Hügelkette rundum, deren Conturen in
Dunst verschwammen, ein unabsehliches Häusermeer,
durchfurcht von einem Netz sonniger Straßen, in denen
der Verkehr wogte, durchglitzert von dem funkelnden
Wasserspiegel der Seine, über die sich die zierlichen
Brücken wie Bänder von Steinkai zu Steinkai legten,
den raschen Flug der kleinen Dampfer nicht hemmend.
Das Auge suchte einen Halt und fand ihn in den hoch-
aufragenden Thürmen von Notre-Dame, in den mächtigen Kuppeln des Pantheon, des Invalidendoms und
des Trocadero-Palastes. Gerade hier aber, anfangs
den Fluß begleitend, streckte sich bis in das neblige
Grüngrau des Horizontes ein breites Feld, besetzt und
eingefaßt mit Prachtbauten aller Art: Louvre, Tuilerien,
Obelisk von Luxor, Triumphbogen, dazwischen Garten-
anlagen und Plätze mit Springbrunnen, alles groß und
imposant, der Kaiserstadt zu beiden Seiten angemessen.
Ein zauberhaftes Bild!

Und da athmeten Millionen. In diesen Palästen
entlang dem Fluß und den breiten Boulevards und in
den dichtgedrängten Häusermassen dazwischen und endlos
weit hinaus häufte sich aller Reichthum und alles
Elend der Welt. Während der Blick darüber hinglitt
— was ging da vor unter den hunderttausenden Dä-

chern, in den engen Gassen, in die er nicht hinabreichte? Das Entzücken mischt sich mit Schauern. Der Geist fühlt sich in einen Traumzustand versetzt. Man hat ein Bild vor sich und ist bewegt wie von einem Schauspiel.

Lange verhielten sie sich schweigend, ganz in An- schauen und Träumerei versunken. Nach und nach wagten sich dann Ausrufe des Entzückens, kurze Bemer- kungen, fragen, vor. Was ist das — und das — und das? Wo hat man seine Wohnung? Wo war man gestern und vorgestern? Wie wenig hat man noch gesehen? Wie viel muß zurückbleiben!

Das Gespräch wurde lebhafter, vertraulicher. Man möchte die Stunde ausnutzen, die so zwischen Himmel und Erde hinzuleben vergönnt ist und die so rasch ver- fliegt. Man möchte sich für alle Zeit ins Gedächtniß einprägen, was man vielleicht nicht wiedersieht. Und dann erkennt man doch, daß man nicht zu Ende kommt mit dem Einzelnen, man geht wieder zurück zum Ganzen, verstummt und läßt das Auge schwelgen. Angelika stand auf der Erhöhung in der Mitte der Platte, drehte sich noch einmal langsam um sich selbst, trat mit ge- schlossenen Augen die Stufen hinab und sagte: „Es ist genug — gehen wir."

Roland hatte in den letzten Minuten nur die schöne Mädchengestalt betrachtet, die halb über ihm stand, rings von sonniger Luft umflossen, Nun streckte er wie flehend die Hände vor und rief: „Gehen Sie noch nicht — bleiben Sie, Angelika. Nur kurze Zeit noch —"

Sie blickte scheu nach dem Treppenausgang, den er verstellte. „Wir sind allein —" sagte sie halblaut.

„Wir sind allein," wiederholte er, „allein auf engem Raum hoch über der Erde — niemand sieht uns, niemand hört uns — nur der Himmel ist unser Zeuge. Wir haben die Herrlichkeit der Welt in uns aufgenommen in einem ihr größten Schauspiele, unser Herz ist voll wehmüthiger Freude, unsere Stimmung gehoben. Ein solcher Moment kehrt uns nicht wieder. Und wir brauchen ihn doch, um den Muth zu gewinnen, uns mit ganzer Wahrhaftigkeit gegen einander auszusprechen. Es hilft uns nichts, daß wir uns den Schein geben, von einander nichts zu wissen, daß wir verkehren wie Fremde, die vorübergehend ein freundliches Verhältniß suchen. Wir müssen ehrlich zurück bis zu dem Augenblick, wo wir einander nicht mehr verstanden und uns zu trennen vermeinten fürs Leben. Lassen Sie uns nicht feige ausweichen, Angelika. Geschieht es jetzt, so finden wir uns nicht wieder."

„O, was thun Sie —?" sagte sie, sehr bleich und verschüchtert. „Lassen Sie das Vergangene vergangen sein."

„Ich kann's nicht," rief er, „Gott weiß, ich kann's nicht. Meine Gedanken sind immer dort. Sie haben sich nichts vorzuwerfen, Angelika, Ihr Herz ist rein. Ich fehlte, aber ich habe schwer gebüßt, und mein Gewissen sagt mir: ich bin losgesprochen. Warum den Irrthum verewigen? Warum uns grausam bestrafen für einen Moment krankhafter Schwäche, da wir uns doch jetzt als gesunde, starke Menschen fühlen? Wo ist die Schuld, die uns Entsagung auferlegen müßte? Sprechen Sie, Angelika!"

Sie schien sehr bewegt. „Was ich Ihnen zu verzeihen hatte, Robert," antwortete sie leise, „ist längst verziehen. Wenn es Sie beruhigen kann, diese Versicherung zu empfangen . . . Aber, ich bitte Sie, lassen Sie uns hinabsteigen."

Er schüttelte energisch den Kopf. „Lassen sie uns hinaufsteigen, Angelika, noch viel, viel höher, als wir hinaufgestiegen sind, bis auch das große Paris unseren Blicken verschwindet und wir nichts Irdisches unter unseren Füßen fühlen. Lassen wir unter uns zurück allen trüben Schein, in dem wir wandelten; nehmen wir mit uns hinauf nur das Gefühl, das uns wahrhaft beglückte. Und dann Aug' in Auge eine Frage vom Herzen zum Herzen: liebten wir einander — haben wir aufgehört einander zu lieben, Angelika?"

Ihre Lippen zitterten leise, eine Thräne perlte über die bleiche Wange hinab. „Ich kann nicht — lügen," sagte sie.

Er ergriff ihre Hand und preßte sie in der seinen. „Angelika," rief er überglücklich, „ich wollte nicht mit dir sterben — entschließe dich, mit mir zu leben, und meine Schuld wird gesühnt sein. Willst Du?"

„Ich kann's!" sagte sie, zärtlich zu ihm aufblickend. „O Gott — daß ich's kann!"

Er riß sie in seine Arme, küßte sie stürmisch. „Gerettet — gerettet! Und nun hinab. Auch da unten werden wir fortan auf der Höhe des Cebens wandeln. Wir werden recht von Herzen glücklich sein, weil wir recht von Herzen unglücklich sein konnten."

„Wir werden glücklich sein," flüsterte Angelika, „wenn wir nicht verlernen, das Glück in uns zu suchen. Niemand macht uns zu etwas, wir hätten es denn in uns."

Er legte ihre Hand auf seine Schulter und schritt voran die Stufen hin ab.

Die Gräfin ging in der Halle auf und ab. „Ihr habt so merkwürdig leuchtende Augen," sagte sie; „was ist geschehen?"

„St. Jacques hat sich als ein Heiliger bewährt," antwortete er, und Angelika küßte ihre Hand.

Die Gräfin lächelte. „So — so!" Sie wendete sich zu Roland. „Ich hoffe, Sie werden nie vergessen, daß Ihre Angelika meine Tochter ist."

LITERARISCHE GESELLSCHAFT, MORRISANIA.

Druck von Emil Herrmann senior in Leipzig.

Verlag von Carl Reißner in Leipzig.

Ernst Wichert, Heinrich von Plauen.

Historischer Roman in drei Bänden.

Zweite Auflage.

Geheftet 9 Mark. — Elegant gebunden 12 Mark.

Es ist immer erfreulich, wenn der rechte Mann das rechte Buch schreibt, d. h. der Berufenste einen günstigen, einladenden, dankbaren Stoff ergreift. Das ist hier im besten Sinne des Wortes geschehen. **Prof. Felix Dahn im „Magazin für die Litteratur des In- und Auslandes.**

Wer an den historischen Romanen von Scheffel, Freytag, Dahn Freude und Erhebung gefunden hat, wird diesen mit voller Befriedigung Wichert's „Heinrich von Plauen" folgen lassen. **Blätter f. litterar. Unterhaltung.**

Wir wünschen, daß das schöne Werk werde, was es verdient, eine Zierde jeder deutschen Haus- und Familienbibliothek. **Königsberger Hartung'sche Zeitung.**

„Heinrich von Plauen" ist weitaus das reifste Werk, das uns Wichert bis dahin geboten. Er hat uns damit ein Werk gegeben, daß wir ohne Zaudern neben Freytag's „Ahnen", Scheffel's „Ekkehard" und Dahn's „Kampf um Rom" stellen. **Karlsruher Zeitung.**

Eine Dichtung aus der Schule Gustav Freitag's, welche als eine durchaus respektable Arbeit angesehen werden darf. **Westermann's Monatshefte.**

Ein historischer Roman von echtem Schrot und Korn, voller Leben, in dem wir auch unser eigenes Fühlen und Denken erkennen; der mit seinem historischen Inhalt in das Reich unserer unmittelbaren Interessen hineinreicht, dabei aber eine geschichtsphilosophische Idee uns veranschaulicht, ist „Heinrich von Plauen" von Ernst Wichert. **Frankfurter Zeitung.**

Ueber das Mittelmaß dessen," was der deutsche Büchermarkt für gewöhnlich zu bringen pflegt, ragt Wichert's neuestes Werk hoch hinaus. **Wiener Allgemeine Zeitung.**

Wichert hat mit seinem „Heinrich von Plauen" den Besten seiner Zeit genug gethan. **Neue Illustrirte Zeitung.**

Wichert zeigt durch seinen „Heinrich von Plauen", daß man nicht in die Dämmersphäre urgermanischer Heldenzeiten zu schweifen braucht, um das Material zu einer großartigen historischen Dichtung zu finden. Hier ist eine Phase unserer vaterländischen Geschichte von ganz hervorragender Bedeutung für unsere nationale Entwicklung behandelt. Hier sind feste, greifbare Bausteine zur Hand und die Dichtung erhebt sich auf dem sicheren stolzen Untersatz historischer Wahrheit. Der Geschichtsfreund so gut wie jener Leser, dem es nur um gute Unterhaltung zu thun, wird in Wichert's Roman die dankbarste Ausbeute finden. **Berliner Volkszeitung.**

Das Ganze macht den Eindruck, daß wir es hier mit einem hochbedeutsamen, in edelstem Geschmack durchgeführten Werk zu thun haben. **Fromberger Zeitung.**

Verlag von Carl Reißner in Leipzig.

Ernst Wichert, Littauische Geschichten.

Mit dem Portrait des Verfassers in Rabirung.

Geheftet 5 Mark. — Elegant gebunden 6 Mark.

Ernst Wichert hat sich in den „Littauische Geschichten" als ebenso feiner Beobachter wie glücklicher Schilderer bewährt, und gezeigt, daß er auch als Novellist Ausgezeichnetes zu leisten vermag. Diese Erzählungen besitzen dauernden Werth, und zwar nicht nur als werthvolle Beiträge zur Kulturgeschichte, sondern auch als novellistische Schöpfungen besonderer Art. **Magazin für die Literatur des In- und Auslandes.**

Wichert's „Littauische Geschichten" verdienen es, in weitesten Kreisen bekannt zu werden, denn in ihnen liegt ein gutes Stück Kulturgeschichte.
Berliner Volkszeitung.

Diese „Littauische Geschichten" gehören zu jener in unserer fleißig dichtenden Zeit doch immer seltenen Gattung, welche den Leser bis zur letzten Zeile fesseln, sein Herz erregen und seine Gedanken in Bewegung setzen.
Frankfurter Zeitung.

Wichert ist im erfreulichen Gegensatz zu manchen vielgelesenen Autoren immer ein ehrlicher Darsteller; wir haben die Empfindung, auf festem Boden zu stehen und wahres Menschenschicksal kennen zu lernen, nicht erkünsteltes, sensationell aufgebauschtes. **Deutsche Rundschau.**

Ernst Wichert zeigt sich in diesen Geschichten als Novellist von sehr hervorragender Begabung. Land und Leute, die er schildert, kennt er sehr genau, das fühlt der Leser durch bei jeder Zeile und gewinnt sofort Vertrauen zu dem Autor, dem er dann willig und mit ungeschwächtem Interesse folgt bis an's Ende. Von besonders packender Gewalt ist die letzte der Geschichten: „Der Schaltarp", die nebenbei auch ein eminentes kulturhistorisches Interesse hat, ein Vorzug, den sie übrigens auch mit allen übrigen gemein hat. Eine dankenswerthe Zierde des schön ausgestatteten Bandes ist das in Kupfer radirte Bildniß des berühmten Verfassers. **Neue Illustrirte Zeitung.**

Les histoires de M. Wichert, pour n'ôtre pas toutes d'aujourd'hui, n'en sont pas moins intéressantes et fort émouvantes, malgré leur apparente simplicité. Les mœurs des Lithuaniens, paysans et pêcheurs, tous plus ou moins contrebandiers, la lutte entre les autochthones et l'élément germanique envahisseur, tout est fidèlement rendu.
Aus der französischen literarischen Zeitschrift „LE LIVRE".